I0666415

Ouvrage édité sous la direction
de Marie-Claude Fortin

L'auteure remercie le Conseil des arts du Manitoba de son appui.

Illustration de couverture : Tyler Olson / Shutterstock.com

Leméac Éditeur reconnaît l'aide financière du gouvernement du Canada par l'entremise du Fonds du livre du Canada pour ses activités d'édition et remercie le Conseil des arts du Canada, la Société de développement des entreprises culturelles du Québec (SODEC) et le Programme de crédit d'impôt pour l'édition de livres du Québec (Gestion SODEC) du soutien accordé à son programme de publication.

ISBN 978-2-7609-3361-3

© Copyright Ottawa 2013 par Leméac Éditeur
4609, rue D'Iberville, 1ᵉʳ étage, Montréal (Québec) H2H 2L9
Dépôt légal – Bibliothèque et Archives nationales du Québec, 2013

Imprimé au Canada

SIMONE CHAPUT

Un vent prodigue

roman

LEMÉAC

DE LA MÊME AUTEURE

La vigne amère, Éditions du Blé, 1989 ; collection « Blé en poche », 2004.

Un piano dans le noir, Éditions du Blé, 1991 ; collection « Blé en poche », 2011.

Le coulonneux, Éditions du Blé, 1998.

Incidents de parcours, Éditions du Blé, 2000.

Santiago, Turnstone Press, 2004.

A Possible Life, Turnstone Press, 2007.

La belle ordure, Éditions du Blé, 2010.

UN VENT PRODIGUE

Pour Craig, sans qui…

Ton visage est saupoudré de pluie
Tu es couronné de bruit,
de parfum, de vent
comme si tu n'avais jamais existé
comme si tu n'avais existé
que pour cette abondante moisson

PAUL SAVOIE, *Saisons*

I

Dimanche 19 juin 2011

Toujours le même, mon rêve : une *pietà*, une *mater dolorosa*. Je porte la Terre dans mes bras et, comme un corps criblé de blessures, elle fuit.

L'avion est pénétré de courants d'air. Les sièges sont défoncés. Les hublots sont embués. Une odeur métallique flotte dans l'air et me fait grincer des dents. Pourtant, j'ai réussi à m'assoupir. Épuisée, sans doute, par le vrombissement qui fait danser mes os.

C'est la manœuvre du pilote qui m'a secouée de mes rêves. Avant d'amorcer la descente sur le Nueltin (chipewyan : le lac de l'île qui dort), il a fait un virage sur l'aile pour nous – les quelques passagers de ce frêle esquif – pour qu'on voie le lac de l'œil de l'aigle : une coulée scintillante, une eau convulsée de lumière. Beauté suffisante, il me semble, pour rassurer même le cœur inquiet d'Yvan.

Mon Yvan. Mon tout beau. Tourmenté incessamment par cette peur insidieuse. Et je me le demande : est-ce tout simplement une question d'âge – ce moment d'effroi dans le long cortège vers la mort ? Ou prend-elle sa source, plutôt, dans la litanie de déchéances qui marque ce moment dans l'histoire de l'homme ? La détresse l'a pris à la gorge et, comme un chien enragé, ne le lâche plus. Je pense à lui dans sa petite roulotte perchée au bord de la rivière – je pense aux nuits qu'il passe *seul* (le mot aussitôt formulé, une petite écharde de doute me glisse sous la peau…) aux prises avec l'angoisse – et je m'en veux de ne pas l'avoir entraîné avec moi de force.

Mais l'avion amerrit, on patine sur le lac fripé de vagues, et le pilote – un enfant, pas plus, entre les mains de qui, dans un moment de confiance aveugle, j'ai remis ma vie – nous fait signe d'un hochement de tête.

Dimanche soir

Un crépuscule perlé, dans le Nunavut, une clarté mi-soleil, mi-étoile – le monde de la nation *déné*, peuple de la lumière ; le fief des *Etthen-eldeli-déné*, mangeurs de caribou (algonquin : qui creuse avec une pelle). Ce soir de printemps tardif, ils s'accommodent de l'os nu de la toundra, tandis que moi, je me vautre dans le confort sacrilège des blancs en villégiature.

Impressionnant, ce camp de pêche, il n'y a pas à dire. Construit de cèdre et de granit, bourré de lits et de canapés douillets, de glace et d'eau chaude, de scotch et de bourbon, le pavillon principal ne fait aucune concession à l'austérité du Nord. Ressemblant à s'y méprendre aux lieux de plaisance du Sud, il prend sur ses vitres la lumière dorée du couchant et se transforme en temple. Voué, bien sûr, au culte des dieux gras.

L'hydravion nous dépose ici, dans ce hiatus taillé dans les arbres, pour pêcher la truite, l'omble et le doré, pour chasser, aussi, en saison, le lagopède et le caribou. Il y a des trophées accrochés aux murs des chalets – des têtes empaillées, des poissons raidis, des andouillers et des ramures – et, le soir, dans nos assiettes, on nous sert la chair tendre du gibier dans un coulis d'atocas.

Avant de rentrer pour la nuit – cette nuit qui fuit, qui, dans quelques jours, ne sera plus –, j'ai marché le long du lac avec, à mes pieds, une eau mauve moirée sous le ciel d'opale. Une beauté qui saisit le cœur, qui renvoie, d'un élan involontaire, à la main de maître qui l'a créée. Beauté superflue, gratuite, incompréhensible. Alors à l'instar de tous ceux qui, avant moi, ont vécu dans son intimité, je n'ai pas cherché à comprendre. Elle est, je suis, et mon existence, par elle, est justifiée. J'ai marché, donc, et j'ai attendu Thomas. Thomas Bonechild, guide, pêcheur, trappeur, chasseur. Parce que c'est lui qui, par une nuit de tempête, a trébuché sur un miracle.

Lundi 20 juin 2011

On a parlé jusque tard dans la nuit. Je savais qu'il était fatigué. Il s'était levé tôt pour emmener les touristes à la pêche ; la journée avait été longue, le soleil cru, il devait avoir hâte de baisser les paupières et de fondre dans le noir. Mais il n'a pas protesté et, comme tout bon colon, j'ai profité de son air soumis pour insister. J'avais tant de questions à lui poser, et j'avais si peur, aussi, qu'en le laissant partir, je perde à jamais ce lien ténu avec l'inimaginable.

Il est venu jusqu'à moi sur la grève. Chavirée par la pureté du ciel boréal, je marchais la tête levée vers la lumière, et il s'est approché sans que je m'en aperçoive. Debout dans le sable, immobile, il a attendu, la tête baissée, que je me tourne enfin vers lui. Mais j'avais le cœur précaire, plein de prière, le magnificat d'une nuit sans amen, et j'ai marché encore longtemps avant de saisir, dans un frémissement de l'air, le silence subtil de sa présence. Il m'a saluée d'un imperceptible clignement de paupière.

Le vent s'est calmé subitement – il ne tombe jamais tout à fait, ici, et son gémissement sourd gronde sous la coupole du ciel –, les insectes ont repris possession du monde, il a fallu qu'on coure se réfugier derrière les moustiquaires d'une véranda. Deux fauteuils de cuir, une lanterne, une peau d'ours et, devant moi, dans la clarté mitigée de la pièce, ce jeune homme qui ne levait les yeux ni sur moi, ni sur le ciel nacré. Sa réticence était palpable. Avant de l'importuner de mes questions, j'ai pris un moment pour l'admirer. Sa peau, d'abord, tannée, de la couleur d'une eau tourbeuse, sa longue natte noire, son visage ciselé comme une entaille. Il est beau, Thomas Bonechild, et si j'avais l'âge de Magali, je sais qu'en sa présence, ce murmure savant se lèverait dans mon sang, cette conscience aiguë qu'aiguise dans la chair d'une femme le désir très précis de plaire. Elle ne cesse de me dire, Magali, que les hommes ne sont plus beaux. Qu'il faut chercher longtemps, de nos jours, avant d'en trouver un qui sache éveiller l'appétit… Mais même jadis, ma petite, même avant que la beauté eût fui la gent masculine, Thomas Bonechild, par sa virilité, par sa grâce totémique, se serait démarqué du lot.

Quand il a enfin levé les yeux sur moi – des yeux de lynx, des yeux de carcajou –, c'était pour me demander, sans aigreur ni méfiance, ce que je lui voulais, à ce peuple dissimulé dans les neiges de la taïga. J'ai songé, un instant, à tout lui expliquer – la lente dépossession du monde, l'imminence, l'inévitabilité de la fin –, mais le temps pressait : sous le ciel septentrional, l'aube pointait déjà à l'horizon. Alors, je lui ai dit que ce qui m'intéressait chez eux, c'était leurs rêves, leur rites, leur lien avec la terre, avec les cieux, avec les astres de la nuit. J'ai cru comprendre à la lumière de son regard que ma réponse lui avait plu.

* * *

Ciel bleu, soleil blond sur les fenêtres de la salle d'exposition. Le gérant est en voyage, les nouvelles recrues sont à l'affût, le tout nouveau H3 VUS de Hummer est là, garé à la porte, attendant patiemment qu'on le sorte faire une petite tournée. Un essai routier, dit-on dans le métier.

Partout autour de lui, bannières et pancartes annoncent *Le Hummer qui vous libère des côtés néfastes de la civilisation et réinvente votre liberté.* C'est plus fort que lui (tout, en fin de compte, est plus fort que Miguel). Il se glisse dans le bureau du gérant, s'empare des clés du Hummer, attrape au vol une plaque d'immatriculation. En poussant la porte de sortie, il fait un clin d'œil à un collègue, brandit la plaque d'un air complice, lui dit qu'il a le goût, cet aprèm, de prendre la clé des champs.

Dehors, le soleil tape fort sur le bitume du stationnement. Il gicle, aussi – et douloureusement –, sur les centaines de pare-brise alignés. Miguel en a les yeux tout barbouillés de lumière. Il chausse vite ses Ray-Ban, vérifie le contenu de ses poches – BlackBerry, clés et portefeuille – et s'installe au volant. Prend une minute pour savourer. Le tableau de bord, les cadrans multiples (graves, excessifs), l'odeur du cuir, les glaces teintées. Il respire, avale avec délectation tous les effluves toxiques qui se dégagent de l'habitacle. Ah! se dit-il, l'odeur d'une auto neuve! Meilleure encore que l'odeur d'une femme.

Il n'a qu'un moment d'hésitation. Quand il met le contact, une minuscule défaillance. L'impression éphémère de manquer à son devoir. Mais au son du moteur qui s'éveille – exaltant, ce murmure, jouissif –, il oublie tout et embraye.

En naviguant dans les allées étroites du stationne-ment, il se rappelle Marilou (Marie-Laure? Marie-Lynne?), la nouvelle poupée, en tout cas, à la réception. Elle est mignonne, avec son visage gavroche et ses petits seins ronds portés haut dans son corsage. Il aurait voulu l'emmener avec lui aujourd'hui, pour

15

l'avoir là, à côté de lui, son parfum bon marché, ses bras blancs comme des cuisses, ses genoux osseux pressés frileusement l'un contre l'autre. Ils auraient parlé, oh ! de ci, de ça, de rien de bien passionnant, mais derrière les mots, ce remous souterrain, ce trouble équivoque, plein d'exhalaisons émouvantes.

Le jouet est rutilant. Un œil distrait sur la circulation, Miguel s'amuse à actionner tous les leviers et à appuyer sur tous les boutons. Le toit escamotable s'ouvre et se ferme, les feux s'allument et s'éteignent, les gicleurs giclent, les balayeurs balaient, les sièges avancent et reculent et, dans son dos, le coussin lombaire s'ajuste à la courbe de son épine dorsale. Et il est assis haut, dans son char blindé, il surplombe la chaussée et le grouillement des petites autos insignifiantes, et il a l'impression qu'il pourrait, d'un braquage du volant, leur passer sur le dos, les écraser, comme on foule aux pieds une rangée de fourmis.

Il a une pensée, soudain, pour son père, sa carrure de colosse pliée comme un accordéon dans le minuscule habitacle de sa petite hybride. À son âge, se dit Miguel, avec l'argent qu'il a, se priver du confort et du luxe qui lui reviennent à cause d'une planète qui, elle, se fout parfaitement de lui ! Pauvre couillon ! Au lieu de profiter de son bien, il le dilapide au nom d'une idéologie douteuse ; au lieu de dormir sur ses deux oreilles, il passe ses nuits à échafauder des scénarios apocalyptiques, tous les uns plus cauchemardesques que les autres.

Et Miguel se dit que c'est chez son père, justement, qu'il devrait rouler cet après-midi de juin, que ça lui ferait du bien, à Yvan, d'aller faire un tour en ville, loin des outils et du désordre du chantier.

Mais l'inconscient en a décidé autrement. Sans s'en apercevoir, Miguel a pris le chemin du verger. C'est qu'il cultive des fruits, Miguel. (La femme : le premier fruit du premier jardin ; la pêche originelle.) À son avis, la chair, la pulpe du fruit, c'est la nourriture par excellence. Celle du paradis, celle des dieux, juteuse, moelleuse, sous la peau fine de l'écorce. À l'affût, sans cesse, de nouvelles espèces, Miguel ne dédaigne pas pour autant les fruits qu'il connaît déjà par cœur, les apprenant, avec chaque nouvelle bouchée, comme si c'était la première fois. Il les aime tant, les connus aussi bien que les inconnus, qu'il n'en brusque jamais la semence, la culture, la cueillette ni la consommation. En bon exploitant, il sait laisser mûrir, sait aussi, parfaitement, le moment propice pour récolter.

C'est le fruit du poirier, justement, qui, cet après-midi d'été, lui semble tout à fait à point.

Ils sont, là-dessus, parfaitement d'accord, Yvan et lui : *Il faut cultiver son jardin.* Voltaire, lui répète sans cesse Yvan, n'a jamais dit si vrai : cultiver son jardin, renchérit-il, comme s'il y allait de sa propre vie. Parce que tu sais, Miguel, les asperges à Noël, les fraises en février, elles ne seront, bientôt, pour nous, qu'un souvenir nostalgique. On en sera réduit à ne manger que ce que la terre ici, *ici*, à cent kilomètres à la ronde, sait déjà produire. Et il se penche sur les sillons de son jardin, sur ses piquets et ses ficelles, et il place ses graines de carottes, de petits pois et de haricots une à une dans l'écrin noir de la terre, les égrenant comme un chapelet, comme un collier de perles.

Quand Miguel a une minute, il va rejoindre son père en bottes de caoutchouc et chapeau de paille et il fait semblant, un petit quart d'heure, de l'aider à construire l'enceinte du jardin. Indispensable, cette clôture grillagée, à cause du gibier dans ce coin du pays, des chevreuils et des lapins qui se régaleront, le moment venu, de la petite salade et des fanes de betteraves du jardin de son père. Pendant que son fils l'observe, Yvan creuse des trous, érige des poteaux, étend le fil de fer. Plus tard, dit Yvan, il voudra établir

17

sur le contour de son potager quelque chose de plus noble, de plus seigneurial – une muraille de pierres des champs, par exemple, ou une haie vive d'aubépines. Mais pour l'instant, il faudra qu'il se contente de ce grillage de poulailler.

La dernière fois que Miguel est allé le voir – à la mi-juin, peu après le départ d'Adrienne –, il l'a trouvé à la petite table de cuisine de sa roulotte, en train de percer des cloques à l'aide d'une aiguille et d'une bouteille de teinture d'iode. À la vue de cette peau abîmée, Miguel a fait la grimace. (Ses mains à lui, il en entretient jalousement la douceur, à l'aide de gants, d'onctions et de crème.) Mais il s'est bien gardé de lui faire des reproches.

De part et d'autre, ils en ont trop sur le cœur, ce père et ce fils. Des aigreurs, des regrets, des rancunes. Et chaque fois qu'ils se voient, tout affleure à la surface, comme les immondices dans un égout. Et en nommer une, une seule, évoque toutes les autres.

C'est que, voyez-vous, le père ne pardonnera jamais à son fils de l'avoir si amèrement déçu, et le fils, quant à lui, en a soupé du mépris profond, constant et irrévocable de son père. Yvan le trouve médiocre, Miguel, insignifiant, lui, sa job, sa femme, ses bagnoles, sa vie.

Impossible, vraiment, qu'ils soient du même sang. Qu'ils aient le même teint brun, la même carrure, les mêmes yeux pers. Car, à tout autre égard, ils sont, ce père et ce fils, diamétralement opposés.

* * *

Attends donc que je meure avant de vouloir sauver le monde.

Sa mère lui sourit gravement en portant à ses lèvres sa tasse de thé. Derrière elle, au-delà des grandes fenêtres de la baie vitrée, les arbres séculaires de son parterre trônent immenses et silencieux. Il a beaucoup plu ces derniers jours, des pluies torrentielles, des orages de mousson, et l'écorce de ces vieux érables est couverte d'un lichen vert, comme les arbres *sempervirens,* se dit Yvan, de la forêt tropicale. Le vent, aussi, a été rageur. La pelouse est jonchée de branches que le vieux jardinier s'occupe lentement à ramasser.

Quand je serai morte, tu pourras t'occuper de la Terre tout à loisir. Moi, mon compte est bon, je n'en ai encore que pour quelques années. Maintenant, fiston, pendant qu'il est encore temps, c'est de ta mère qu'il faut que tu t'occupes.

Le discours n'est pas nouveau. Yvan écoute d'une oreille distraite, se plaît plutôt à observer. Ils sont installés dans le solarium de l'ancienne maison, la pièce qu'il préfère entre toutes. À cette heure de la matinée, elle regorge d'une clarté glauque, versée du haut du ciel et passée au crible des grands feuillus. La lumière tombe en plaques verdoyantes sur la mousseline blanche des coussins, sur le vieux sèvres du service à thé, sur les arabesques délavées du tapis turc. Même l'hiver, même quand les bancs de neige s'empilent en vagues autour des troncs des arbres, dans cette pièce, c'est toujours l'été. Enfant, Yvan s'y installait avec ses bandes dessinées et son jeu de Meccano et la lumière tamisée qui pénétrait jusqu'à lui l'entourait comme une eau. Ses souvenirs d'enfance les plus tenaces baignent tous dans cette chaleur, cette moiteur, cette couleur d'aquarium.

Sur la pelouse, le vieux Gonzague, penché comme un glaneur, ramasse toujours les branches tombées. Encore tout humectée de pluie, l'herbe se froisse sous ses bottes comme une soie lumineuse. Yvan plisse des yeux et imagine l'étendue de gazon devant lui découpée en multiples lopins de terre labourée, les quadrilatères de jardins maraîchers. Des épinards! se dit Yvan, de l'endive et de l'escarole! plutôt que cette maudite herbe urbaine gavée de phosphates et d'herbicide.

Mais madame Coulonges (née Tillinac) ne voudrait jamais renoncer au prestige que lui confère cette immense pelouse mignotée. C'est un gaspillage extravagant, l'apanage par excellence de l'élite nantie. Et, d'ailleurs, à son avis, le potager familial fait pauvre. Il évoque genoux couronnés et ongles en deuil, courbatures et peau gercée. La boue, aussi, celle qui adhère aux carottes et aux poireaux, celle qui strie de longues traînées noires la porcelaine blanche de l'évier de cuisine.

Un jour, quand Yvan était petit, Gonzague a fait cadeau à la famille d'un sac de betteraves qu'il avait lui-même récoltées du jardin qu'il entretenait, chez lui, dans le vague lointain d'un quartier inconnu. À la porte de service, madame Coulonges les a acceptées avec des exclamations de plaisir, lui a promis de les préparer, le jour même, pour le souper familial. Quand, plus tard dans l'après-midi, Yvan est allé fouiner du côté de la cuisine, il a trouvé sa mère occupée à peler et couper en dés les betteraves de Gonzague. Pour ne pas se salir les mains, elle avait enfilé des gants de coton blanc. L'enfant a gardé longtemps en mémoire l'image troublante de ces mains blanches tachées de sang.

Il va sans dire qu'elle préfère de loin se procurer au Safeway du coin des tomates rangées en carton, des choux-fleurs enveloppés de cellophane, des feuilles de basilic en sachets plastifiés. Déposés à l'étalage du supermarché, se dit Yvan en faisant la grimace, au bout d'un parcours de quelques milliers de kilo-mètres, au coût faramineux et immoral du carburant nécessaire à la préservation de leur fraîcheur et de leur transport.

Quand il revient vers sa mère, il se rend compte qu'elle parle encore de voyage. C'est un thème sur lequel elle brode souvent ces derniers temps. Elle fêtera cet été son quatre-vingt-dixième anniversaire et, pour souligner l'événement, elle voudrait revoir Oujda une dernière fois avant de mourir. Fès, chantonne-t-elle d'une petite voix affétée, Tanger, Rabat, pendant qu'Yvan se mord la lèvre. Maman, veut-il lui répéter, on ne va pas en voyage en Afrique du Nord à ton âge, ni même à Paris ou à Venise. À ton âge, on va très sagement villégiaturer en Floride ou en Californie, ou on fait une croisière dans les Antilles. Et à part ça, Maman chérie, sais-tu qu'un Boeing 767 brûle près de cinquante mille livres de kérosène en traversant l'Atlantique? Une empreinte écologique hallucinante.

Et d'ailleurs, voudrait-il encore lui faire remarquer, c'est de la frime, ce voyage-là. Tu prétends vouloir revoir le Maroc en souvenir de tes premières amours quand cet amour-là, on le sait bien, s'est volatilisé au cours des ans. Si, si, on l'a tous bien assimilée, Hugo, Clarisse, Dominic et moi, la légende du regard, celui qui souda à jamais ta vie à celle de Papa. (Le mythe familial voulait qu'ils se soient rencontrés, Charlotte et Elizé, en 1944, dans l'hôpital militaire d'Oujda. Elle était infirmière, lui, fantassin. Blessé dans une escarmouche, il était couché sur une civière dans la pénombre de la tente médicale quand elle était apparue dans l'entrée, nimbée de lumière. Il avait cru voir un ange et elle, le héros de tous ses rêves.) Mais après, hein, Maman, après ce regard, cette idylle dans le désert, ces noces de conte de fées, le héros romantique est vite devenu un monstre d'égoïsme. (Après la guerre, ayant hérité de la fortune de son père, cumulée au cours d'une carrière dans la manufacture d'instruments agraires, Elizé avait installé sa jeune épouse dans la demeure familiale, un manoir de grès rouge construit au début du siècle dans l'enclave formée par une courbe de la rivière Assiniboine, et s'était mis à écrire des romans de cape et d'épée. Il avait connu un succès médiocre, mais l'adulation d'une petite poignée d'admirateurs lui était vite montée à la tête. Il s'était pris pour Dumas, père *et* fils, et avait alors fait de la vie de son épouse un long esclavage.)

Et toi, Maman, quand le grand auteur était enchaîné à sa machine à écrire dans la chambre de l'étage et tes enfants acheminés vers l'école, comment passais-tu tes longues journées d'hiver ? Yvan, ses frères et sa sœur savent tous pertinemment que leur mère a eu des amants. Même qu'il y en a eu un, floriculteur de son métier, qui a créé une rose, le produit d'un croisement, en l'honneur de sa bien-aimée. Un hybride nommé la Charlotte Tillinac. De sa place à la table du solarium, Yvan peut la voir dans la roseraie, ses pétales peau de pêche perlés de gouttes d'argent.

Alors, cette histoire de voyage nostalgique, à d'autres ! Maman…

Pour changer de propos, Yvan désigne le jardinier d'un coup de menton.

Qu'est-ce que tu en feras, de tes vieux domestiques, quand tu vendras la maison ?

À part son homme à tout faire, madame Coulonges a gardé la bonne, Marie, à son service. Quand Yvan, ses frères et sa sœur étaient jeunes, Marie et Gonzague habitaient ailleurs, dans la garenne de petites rues au-delà des portes de pierre du quartier, et arrivaient tôt le matin, l'un en vélo et l'autre en autobus, avant le réveil de la famille. Mais depuis le départ des enfants et la mort de son mari, madame Coulonges les loge chez elle, dans deux chambres du rez-de-chaussée, remplies, elles aussi, de vieux meubles en chêne sombre, de tentures surannées, de tapis turcs élimés.

Interloquée, elle toise son fils d'un regard glacé. D'abord, comme un enfant malappris, il l'a interrompue; ensuite, il ose remettre en question une décision prise par elle il y a longtemps. Avant de lui répondre, elle laisse se prolonger entre eux un silence ahuri.

Tu sais bien, Yvan, que je ne vendrai jamais ma maison. C'est dans une boîte qu'il faudra m'en sortir. Les pieds devant.

Mais tu serais si bien, Maman, dans un petit appartement – je ne sais pas, moi – dans un foyer ou un accueil pour aînés. On s'occupe de tout dans ces maisons. Tu n'aurais plus à te soucier de...

Elle le coupe d'un geste impatient de la main.

* * *

Elle sait, avant même qu'il ait levé le doigt, qu'il va s'installer dans la chaise en face d'elle. Il plane, là, à la limite de son champ visuel, l'air ingénu, le regard désemparé. Elle a pourtant fait de son mieux pour délimiter son territoire dans ce café bondé. La petite table de bistro est encombrée de ses effets, elle a les yeux rivés sur l'écran de son ordinateur, des écouteurs lui bouchent les oreilles, le message est clair et sans équivoque: je travaille, je ne veux pas qu'on me dérange, foutez-moi la paix.

Par-dessus le blues de Bobby Bazini, elle l'entend murmurer: Ça vous gênerait, mademoiselle, si je... et, l'index tendu, il désigne la chaise vide. Sans répondre, sans même lever la tête vers lui, Magali s'applique, d'un air excédé, à débarrasser l'autre moitié de la table. Le type y place sa tasse de café, son portable et, bien en évidence, son livre, *La dissémination* de Jacques Derrida. Elle ne connaît ni l'auteur ni le bouquin, mais la chose est si inusitée – un homme avec un livre dans un cybercafé – qu'elle se permet un coup d'œil.

Il y a longtemps qu'elle a cessé d'espérer. Plus jeune, quand on s'approchait d'elle, comme ça, dans un bar ou un café, sa tête se remplissait du bruit de son sang. Elle s'imaginait qu'il était encore possible de découvrir parmi la gent masculine des exemplaires étonnants, inédits, ou même tout simplement beaux. Depuis, elle a découvert, avec regret, qu'ils se ressemblent presque tous. Portés sur les gadgets, la baise ou le pognon, ils parlent trop, le plus souvent, et ne savent pas écouter.

Elle trouve qu'ils sont aussi, à quelques exceptions près, tous adipeux. Dans le visage, surtout, leurs contours virils devenus, par quelque métamorphose inexplicable, difformes et terriblement mous. La joue est grasse, le dessin du menton flou, la couenne épaisse, la chair pâteuse. C'est un visage sculpté qu'elle aime, Magali, l'os visible sous la peau, les traits taillés au bistouri, leurs lignes dures, pures, sans bavure.

Et, à l'instar de bon nombre de jeunes femmes à l'aube de ce nouveau millénaire, elle n'acceptera rien de moins. Pendant qu'au cours des dernières années, les jeunes hommes de sa génération s'aveulissaient sensiblement, les jeunes femmes, au contraire, se retranchaient dans une nouvelle rigidité, une nouvelle intolérance. Leur système est simple : elles refusent catégoriquement tout compromis et ne s'accommodent que du meilleur. Par exemple, là où leurs mères se seraient contentées d'un garçon grassouillet, peut-être, aux mains moites et au front fuyant, les femmes d'aujourd'hui rejettent d'emblée le quelconque et l'à-peu-près. Leurs mères, souffrant d'astigmatisme, s'étaient résignées aux lunettes ou au martyre quotidien des lentilles cornéennes. Les filles, elles, sans regard pour la dépense, ont eu recours au laser. Comme des êtres primitifs, comme des biches ou des chattes, leurs mères avaient été soumises à l'influence de la lune.

Les filles, pour leur part, se sont affranchies de la tyrannie hormonale au moyen des pilules ou, encore mieux, de l'astucieux petit Mirena. En somme, elles ne s'astreignent à plus rien de déplaisant, ces jeunes femmes du XXIe siècle. La trame sonore de leur vie, débarrassée de toutes les chansons médiocres, est composée uniquement de refrains qu'elles aiment.

Le visage en face d'elle est ciselé à souhait. La tignasse qui l'encadre est noire et bouclée, les yeux sont bleu marine et, à la commissure des lèvres, flotte un petit pli narquois. Magali le détaille rapidement du coin de l'œil, le juge beau, puis le congédie d'un battement de paupières. Elle se replie sur le texte devant elle, sur cette image qu'elle tentait d'évoquer, mais, distraite maintenant, et agacée, elle désespère de pouvoir la saisir.

C'est dommage, quand même. Ce matin, elle s'était réveillée la tête pleine de musique et, avant que les autres se pointent dans la cuisine, elle était déjà installée à l'ordinateur. Mais ses colocs s'étaient levés l'un après l'autre, en ce lendemain de foire, d'humeur bourrue et casse-cul, et elle s'était enfuie, le laptop sous le bras. Pour se ramasser dans ce café branché, en face d'un mec qui allait sûrement se mettre à la reluquer.

Elle est jolie, Magali, svelte, bien tournée. Ses sessions de yoga sont inscrites dans la souplesse de ses membres, dans le tonus de ses muscles, elle a la langue percée et une plume de paon tatouée sur le pied. Ce matin, elle porte des leggings qui lui couvrent la jambe jusqu'à la mi-mollet, des sandales en plastique blanc et une chemise d'homme rayée qu'elle a chipée dans la garde-robe de Jonathan.

Ils sont tous musiciens, ses colocs. Jonathan est claviériste, Dany, guitariste, Sétaré, chanteuse. Ils font du jazz, du blues, du ska, du ragga, du reggae, et Magali, elle, est mixeuse audio. Experte en acoustique. Ingénieure en sonorisation. Elle travaille pour Assonance, une petite boîte archispécialisée qui l'envoie un peu partout comme consultante dans l'aménagement acoustique des salles de concert. Entre deux contrats, elle aime faire le mixage audio pour les productions de ses amis. Et le samedi matin, quand tout le monde est encore au lit, elle aime composer des chansons sur son MacBook Pro.

C'est avec un air de jazz dans la tête qu'elle s'est réveillée ce matin. Avant même d'ouvrir l'œil, il lui semblait entendre le saxo de PeeWee Ellis, le piano de Blossom Dearie et une voix noire et chevrotante qui scatte. Et des vers, ses vers, truffés de néologismes, de vocables arbitraires, le résultat d'un mixage ingénieux de déformation, de dérivation et d'emprunt. Et ça coulait bien, ce matin, ça flyait, ça floattait, ça fleeait, jusqu'au moment où le type s'est assis en face d'elle.

Elle doit reconnaître aussi que si, dans ce café, l'inspiration lui fait défaut, c'est parce qu'il y manque un élément essentiel – sa muse, s'amuse, ça m'use –, Sétaré, qui, quelque part dans le loft, fait des vocalises. Elle a un son tout à fait unique, Sétaré, mélange de fumée âcre, de filet de gin et de velours, et quand elle chante sous la voûte caverneuse de la piaule, une corde vibre dans le corps de Magali, et elle trouve les mots pour la nommer.

Lundi soir

D'une voix hésitante, alors, mais les yeux toujours baissés, Thomas s'est mis à raconter. En novembre 2009, lui, sa femme et son enfant à naître descendaient vers Churchill dans un transport Medevac. Une grossesse, me dit-il en laissant fuir son regard, devenue, soudain, très compliquée. À la hauteur de Whale Cove, une tempête levée sur la baie d'Hudson, pleine de bourrasques et de neige aveuglante, s'était violemment abattue sur eux. Pris dans la tourmente, l'avion avait été emporté vers l'ouest, vers l'intérieur des terres, loin, très loin, de la trajectoire habituelle. La proie du vent, l'embarcation avait plongé, fait des embardées, avait failli culbuter plusieurs fois, une aile par-dessus l'autre. Se voyant incapable de survoler la tempête, le pilote avait voulu atterrir, mais le pays lui était inconnu et sa vision obscurcie par un épais voile de neige. Ils n'avaient jamais su à quel moment ils avaient quitté la toundra pour franchir la ligne des arbres. Et quand le poids de la glace accumulée sur les ailes avait fait pencher l'avion, c'est dans la petite forêt tordue de la taïga qu'ils s'étaient enfin écrasés.

Thomas n'a rien dit, mais, dans son silence, j'ai pu tout imaginer. Le fuselage éventré, la neige mêlée au sang, l'odeur du carburant, le cri du vent, les gémissements. Le pilote, l'infirmière et l'épouse de Thomas avaient tous été blessés à mort. Seul Thomas avait été épargné. Au cours des heures qui avaient suivi, il avait essayé de bander les blessures, d'étancher le sang, de réchauffer la chair glacée, mais, l'un après l'autre, ils avaient succombé dans ses bras.

Devant moi, devant la curiosité éhontée de cette inconnue venue d'ailleurs, Thomas a tu ses morts, a tu aussi les heures qu'il avait passées dans la solitude de leurs corps froids.

J'ai eu une pensée pour l'enfant, alors, lové dans le sein de sa mère, mort avant que le froid eût pu s'immiscer sous sa peau et figer le filet fin de son sang. Une fulgurance de lumière, pour Thomas – une mince consolation, dans l'absolu de sa nuit.

Deux jours interminables, il avait attendu l'avion de rescousse. Mais quand ses signaux de détresse demeurèrent sans réponse, quand aucun vrombissement de moteur ne vint percer le hurlement constant du vent, il pansa sa jambe blessée et se mit en marche. À l'affût de tout repère, il avait pénétré dans la forêt, suivant la ligne des eskers, les cours d'eau glacés, les traces, rares et éphémères, des hardes en mouvement. Il avait marché vers le sud, toujours vers le sud, espérant tomber sur un trappeur, sur un camp, sur un *lodge*, sur un village inuit. La neige était profonde, les marécages traîtres, le froid, terrible. Mais il avait pu, chaque nuit, se construire un abri rudimentaire de branches de sapin, et les réserves d'urgence de l'avion qu'il avait emportées avec lui – nourriture, allumettes et couvertures d'aluminium – avaient écarté pour quelque temps tout danger de mort.

Au bout de trois jours de marche, il avait aperçu dans le lacis des conifères une clarté qui ne ressemblait en rien à celle de l'aube. L'œil rivé à cette tache de lumière, il s'était traîné entre les mélèzes, s'était approché lentement, avait essayé, de toute sa volonté, de calmer l'oiseau gonflé de sang qui, sous ses côtes meurtries, battait des ailes sauvages. Encore dissimulé dans les arbres, il avait pu voir danser les ombres sur la face graveleuse d'un esker, avait pu saisir dans l'air transi la fumée âcre d'un feu. Il allait se mettre à courir vers la lumière, traînant derrière lui son havresac et sa jambe blessée, quand il s'était vu, soudain, cerné d'une meute silencieuse. Des loups aux yeux jaunes approchaient dans le sous-bois, le museau à terre et le poil du cou dressé. Même dans l'obscurité de la forêt, m'a-t-il dit, il avait pu voir les lèvres noires retroussées et l'éclat des canines blanches ; il avait saisi, aussi, au-delà du vacarme de son cœur affolé, la menace sourde qui grondait dans les gorges fauves. Et il avait cru entendre sonner sa dernière heure.

Les loups s'étaient approchés à pas feutrés, l'avaient entouré, l'avaient reniflé. Raide, figé, parmi les fanions battants de leurs queues levées, Thomas avait attendu qu'un coup de crocs l'atteigne à la cheville. (Thomas a marqué une pause ici pour m'expliquer que le loup descend sa proie en fermant les mâchoires sur le jarret, et le chat, sur la nuque, tandis que l'ours, lui, étripe d'un coup de dents. Des trois, la pire mort est celle par l'ours ; la meilleure, à cause de sa précision et de sa célérité, par le chat.) Les loups avaient continué à gronder, à fouiller d'un museau agressif tous les plis de son corps, à dessiner autour de sa silhouette paralysée de peur des ronds de plus en plus étroits. Mais, contre toute logique, ils n'avaient pas attaqué. Et pourtant, s'était-il dit, ils doivent avoir dans les narines l'odeur de mon sang, du sang, aussi, de mes trois morts.

Saisi d'effroi au milieu de la meute grondante, Thomas avait cherché à comprendre pourquoi ils n'attaquaient pas, avaient cru, un moment, que c'était l'odeur de l'essence qui le sauvait, les loups méfiants, repoussés par les relents de kérosène qui se dégageaient de ses vêtements. Et pendant qu'il s'évertuait ainsi à raisonner, la peur, la vraie, s'était glissée en lui, figeant son sang et glaçant ses os.

Marquant encore une pause, Thomas avait détourné le visage un instant, avait porté loin son regard. Puis, revenant vers moi, il avoua d'un petit rire sec qu'il n'avait connu cette peur mortelle qu'une ou deux fois dans sa vie – cette peur qui lui avait mis dans la bouche le goût même de sa chair. Et c'est à ce moment-là, à ce moment où je voyais pour la première fois la face cachée de Thomas Bonechild, qu'on est venu me le ravir.

Un groupe de touristes américains le réclamait. La pêche avait été bonne, ils avaient fêté, éclusé toute la soirée, et voilà qu'au petit matin, ils se découvraient un petit creux. Ils voulaient manger de l'omble-chevalier, mais cuit à la façon de Thomas Bonechild. Au cours de leur journée de pêche, ils s'étaient arrêtés dans une des innombrables îles du Nueltin pour partager un *shore lunch,* préparé par Thomas, avec deux gouttes d'huile et une poignée de farine. Les Américains n'avaient jamais mangé si frais et ils insistaient, maintenant, pour que Thomas remette ça.

Il n'a pas protesté. Sans lever les yeux sur moi, il m'a quittée, me saluant d'un imperceptible clignement de paupière.

* * *

Ce soir de juin, Yvan était penché sur sa main striée de jaune désinfectant, Miguel était debout à la porte de la roulotte, l'air désinvolte, le sourire moqueur à peine esquissé. Ils se taisaient, tous les deux, évitaient de se regarder, se cantonnaient l'un et l'autre dans une palpable méfiance. L'air était lourd entre eux et, pour alléger, Miguel a hasardé une remarque.

Tu devrais porter des gants.

L'œil rivé à la paume de sa main, Yvan a riposté, Les gants, c'est bon pour les femmes.

Ben, justement, les femmes, elles aiment pas ça, les mains calleuses. Quand Maman va revenir…

Yvan s'est contenté de grogner. Il a levé la tête, lui a lancé un regard mauvais. Si tu te préoccupais un peu moins, aussi, de ce que les femmes aiment et de ce qu'elles n'aiment pas.

Miguel a feint la surprise, a écarté les bras d'étonnement. J'y peux rien, moi. C'est la profession qui veut ça.

Il a vu l'effort qu'a fait son père pour réprimer la boutade qui lui était montée aux lèvres.

Ce sont les femmes, papa, qui achètent les voitures, maintenant – 60 % des autos neuves et 53 % des usagées! Tu te rends compte? Il a fallu donner des cours de formation professionnelle (Miguel a observé avec délectation le même rictus enragé aux coins des lèvres de son père) à tous les vieux vendeurs machos qui n'avaient aucune idée de la façon d'aborder une cliente sans suer la condescendance.

Toi, j'imagine, on t'a exempté des cours. Ce n'était pas une question, mais une constatation sèche.

Au contraire. Miguel n'a pas pu réprimer le sourire éblouissant qui lui déformait le visage. C'est moi qui les donne.

Yvan s'est levé abruptement, est allé ranger aiguille et bouteille d'iode dans la petite pharmacie de la minuscule salle de bain. En revenant, il a rempli la bouilloire au robinet, allumé le gaz, sorti tasses et Nescafé. Je te fais un café?

Miguel a voulu dire non, il secouait déjà la tête, faisait un mouvement pour dégager. Mais il s'est rappelé, soudain, les paroles de sa mère. Avant de partir, elle avait murmuré : Pendant que je serai là-haut, occupez-vous donc de votre père, toi et Magali. Sortez-le de temps en temps, venez souper avec lui. Miguel savait, aussi, que sa sœur venait à la roulotte aussi souvent qu'elle le pouvait et jamais les mains vides. Elle lui apportait des pizzas et des mets chinois qu'elle achetait en route. Et ensemble, le père et la fille se mettaient à table et parlaient, comme des collègues, de stations audionumériques, de réponse fréquentielle, d'effet Larsen, de spatialisation, de restitution des harmoniques. Agacé autant par la jalousie que par un nouvel accès de culpabilité, Miguel a serré les mâchoires, s'est essuyé la bouche de son poing fermé, s'est installé sans mot dire sur la banquette de cuisine.

Le café était à peine refroidi que la conversation dégénérait déjà.

Le souvenir déplaît à Miguel. Ce soir-là, il s'était donné la peine d'être présent pour Yvan, avait fait

31

un effort pour *l'écouter* – c'était bien l'expression du moment, n'est-ce pas, d'être *à l'écoute* de l'autre –, avait essayé, surtout, de parler à son père d'homme à homme. Mais c'était plus fort que lui, tout ce qui se rapportait au monde de la construction verte – l'énergie géothermale, la récupération des eaux de pluie, les panneaux photovoltaïques, les planchers radiants – lui inspirait un ennui mortel. Il avait beau essayer de poser des questions intelligentes, de faire semblant de s'y intéresser, le vide de son regard trahissait chaque fois sa profonde indifférence. (Il affichait le même air absent quand on lui parlait de livres, d'art, de films qu'il n'avait pas vus, de politique, d'écologie et, surtout, *surtout*, d'enfants.) Alors, ce soir-là, pour éviter que son père se fâche enfin, qu'il repousse sa tasse avec humeur en disant Bon, ça suffit comme ça, d'ailleurs, tu n'en as rien à foutre, il l'a petit à petit amené à parler de choses plus personnelles – son emploi du temps en soirée, par exemple, sa fatigue, ses heures creuses.

Yvan a avoué qu'effectivement, sa solitude lui pesait un peu le soir. Il n'avait pour se distraire que ses lectures techniques, le chant des grenouilles et la face plate de la lune.

S'oubliant un moment, croyant faire de l'esprit, Miguel a offert de lui emmener, la prochaine fois, une jolie femme et un bon cognac... C'était une blague, bien sûr, mais qu'Yvan n'a pas goûtée. Le regard sombre, il a vidé son café d'un trait, a fait claquer la tasse contre le bois nu de la table.

Si j'ai bien compris, tu voudrais maintenant que, moi aussi, je trompe ma femme.

Miguel n'a pas essayé de se défendre. La soirée était, de toute façon, irrémédiablement gâchée. Pliant l'échine, la queue entre les jambes, il s'est enfui...

Son «essai routier» le conduit dans la banlieue sud de Winnipeg. Le quartier est neuf, il n'y a pas l'ombre d'un arbre à l'horizon, à part quelques ormeaux malingres attachés à des tuteurs. Ici et là, sur de jeunes pommetiers, une branche fleurie. Miguel baisse la vitre pour en saisir au passage le parfum fugitif. C'est pas la peine, se dit-il, en respirant la lumière, la chaleur, le jour d'été, c'est même pas la peine d'essayer. Malgré toute sa science, Yvan ne sait pas causer des choses essentielles – des petites gâteries, des péchés mignons, du fruit défendu. Il appréhende le monde, lui, uniquement par l'esprit. Tandis que moi, c'est sur ma langue que je le prends, sur ma peau et dans ma chair.

Au coin de la rue, il aperçoit la Boxster garée devant la maison – le signal convenu. D'un mouvement involontaire, il porte sa main à son visage, cherche la trace de Carmen sur la peau de ses doigts. Il s'arrête devant la maison, vérifie ses dents, ses yeux, ses cheveux dans le miroir du pare-soleil, jette un coup d'œil sur ses messages. Il n'y en a que deux – du travail et de la maison – lui rappelant ses rendez-vous de cet après-midi. Il répond rapidement, en textant, comme toujours, *j'y suis* (quand, justement, il n'y est pas), il éteint l'appareil et l'enfonce dans sa poche.

En remontant la glace du Hummer, il aperçoit du coin de l'œil la silhouette qui se découpe contre les rideaux de la fenêtre du salon. Il sait alors qu'elle l'attend et, c'est plus fort que lui, son cœur trépigne dans la cage de ses côtes. Elle n'est plus jeune, Carmen, la peau de son cou est un peu flapie, mais sa chair est sucrée, sa gorge plantureuse, ses hanches larges et généreuses. Une poire, en somme, mûre, fondante, à point.

Il a le doigt sur la sonnette quand une légère inquiétude le saisit de nouveau. Elle monte en lui, elle refait surface, elle prend soudain un visage connu. C'est Justine, se rappelle-t-il alors, avec un léger pincement au cœur. C'est Justine qui m'attend. Mais à l'instant même, Carmen ouvre tout grand la porte, lui sourit largement et, d'un geste négligent de la main, l'invite à l'oubli.

Sans hésiter, Miguel franchit le pas de la porte et entre chez Carmen comme il entre chez lui. Le seigneur, se targue-t-il, qui rentre dans ses terres, le maître dans son verger.

* * *

Les arguments de ses enfants, madame Coulonges les connaît tous par cœur. Hugo, le rapace, voudrait qu'elle vende son bien pour qu'il puisse avoir tout de suite sa part d'héritage. Clarisse, la sensible, la culpabilisée, ne veut pas qu'on découvre sa mère morte sur le carrelage dans le froid d'un matin d'hiver. Dominic, l'éthéré, voudrait qu'elle se déleste de tout ce poids mortel et qu'elle goûte, avant d'y accéder en permanence, à la vie de l'âme, à la vie de l'esprit. Quant à Yvan, son cœur d'environnementaliste s'étreint à la pensée de cette grande demeure mangeuse d'énergie. Ces fenêtres démesurées par où fuit, en janvier, l'air réchauffé à grand renfort de carburant, ces murs de pierre mal isolés, ces grands foyers pleins de courants d'air, ces immenses baignoires sur pied, profondes, glaciales, inassouvissables.

Et à quoi je m'occuperais, Yvan, toute la journée, enfermée dans mon cagibi ? À faire des patiences, peut-être, tricoter, attendre la mort ?

C'est vrai qu'elle reçoit encore beaucoup, Charlotte Coulonges. Secondée par Marie, elle invite ses intimes à dîner, organise des parties de whist, ouvre ses portes, une fois par mois, à son cercle de lecture. Intérêts qu'elle pourrait difficilement cultiver, Yvan doit en convenir, dans l'espace exigu d'une chambre de résidence pour vieillards.

Le visage de son fils s'est assombri. Mon Dieu, se dit madame Coulonges. Moi, cette chose me guette, me talonne et m'envahit, et je n'ai même pas le droit d'en parler? Ces jeunes, soupire-t-elle, si terriblement frileux. Elle adoucit le ton.

As-tu des nouvelles d'Adrienne?

Pas encore. C'est seulement par téléphone satellitaire qu'elle peut nous joindre. Ça coûte très cher et...

Mais madame Coulonges n'écoute déjà plus.

Quel drôle de couple ils font, Yvan et Adrienne. Trente ans de mariage, vécus à part, la moitié du temps, lui sur un continent, elle sur un autre. (Adrienne est ethnolinguiste, professeure à l'université, grande voyageuse et exploratrice, auteure, aussi, d'une myriade d'ouvrages érudits sur la langue et la culture. Elle a passé le plus clair de ses étés à recenser, dans les coins les plus isolés du monde, les langues en voie de disparition. Pendant ces mois de recherche, pendant des années sabbatiques entières, c'est Yvan qui assurait la garde des enfants. Et aussitôt qu'elle rentrait de voyage, Yvan partait à son tour. Doyen de faculté et professeur en génie civil, lui aussi s'est beaucoup déplacé au cours de sa carrière, suivi, bien entendu, d'une meute d'étudiants adorateurs au cœur compatissant, pour venir en aide aux peuples du Tiers-Monde. Il a foré des puits dans le désert, a érigé des panneaux solaires et des éoliennes, a construit des aqueducs pour amener jusqu'au village l'eau de source de la montagne.) Madame Coulonges mère n'a jamais pu comprendre comment une relation si mal nourrie est restée saine, robuste, inébranlable.

Et les enfants? Quoi de neuf?

Yvan se contente de hausser les épaules. Même à sa mère, il parle très peu de ses enfants. Une fois, une seule et unique fois, il s'était laissé aller à s'épancher devant elle. Lui avait demandé, le sourcil courroucé, si c'était dans la nature des choses, si cela allait inéluctablement de soi, que l'enfant doive devenir l'étranger. Il nous semble parfois, à Adrienne et moi, avait-il confié à sa mère, que Miguel et Magali ont été élevés ailleurs, par d'autres parents dans un autre foyer, sans nos valeurs, nos passions, nos engagements.

(Yvan et Adrienne se targuaient de l'ambiance raffinée qu'ils avaient su créer pour leurs enfants. Vois, se disaient-ils, la compagnie cultivée dans laquelle ils évoluent – les Frémont-Coulonges recevaient fréquemment; il n'était pas inusité de retrouver à leur table un ambassadeur du Niger, par exemple, une anthropologue colombienne ou un cinéaste cubain – les livres, la musique et l'art qui les entourent, la liberté dans laquelle ils se meuvent et s'épanouissent. Et ils avaient l'idée vague, ces pauvres parents abusés, que, sans qu'ils soient eux-mêmes obligés d'intervenir, les petits absorberaient par une sorte d'osmose intellectuelle les effets civilisateurs de toute cette culture. Yvan et Adrienne avaient été sidérés d'apprendre que les grands classiques de l'art, de la musique et de la poésie n'avaient laissé qu'un petit pli fripé sur la peau de l'âme de leurs enfants, que leur foi, leur humanisme et leur sensibilité n'avaient réussi à produire que des êtres superficiels, aux mœurs douteuses et aux goûts décidément, affreusement, populaires.)

Magali a promis de m'emmener avec elle un soir. À la roulotte. Pour souper avec toi. Les yeux fanés brillent, le sourire est espiègle.

Yvan doit réprimer un mouvement d'impatience. Sa mère est passée maître dans l'art de manigancer des complots dans le dos de ses enfants. Yvan lui a dit et redit qu'il ne l'emmènera au chantier qu'une fois la maison construite. À l'heure actuelle, avec ses remblais, son sol inégal, ses piles d'outils et de bois de construction, le site est un piège pour le pied mal assuré. Mais Yvan se contente de lui répéter : Si tu savais, Maman, comme on est mal installé chez moi.

Frustrée, bafouée, madame Coulonges se replie dans la colère. Quelle idée, aussi, de construire cette maison ! À ton âge, si loin de la ville, si loin de moi.

C'est la rengaine qui reprend. Yvan repousse sa chaise, se met debout, vide son café d'un trait. J'ai plein de courses à faire ce matin, Maman. Je reviendrai te voir la semaine prochaine, c'est promis. Il se penche vers sa mère, pose ses lèvres sur sa joue flétrie. Avant même qu'il ait quitté la pièce, Marie s'approche avec le plateau pour desservir.

En s'installant au volant de sa Prius, Yvan doit faire un effort pour respirer. Tout est tendu en lui, crispé, ligoté. Son cœur, ses poumons, bâillonnés par des liens d'acier. Le sang lui bat les tempes, l'air entre en trébuchant, et il attend, il attend que l'étau se desserre, que la tenaille lâche prise.

C'est toujours ainsi après une visite chez sa mère. C'est de la voir si chétive, et si résolue à déjouer la mort. C'est de voir la maigreur de ses bras, sa peau chiffonnée de rides, ses dents grises, ses yeux voilés, le crâne nu, la tête de mort, sous les boucles blanches. À quoi bon se battre ? se demande-t-il encore une fois. À quoi bon s'entêter ?

La glace fond, les mers montent, les forêts brûlent, les océans meurent, les lacs s'assèchent, les villes s'engorgent, l'air empeste, l'eau se corrompt, les déchets s'accumulent, et moi, moi, je composte, je recycle mon papier journal, et je cultive des pommes de terre. Une goutte de pluie dans le désert, une ultime cigarette devant le peloton d'exécution.

Yvan pousse un soupir qui lui vient du fond de l'âme, il constate à nouveau la futilité de tout effort humain, il hausse les épaules et il embraie. Dans le ciel gris, les nuages se gonflent encore de pluie. Tout comme l'avenir, pense-t-il en soupirant, l'été n'est plus ce qu'il était. Quand les premières gouttes s'écrasent avec violence contre le pare-brise, il songe encore à sa mère, à sa décrépitude, à sa sénescence, et se surprend à l'envier. Non pas sa faiblesse, bien sûr, ni son impuissance, mais l'imminence de son extinction.

* * *

C'était le coin de Winnipeg que Magali préférait – ces rues de l'ancienne section mercantile, avec leurs édifices en terre cuite et en granit, leurs pilastres, leurs corniches ornées et leurs fenêtres en hublot. Elle aimait les pavés inégaux de ses chaussées, ses cours intérieures, et ses pigeons, aussi, à la gorge irisée, qui, le soir, descendaient des toits en claquant des ailes. Et au pied des rues, le quai Darveau et la rivière Rouge, qui roule sa bosse grise jusqu'aux eaux immenses du lac Winnipeg. C'était là qu'elle voulait vivre, avait-elle dit à son père. Dans l'espace ouvert d'un vieil entrepôt, entre ses parois de brique, dans la clarté blanche de ses puits de lumière.

Le jour où elle avait enfin trouvé, Yvan était allé visiter avec elle l'immense salle au dernier étage d'un ancien dépôt. C'était grand, bien sûr, mais Yvan savait que Magali trouverait le moyen d'apprivoiser l'espace. Le loyer était cher, aussi, mais il savait qu'elle avait quantité d'amis qui emménageraient volontiers avec elle. Le quartier était sinistre, mal peigné, mais sa fille, elle, était délurée, dégourdie, avertie : elle ne sortirait le soir qu'accompagnée. Non, de tout cela, il n'était pas inquiet, Yvan. Ce qu'il craignait, par contre, pour Magali, c'était la diffusion du souffle dans ce lieu démesuré. C'était l'éparpillement de l'esprit, l'éclatement de la pensée, dans le vague de ce vide excessif. Il songeait à la musique en puissance de Magali.

Debout devant une des grandes fenêtres de la pièce, il avait tourné le dos à la vitre poussiéreuse, à la cime des arbres, à la rivière, et avait suivi des yeux Magali. Elle errait sous le vaste plafond, arpentant de sa démarche régulière le pin blond du plancher et, la tête penchée, saisissait d'une oreille affûtée les réverbérations du bruit que faisaient ses pas. Elle le voyait mal à contre-jour; il n'était qu'une silhouette noire contre la lumière et sa voix, qu'un écho désincarné.

Tu sais ce qu'il a dit, Leonardo da Vinci?

Elle avait fait non de la tête.

Il a dit qu'il fallait à tout prix éviter les grands espaces. Pour écrire. Pour composer.

Sans s'arrêter, sans le regarder, Magali avait attendu.

Il a dit, Léonard, que l'imagination se dissipe dans les espaces trop grands. Que l'invention se perd. Yvan avait marqué une pause. Ce qu'il lui faut, à l'artiste, c'est la contrainte et l'exiguïté.

Magali avait continué à longer les murs de ses enjambées mesurées. Ses talons contre le parquet résonnaient, se répercutaient entre la vitre, la brique et le bois, et elle évaluait la transparence du son, son enveloppement, son intimité, sa chaleur.

C'est le même gars, avait-elle demandé au bout d'un instant, qui a dit que seule chante la rivière entravée?

Le visage ombragé d'Yvan avait sensiblement pâli. Il avait voulu lui dire que Vinci, ce n'était pas un *gars*, c'était celui qui... Je sais pas, avait-il fini par bredouiller. Ça se peut bien.

Eh ben, moi, j'suis pas d'accord. D'abord, je les aime larges, mes rivières, et pleines d'écueils à fleur d'eau. Puis j'suis pas partisane, non plus, des trous de souris. On se fatigue vite, hein, à respirer le même air.

Puis, la mine distraite, elle avait continué à tâter le pouls acoustique de la pièce en faisant claquer fort le talon de ses bottes…

Elle avait mis plusieurs mois à se trouver des colocataires convenables. Certains ne s'y faisaient pas du tout, à l'immensité du logement. Ils ne se retrouvaient plus, avaient l'impression de disparaître, les franges de leur corps comme happées par l'espace.

D'autres croyaient vivre un rêve éveillé – le loft, pour eux, était une salle de spectacle qui, par son envergure, réclamait la présence d'une foule. Alors, c'était porte ouverte tous les soirs, un *happening*, un *rave* constant, débordements et déboires à l'avenant.

Et d'autres, enfin, garçons et filles, s'étaient malencontreusement amourachés de Magali.

Adolescente, elle avait eu quelques liaisons, mais elles lui avaient laissé un goût fade dans la bouche. Ça sentait le renfermé, ces petites passades, ça exhalait l'ennui. Et l'amour, elle s'en était vite rendu compte, lui volait les meilleurs moments de la journée. C'était tôt le matin ou tard le soir qu'elle aimait composer. À l'amenuisement de la lumière, ou de la nuit.

Alors, à ces jeunes hommes et ces jeunes femmes qui s'entichaient d'elle, elle disait, en souriant tristement, va, je t'aime bien, mais je ne veux pas changer ma vie pour toi. Ils essayaient de rester auprès d'elle encore un moment, pour la convaincre, pour la faire changer d'idée, mais, épuisés enfin de la voir sans pouvoir la toucher, ils finissaient par y renoncer.

Jonathan, Dany et Sétaré n'aimaient pas Magali de cet amour-là. Leur passion, ils la réservaient pour la musique. Ils étaient, chacun dans sa discipline, des artistes sérieux, qui s'accommodaient sans difficulté de la solitude. Quand, exceptionnellement, par devoir professionnel, ils se voyaient obligés de recevoir, ils enduraient tous, avec mauvaise grâce, la présence chez eux d'étrangers. Quand la porte se fermait enfin sur le dernier importun, ils tombaient tous dans leur lit (chacun le sien), fourbus et exténués.

C'est ce qui s'était passé la veille. Et cela explique pourquoi, ce matin, c'est à une petite table bancale dans l'odeur poisseuse d'un café (au lieu du silence antique de sa demeure austère) que Magali poursuit une image. Mais la fatigue la gagne et la curiosité, aussi.

Vingt minutes qu'ils y sont, lui et le tout beau en face, et toujours rien. Il n'a pas essayé de lui parler, ne l'a pas dérangée, s'est plongé, sans même lui décocher une œillade, dans le monde miniature de son iPhone. Mais depuis quelques instants, il semble agité. La paupière mi-close, Magali l'observe. Il a éteint son portable, consulté sa montre puis, maintenant, la tête levée, il jette un coup d'œil à la ronde, s'attardant un moment à la porte, puis à la grande vitrine du café.

C'est clair, se dit Magali. Il attend quelqu'un.

Et elle se met à imaginer la femme qu'il espère.

Grande, blonde, bien habillée, la dame – parce que c'est effectivement une dame – qui s'approche de la table est dans la jeune cinquantaine. Sa peau est légèrement bronzée, ses yeux, légèrement bridés, ses cils, longs, pâles et emmêlés. Elle se déplace entre les tables avec une grâce déconcertante et son sourire, allumé par le visage qu'elle vient d'apercevoir, lui creuse dans la joue une fossette adorable.

Le type en face de Magali se lève aussitôt. Il s'élance vers la femme, se rend compte qu'il a oublié son livre, revient tout de suite le chercher. En quittant la table une seconde fois, il lève les yeux sur Magali et hausse une épaule, faussement gêné. Je trahis ma hâte, semble-t-il lui dire. Tu m'as vu et tu te marres.

41

Mais de toi, de ton petit air crâneur, je me fous et me contrefous. Et il s'élance de nouveau.

Devant son ordinateur, devant le petit point d'exclamation qui trépigne comme un cœur, Magali reste interdite. Il est parti, le gars, mais le sourire qu'il lui a expédié avant de la quitter a fait éclore dans son visage une chaleur cramoisie. Dans son sang, cette émotion étonnante, et, dans sa chair, ce désir très précis : en faire baver à cette belle gueule d'amour.

II

Mardi 21 juin 2011

On part demain.

Dans la clarté opalescente de cette nuit sans noir, j'observe l'adresse et l'économie de chacun des gestes de Thomas. Depuis que je suis installée ici, derrière la moustiquaire de la véranda, je l'ai vu hisser le canot sur ses épaules, le porter sans défaillir sur la jetée ballottante et l'assujettir solidement au flotteur de l'avion. Il se déplace avec grâce, comme une panthère apprivoisée, se dépense sans trahir même l'ombre d'un effort.

Maintenant, les deux mains appuyées contre l'aile de l'avion, il réfléchit. À nos réserves, peut-être, à notre équipement, au temps qui, pourtant, est au beau fixe. J'espère que c'est à tout cela qu'il pense, mais je crains plutôt que ce qu'il éprouve, à l'idée de cette aventure, ce sont des sentiments mêlés de regret et de honte. D'heure en heure, depuis mon arrivée, je m'attends à ce qu'il vienne me trouver pour me dire qu'il y renonce, à ce projet de découverte, qu'il le désavoue et le répudie.

Sa réticence naturelle l'en garderait bien, c'est sûr, mais s'il le voulait, il pourrait nommer, sans recul ni réflexion, les motifs innombrables de ma culpabilité. C'est qu'il les porte à fleur de peau, ces injustices, ces rancœurs, et ma seule présence, ici, dans son royaume, est insulte et provocation. Tu viens, pourrait-il accuser, dans ce monde encore maculé de l'argile d'un dieu, comme tous ceux de ta race, pour exploiter, pour t'approprier et pour saccager. Si je te livre ce peuple de la taïga, si je commets ce baiser de Judas, tu entreras chez eux en conquistador, pour vaincre et pour subjuguer.

Et mes promesses et mes protestations ne pèseraient guère dans la balance – une plume, un plumeau, dans la poussière épaisse de l'Histoire.

Mais si, au contraire, c'est à mon séjour qu'il songe, à la claire saison que je compte passer au sein de la tribu cachée, il n'a pas à s'en faire. Je saurai me débrouiller. Il ne sait pas, Thomas, que j'ai vécu parmi les albinos de San Blas, que je connais la cérémonie du feu des Warlpiri, le stigmate sur le front des Tauade, la mère de la mer des Ammassalik. Que je parle sept langues, sais me protéger contre les vipères et les glossines, sais poser des pièges, aussi, pêcher au filet et à la ligne, coucher sans peur à la belle étoile.

Il vérifie une dernière fois les cordages qui arriment le canot. Puis, les yeux levés vers le large, les mains sur les hanches, il contemple les ombres sur l'ardoise de l'eau et le labyrinthe d'îles qui la constellent.

Est-ce au désert qu'ils pensaient, les anciens Perses, aux dunes chatoyantes, aux mirages, au miracle de l'eau dans le puits artésien, dans l'aven, la bétoire, l'igue, la doline? Est-ce à ce pays de soleil et de sable qu'ils songeaient lorsqu'ils ont forgé le mot *paradis*? Si oui, il faudrait le leur laisser et en inventer un autre. Car, ancien, avestique, il n'a rien à voir avec la beauté ineffable qui m'exalte cette nuit.

Impossible de contempler ce lac, ce ciel, ces demi-teintes de bleu, de lavande, de mauve, de pervenche sans songer à la palette du peintre qui les a mélangées. Créé de toutes pièces par un démiurge, ce monde, à l'évidence, a été fait pour des dieux. (Au moment de sa genèse, ils se sont penchés sur la planète, comme un père sur la tête de son enfant nouveau-né, pour respirer ses prés et ses fougères.) Mais le dieu en nous a été étouffé, enseveli dans le bruit et le béton, et ce n'est que devant ces paysages d'avant l'homme qu'il est ressuscité. Et alors, les yeux dessillés, il est saisi et il comprend : c'est pour lui que le monde a été fait.

Combien de fois, me suis-je demandé, Thomas s'est-il retourné au seuil de sa porte pour jeter un dernier regard sur ce ciel pénétré de lumière? Et pourtant, ce soir encore, il s'attarde devant le tableau, toujours le même, toujours renouvelé. Enfin, d'un geste lent, touché de regret, il tourne le dos à la nuit lumineuse, il traverse la grève, monte me retrouver. Il sait que, depuis la veille, je tiens dans mes mains un écheveau de fils épars. L'étoffe dont ils sont faits, c'est lui qui doit la tisser.

«On appelle les Déné, peuple du caribou. Mais les hommes et les femmes que j'ai découverts, cette nuit-là, sont avant tout peuple du loup.»

Son entrée en matière était toute simple, à son image. Il a poussé la porte de la véranda, m'a saluée en touchant d'une main son front, s'est glissé d'un mouvement souple dans la chaise en face de moi. Sa voix, quand il parle, murmure comme le vent dans le feuillage du bouleau.

«Ils m'ont entouré, ils m'ont flairé, mais ils n'ont pas attaqué. Et l'un après l'autre, ils se sont détournés de moi pour regagner le campement dans la clairière. Je les ai suivis, mon cœur sous mes côtes battant à se rompre à l'idée que j'étais sauvé.

«Quand je suis sorti du couvert des arbres, j'avais devant les yeux une scène que mille fois dans ma vie j'avais déjà vue. Des femmes en peau de caribou s'affairaient autour du feu, des enfants en mocassins se disputaient des chiots, et des hommes, leurs mains nues malgré le froid, maniaient poinçon et babiche sur des arceaux de saule. Tout me paraissait si normal, si familier que je me suis élancé vers eux comme vers ma propre famille, installée, l'automne, dans son camp de chasse.

« Mais la clarté du feu jouait sur la face de l'esker à l'abri duquel ils s'étaient réfugiés. Et j'ai vu alors, avec étonnement, le va-et-vient de silhouettes dans l'entrée de cavernes creusées dans le mur de gravier. Mon père et mon grand-père s'étaient abrités dans des tentes de peau, dans des huttes à perches faîtières, dans des *askihkans*, mais jamais, à ce que je sache, comme des troglodytes, dans des grottes taillées dans le roc et le gravier.

« Mon élan brisé, j'ai attendu alors qu'on s'aperçoive de moi.

« Au bout d'un moment, un jeune homme en nattes s'est approché, la main droite sur le cœur, la tête courbée. Arrêté devant moi, il a esquissé une sorte de génuflexion, geste qui m'a tout de suite rappelé le salut du loup. Puis, la voix basse, révérencielle, il m'a adressé la parole.

« Je m'attendais, bien sûr, à entendre un dialecte. Des mots différents, peut-être, mais touchés d'une inflexion familière, de résonances innues, chipewyan ou oji-cri, mais la langue que parlait ce jeune homme m'était tout à fait étrangère. Je lui ai fait comprendre que je n'y entendais rien.

« Il s'est tu, a hoché de la tête, m'a fait signe de le suivre. Il avait remarqué le sang caillé sur mon pantalon, avait vu, aussi, que je boitais. En traversant à sa suite la petite clairière, j'ai remarqué qu'à mon approche tout le monde – hommes, femmes et enfants – me saluait sur mon passage. Sans interrompre ni leur travail ni leur jeu, ils m'indiquaient par un hochement silencieux de la tête qu'ils m'avaient vu et que je ne leur étais pas indifférent. »

* * *

Il avait failli pleurer en échangeant sa Boxster contre une fourgonnette. Un bel homme, la jeune trentaine, le play-boy à peine dissimulé derrière la façade mal léchée de père de famille. Une voiture comme ça, avait-il expliqué à Miguel, c'est un caprice de célibataire. La phrase était tombée dans l'oreille de Miguel avec un accent décidément féminin. Le pauvre bougre, s'était dit Miguel. Tellement retourné qu'il ne lui reste plus, dans la bouche, que les paroles de sa femme.

Les autres vendeurs avaient rigolé. Écrasés par le devoir et les dettes, sous la férule de leur mégère, ils mitonnaient une amère jalousie à l'égard des riches, des jeunes et des affranchis. Mais Miguel, qui, lui, portait encore dans son sein le cœur d'un homme libre, avait vécu l'échange comme un deuil. Il avait promis au client de lui trouver pour sa voiture un acheteur de goût comme lui, un homme racé et raffiné qui vouerait un culte à sa Porsche comme à la déesse qu'elle était.

L'acheteur rêvé ne s'était pas présenté. Il n'y avait eu, en fin de compte, que cette Carmen en jean serré et talons hauts, venue fouiner entre les rangées de voitures d'occasion, un magot bien épais enfoui dans les profondeurs de son sac à main. Son mari, entrepreneur de construction richissime, lui ayant promis une voiture sport pour son anniversaire, lui avait dit d'aller faire un tour chez les concessionnaires, sorte de mission de reconnaissance, pour voir ce qui lui plaisait.

Les vendeurs l'avaient tous aperçue en même temps. Souffrant du manque de clients en ce deuxième été de récession, ils étaient dressés l'un contre l'autre dans une rivalité sanguinaire qui inspirait les pires excès, les manœuvres les plus mesquines. En apercevant

Carmen, rôdant parmi les voitures avec son petit air de chienne perdue, ils s'étaient rués d'un même accord vers la porte de sortie. Mais, l'ayant détaillée d'un coup d'œil connaisseur, ils avaient tout aussi vite abandonné. C'était, avait décrété Jérôme, le genre à Miguel. Un peu poule, la bonne femme, un peu vieille catin, avec ses breloques et ses babioles, ses cheveux trop blonds et son visage trop fardé.

Miguel admettait sans vergogne qu'il aimait bien les femmes comme elle. Se sachant déjà passablement défraîchies, elles se pâmaient de reconnaissance lorsqu'on leur accordait la moindre attention sexuelle. Et c'est ainsi qu'il les aimait, ses femmes : humbles, redevables, accablées de gratitude.

Par paresse, par manque d'imagination, Miguel les abordait toujours de la même façon. Dans le ricanement général des vendeurs cantonnés derrière la vitre, il poussait la porte d'un air faraud, resserrait sa cravate, rajustait ses lunettes de soleil, fondait comme un rapace sur son insoucieuse proie. Le plus souvent, elle ne l'avait pas vu venir ; penchée sur le pare-brise, les mains en visière contre son visage, elle examinait l'intérieur de la voiture. Le cul en l'air, les cuisses tendues, les seins mous pressés délicieusement contre la glace, elle se présentait à Miguel dans sa pose la plus séductrice. Tenté, chaque fois, de lui flatter la fesse, il se bornait à étudier ses chaussures – de grandes échasses le plus souvent, des bottillons, des sandales haut perchées. L'espace d'une seconde, il l'imaginait nue, la belle étrangère, arc-boutée sur ses talons aiguilles.

Ça vous met l'eau à la bouche, hein, une voiture comme celle-là, ne manquait-il jamais de dire. Puis il se léchait les lèvres, se frottait les mains d'appétit, pendant que, les doigts écartés contre la vitre, la femme tentait de se redresser.

Un essai routier, oui, bien sûr, elle voulait bien. Le hic, c'était qu'elle ne savait pas manœuvrer les vitesses. La Mercedes, la BMW, la Porsche, est-ce que ça se trouvait avec transmission automatique? Une aberration, ma chère demoiselle, un flagrant non-sens. Rien que d'y penser, j'en ai mal au cœur. Et Miguel proposait tout de suite de l'emmener lui-même faire un petit tour sur le périphérique pour l'initier aux plaisirs subtils de la transmission manuelle.

Ils s'installaient donc, lui au volant, elle, serrée, serrée, à ses côtés, ses grandes gigues pliées à un angle incommode, ses pauvres chevilles, *because* les talons, douloureusement renversées.

En général, Miguel se comportait bien dans les rues tranquilles du quartier commercial, embrayant doucement, accélérant sans heurts ou saccades. Mais une fois sur la grand-route, il agissait comme un adolescent en mal d'attention. Conduisant de plus en plus rapidement, il faisait entrevoir à sa cliente la puissance latente du moteur qui murmurait sous le capot et la main de maître dont il usait pour la mater. Changeant brusquement de vitesse, braquant avec violence, il ébranlait sa passagère, la faisait pâlir de peur et d'admiration. Au bout d'un trajet de plusieurs kilomètres, parcourus à une vitesse affolante, il décélérait subitement puis, d'une main assurée, guidait la voiture vers l'accotement. Se retournant alors vers la belle, il devinait à certains indices qu'il avait réussi à l'impressionner. Immanquablement, le sang battait fiévreusement dans la veine de sa gorge, sa poitrine haletait et, dans ses yeux, comme glacés d'extase, brillait une eau argentée. Ils se regardaient un instant, poussaient un soupir convulsif puis, prétextant un emportement tout à fait spontané, Miguel la prenait dans ses bras et la serrait contre son cœur. Férocement. Comme mû par une impulsion qu'il ne

49

savait plus maîtriser. Brièvement. Le temps, seulement, de la respirer, de tâter du bout des doigts la mollesse délicieuse de sa chair.

La plupart des femmes le repoussaient d'emblée, mais certaines, comme cette Carmen cavaleuse, se laissaient volontiers prendre au jeu.

Elle avait acheté la Porsche, à condition, bien sûr, que Miguel lui apprenne à la conduire. Son mari, Pierre, n'avait pas le temps, lui, de s'amuser à lui donner des leçons. Il était souvent parti, aussi, accaparé par ses nombreux projets, et il ne voulait surtout pas que sa belle Carmen se morfonde à l'attendre.

Quand la Boxster était garée devant la maison plutôt que dans le garage, Miguel savait que le mari était loin. La leçon de conduite remise pour la journée, il entrait, alors, dans la maison de Pierre, buvait des *mojitos* faits du rhum de Pierre, se vautrait dans le grand lit de Pierre, faisait jouir la femme de Pierre puis, avant de rentrer chez lui, se baignait dans la piscine de Pierre.

* * *

Il a perdu l'habitude des bouchons. Quand la ligne de voitures n'avance plus, quand il se retrouve emprisonné dans un embouteillage, un cri de détresse lui monte du fond des entrailles et il a peur, tout à coup, de perdre la tête. Une minute de plus, se dit-il, une autre seconde de claustration, et je me mettrai à klaxonner comme un furibard, à hurler et à sacrer, l'œil égaré et la bouche mousseuse de bave. Puis, enfin, n'y tenant plus, je ferai revoler la portière de la voiture, je m'en éjecterai en grimaçant, et je la planterai là, la maudite automobile, dans sa stupide, sa profonde, son immuable immobilité. Et je continuerai à pied, me frayant un chemin parmi ces machines infernales, en assénant sur mon passage de grands coups de poing sur chacun des capots... Se retenant de justesse, Yvan réussit à prendre sur lui, il respire lentement, bruyamment, glisse Ashkenazy dans le lecteur CD, joue très fort le *Concerto n° 3*. Tandis qu'à côté de lui, un énergumène assis dans un TransAm fait trembler la rue des basses d'un rap débile.

Et, pour Yvan, ce n'est que le début du cauchemar. D'ici sa sortie de la ville, la vision dantesque ne fera que s'accroître. Depuis cette première scène, où il disparaît dans une flottille de cages fumantes, leurs effluves toxiques s'élevant vers les cieux, obscurcissant le soleil, étouffant la planète, jusqu'à la dernière, dans les franges sinistres des banlieues abandonnées, Yvan sera la proie de frayeurs qui le laissent, chaque fois, meurtri et ébranlé.

En attendant que la voie devant lui se dégage, il a le temps de se voir, chiffe insignifiante au volant de sa voiture, multiplié à des millions d'exemplaires dans toutes les villes de la Terre, tous paralysés, figés comme un caillot dans une artère, pendant que les moteurs tournent à vide et que le carburant fuit, s'immisce dans l'atmosphère et l'asphyxie.

Plus tard, quand, enfin, la file de voitures se remettra en branle, le malaise qui s'était emparé de lui ne le quittera plus. Comme sous l'effet d'une nausée ou d'une névralgie, sa vision en sera embrouillée, voilée d'ombre et de sang. Tout prendra un aspect menaçant : le mendiant en guenilles, le motard en bottes cloutées, les poubelles débordantes, les vitrines fracassées derrière les rideaux de fer.

Il s'imagine trop facilement, Yvan, ce moment imminent dans l'histoire humaine où, assoiffée, asséchée, la civilisation occidentale s'effondrera. Pétrie d'avarice, dépourvue de prévoyance, elle aura consommé jusqu'à la dernière goutte d'eau, au dernier baril de pétrole et au dernier épi de blé, toutes les ressources de la Terre, elle aura bousillé à jamais tous les climats de la planète, détruit faune, flore et habitats, contaminé, comme la souillon qu'elle est, air, sol et rivière puis, dans son extrémité, se sera mise à lorgner les maigres avoirs de ses voisins. Elle sera la cause première de sa propre destruction. Famines, inondations, ouragans et guerres porteront sur leur visage la trace de sa main. Tarie, enfin, étiolée, elle se repliera sur elle-même, puisant dans les bas-fonds de ses instincts l'agressivité, la malice et la barbarie qui assureront sa survie.

Suivra alors l'anarchie. Les forces de l'ordre ayant été mises en déroute, c'est l'engeance qui établira sur toutes choses son empire. Dans tous les quartiers de la ville, les plus huppés comme les plus misérables, les maisons et les commerces seront saccagés, leurs portes défoncées, leurs vitres cassées et tous leurs biens envolés. Les squelettes d'autos abandonnées joncheront les pelouses et les chaussées, dévalisées, renversées, mises à feu. Les rues seront vides, le petit peuple caché dans les ruines, pendant que marauderont, arme à feu au poing, les voyous massacreurs. Au bord des trottoirs, les déchets s'accumuleront et les rats se multiplieront et la maladie se propagera comme un feu de brousse. Tous les arbres auront été coupés, tous les oiseaux tués, les chats et les chiens sacrifiés. Et les plus désespérés des hommes, les plus affamés, auront dans la bouche le goût de la chair humaine. (Une image revient souvent dans l'esprit d'Yvan : autour d'un feu au coin d'une rue, cinq types louches festoient. Ils sont revenus de la chasse, ont eu de la chance, la viande rôtit au bout des broches. Ils mangent avec appétit, en riant, et les os léchés pétillent dans les flammes. Un homme, en particulier, s'acharne sur un morceau, en mordillant du bout des dents. Il ronge, il gruge, comme on fait avec le cou de la dinde ou l'aile du poulet. Mais ce qu'il mange, lui, ce sauvage, ce qu'il suce et qu'il grignote, ce sont les phalanges décharnées d'une main humaine.)

Le nœud se démêle enfin. On respire, malgré l'air vicié, on embraie, on bouge. Le cœur crispé d'Yvan se remet à battre, ses muscles tendus se décontractent. Il regarde autour de lui, voit à travers la distorsion des pare-brise le visage soulagé des chauffeurs. Pauvres couillons, se dit-il encore, pauvres abrutis, pris quand ils comptaient prendre. Ils vont tous disparaître, nous allons tous disparaître, race d'acquisiteurs éhontés que nous sommes, et la Terre, enfin guérie de cette peste humaine, renaîtra de nos cendres.

En roulant vers sa prairie, Yvan se demande, pour la millième fois, pourquoi il a remis à si tard ce déménagement à la campagne. Depuis si longtemps, déjà, il rêve de quitter la ville, d'en finir une fois pour toutes avec ses sirènes incessantes, ses ronflements de tondeuse, ses chiens enragés. Ah, les chiens de ses voisins! Leurs jappements, la nuit, et, sur sa pelouse, la surprise de leur merde. Il lui semble parfois, quand il prend l'air sur le pas de sa porte, que le monde est pénétré de l'odeur de leur merde. Épaisse, visqueuse, obscène. L'odeur même de la mort.

Après la pluie, la terre exhale une vapeur verte que le soleil, aussitôt, aspire. Les nouvelles feuilles de juin n'ont pas encore foncé, arborent encore, sous une lentille d'eau, le vert tendre de leur naissance. Sous la poussée du grain, les champs ne sont plus noirs, mais hérissés de blé nouveau miré dans les flaques d'eau. Eau, herbe, soleil, vent, nuages – c'est à partir de ces éléments, se rappelle Yvan, que l'Adam des légendes médiévales avait été créé. Et l'homme du XXIe siècle, se demande-t-il, narquois, de quelles matières serait-il composé?

Les glaces sont baissées, la musique joue douce-ment, Yvan est à l'aise, détendu. Il conduit d'une main négligente, laisse errer son regard vers les arbres, les pierres des champs, les vastes escarpements de ciel bleu. Mais il sait que ce n'est pas de ce côté qu'il faut chercher la réponse. Car l'homme du XXIᵉ siècle, il ne faut pas en douter, n'aura pas été engendré par la nature. Par le dépotoir, plutôt, par l'usine et le laboratoire. Sa chair sera constituée de silicone, et ses os, de béton. Son sang sera fait de pétrole, ses cheveux, de filaments de tungstène, ses yeux, d'écrans, son souffle, de dioxyde de carbone, et ses pensées, ses tristes pensées, de vidéoclips. Ou de textos. Oui, se dit Yvan. Ce sera plutôt de textos. Que des lettres décousues, moitié image, moitié mot, brefs, éphémères, sans envergure.

* * *

Elle avait perdu à la courte paille. Personne, dans les bureaux d'Assonance, n'avait voulu se charger du contrat O'Leary. On se l'était refilé d'agence en agence, et le dossier avait enfin abouti sur la table de Magali.

Il n'était pas méchant, Desmond O'Leary, mais revêche, pointilleux et un tantinet repoussant. Balèze en sciences de la mer, il préférait l'eau à la terre et les cétacés aux humains, ne savait parler que de poissons et répandait en permanence autour de sa personne l'odeur du varech et de la moisissure. Il faisait figure de légende dans les annales d'Assonance, autant par sa singularité que par sa pénétration intuitive de l'art de l'acoustique. À l'affût de toute percée dans la technologie de la gestion du son, il faisait appel au personnel d'Assonance chaque fois qu'une découverte dans le domaine rendait indispensable une mise à jour de ses consoles, de ses transducteurs ou de ses amplificateurs. C'était justement une technique de pointe dans le captage numérique des oscillations acoustiques marines qui avait valu à Magali d'être convoquée à Haida Gwaii.

Mais ce départ, tout compte fait, tombait mal. Magali était, pour l'instant, autrement absorbée. Depuis que le hasard avait placé sur son chemin le très émouvant Alexandre Bragance – un samedi matin au café, pendant qu'il commandait sa deuxième tasse de *latte* au comptoir, elle s'était glissée jusqu'à sa table, avait ouvert le livre qui s'y trouvait, avait découvert, sur la page de garde, son nom écrit en grandes lettres d'imprimerie, comme de la main d'un enfant de dix ans –, Magali n'avait pas connu un moment de répit. Le beau visage d'Alexandre s'était imprimé sur la rétine de ses yeux, le souvenir de son sourire railleur l'avait poursuivie jusque dans ses rêves et un aperçu de la blancheur de sa peau, du cœur rouge qui battait dans le creux pâle de son cou, avait éveillé en elle une soif de sang.

Armée de son nom, elle avait pu, grâce à l'insidieuse ubiquité du réseau social, le suivre à la trace. Devenue son amie sur Facebook, elle l'avait poursuivi de photo en photo, avait appris à reconnaître ses amis, les bars qu'il fréquentait, la musique qu'il préférait. Au cours de plusieurs soirées, secondée par l'une ou l'autre copine, Magali avait investi une table au fond du bar Italia, avait commandé une Stella Artois et attendu que le beau mec se pointe. Quand il avait été bien installé au bar, entouré d'une flopée de blondes en sandales et minijupe, elle s'était arrangée pour qu'il la voie. Avait croisé son regard. L'avait effleuré du bout des doigts en se frayant un chemin dans la foule. Au café, au bar, au concert, manifestations répétées, regards appuyés, puis, soudain, au moment où il songeait à s'approcher d'elle, évanescence. Pour qu'il se languisse d'elle, avant même de connaître son nom.

La traque avait été amorcée, la battue, engagée. Magali avait appris par cœur ses mouvements, son rire et son odeur, et elle entendait, d'ici une quinzaine, cerner sa belle proie. Elle avait joué le jeu dans les règles – le guet, l'affût, le pistage à la trace menés sans gaffes ni heurts – et elle comptait maintenant goûter aux plaisirs de la curée.

Dans l'avion, elle ne cessait de se dire qu'une absence de quatre jours ne changerait rien à la mise. Au contraire, essayait-elle de se convaincre. Monsieur Bragance s'apercevrait peut-être de sa soudaine disparition, et la curiosité et l'appétence n'en seraient qu'accrues. Mais il en coûtait quand même à Magali de laisser sans suite une embuscade si magistralement échafaudée. Elle avait donc fait appel à la subtile Sétaré, la priant d'occuper sa place habituelle au café, d'observer les agissements d'Alexandre et de lui texter tous les jours un compte rendu de ses allées et venues.

Alors, pendant que le Boeing survolait les neiges éternelles des Rocheuses et que les lacs alpins scintillaient dans l'œil jaune du soleil, Magali avait compté les minutes avant l'atterrissage, avait serré dans sa main moite son impuissant portable. Aussitôt arrivée, elle avait pu lire qu'Alexandre, un livre sous le bras, venait justement de quitter le restaurant en compagnie d'une mignonne petite brunette. Sétaré avait pu les prendre en photo juste au moment où ils franchissaient le seuil du café.

Dans l'aérogare, au milieu de la cohue grouillante, Magali s'était penchée sur la photo de la femme, avait scruté les traits de son visage, les avait étudiés, comme pour les graver au bistouri sur la peau rose de sa mémoire.

De Vancouver à l'île Moresby – un survol de sept cent soixante-dix kilomètres d'un paysage d'une beauté hallucinante –, Magali n'avait remarqué ni eau, ni ciel, ni forêt. La tête tournée vers la fenêtre, elle avait eu

l'air de guetter la descente vers Sandspit ; en fait, elle n'avait eu d'yeux que pour les images qu'elle avait stockées, les faisant passer et repasser sur le hublot de l'avion comme sur l'écran de son portable.

Elle avait eu froid dans le bateau d'O'Leary. S'était assise le dos au large, les épaules voûtées sous son imper, l'œil perdu dans l'écume blanche du sillage. À bâbord, la forêt des pluies dressait la muraille de sa verdure ; à tribord, les baleines ponctuaient la grisaille de la mer de gerbes de vapeur d'eau. Elle ne s'aperçut de rien. N'était consciente que de sa peau hérissée d'humidité froide, de ses cheveux raidis par l'air marin. Quand le bateau se rendit enfin à la jetée, elle n'avait dans la tête qu'une seule idée – vivement, la douche chaude puis, tout de suite après, chaussettes sèches et chandails de laine.

On lui avait décrit la maison d'O'Leary. Une station de recherche sise parmi les plus grands arbres du monde, elle était devenue, au cours des ans, un ramassis invraisemblable de pièces détachées – de rallonges, de hangars et d'appentis – qui avait fini par prendre des allures d'habitation humaine. Construite de planches de cèdre noircies avec le temps, et chapeautée d'une nappe épaisse de mousse verte, elle croupissait à l'ombre des pruches, des thuyas géants et des cyprès, et suintait l'humidité. En l'apercevant, Magali avait frémi, avait su, tout de suite et parfaitement, que les tricots qu'elle avait dans son sac n'étaient tout simplement pas à la hauteur, que toute la laine de tous les moutons du monde ne viendrait pas à bout de cette moiteur.

Elle avait suivi O'Leary sur la piste qui menait à la maison, sous les branches déployées des cèdres géants, entre les frondes immenses des fougères. C'était un paysage tiré des pages de la préhistoire, qui recelait, sans doute, des serpents et des grands lézards du jurassique, et Magali ne savait plus si les frissons qui lui parcouraient l'épine dorsale avaient été

inspirés par le froid ou par la peur, également pointus, également mortels. Emboîtant le pas à O'Leary, elle avait rapidement franchi la distance qui les séparait, s'était collée comme une ombre à son dos voûté et à ses fesses défoncées.

Dans la chambre d'amis, un réduit sombre meublé de deux lits simples austères, elle avait jaugé l'épaisseur des édredons d'un œil critique et avait su, tout de suite et irrémédiablement, qu'avant que le soleil se lève sur un nouveau jour, elle mourrait de froid dans les draps humides de la nuit transie.

O'Leary, gauche, contraint, l'avait observée un moment depuis le seuil de la porte, puis, de sa voix caverneuse, lui avait dit de venir le rejoindre sur la grève quand elle serait installée. Lui allait faire sa plongée quotidienne et, tout de suite après, ils se mettraient au travail.

Mardi soir

«Leur chaman avait un visage androgyne, les cheveux défaits, les doigts longs, osseux et tannés par le temps. Il portait un pelage de loup sur les épaules; la tête de l'animal lui pendait dans le dos comme une cagoule, ses mâchoires béantes encore plantées de crocs. Au cou et aux poignets, il portait des dents de loup et des griffes d'ours enfilées sur des lanières de cuir. Et la peau de caribou qui lui enveloppait le corps était ajustée comme une pelisse, le poil contre sa chair, le cuir cru, veiné, noirci, face au vent et à la pluie.

«Accrochée aux parois de sa grotte, illuminée par un petit feu de braises, il y avait toute une panoplie de baies et d'herbages desséchés, de mousses, de lichens, d'écorces, des petits sacs de cuir, aussi, bourrés de poudre, de graines, de gommes et de pommades.

«Le chaman m'a indiqué d'un doigt décharné une couche de branches de sapins et de peaux de caribous. Je m'y suis installé avec difficulté, gêné par la fièvre et l'enflure de ma jambe blessée. Je l'ai allongée devant moi tant bien que mal. Le chaman s'est tout de suite agenouillé à mes pieds et, à l'aide d'une lame taillée dans le merrain de caribou, a fendu d'un coup sec le tissu de mon pantalon.

«Le pansement que j'avais improvisé était raide de sang sec. Un plâtre plutôt qu'une gaze, il adhérait à ma peau, couvrait ma blessure comme une gangue. Ma cheville était noire de sang, ma chaussure, couverte de neige visqueuse. Le chaman a voulu que j'enlève ma botte, mais les lacets étaient caillés, impossibles à dénouer. Il les a fendus d'un seul coup de son canif. Pendant que j'enlevais la botte et la chaussette, rigide elle aussi de sang noir, le chaman a prononcé quelques mots indistincts. Le jeune homme, resté depuis le début fidèlement à mes côtés, s'est levé d'un mouvement preste et, esquissant une génuflexion, s'est effacé. Quand il est rentré quelques minutes plus tard, portant une calebasse de cuir tanné pleine d'eau fumante, le chaman avait réussi à enlever de ma plaie les couches de gaze imbibées de sang. La blessure n'était pas belle à voir. Écarlates d'infection, les lèvres béaient comme dans un fruit fendu, la blancheur du tibia était visible et le sang et l'eau suintaient encore des chairs écorchées.

«Le jeune homme glissa la calebasse sous mon pied et le submergea dans l'eau chaude. La sensation me pénétra jusqu'à la moelle et tout en moi se mit à fondre. J'ai même cru un moment que mes yeux se remplissaient de larmes.

«Le sang durci s'est mis à ramollir. Même dans la pénombre de la caverne, on pouvait voir les volutes foncées monter à la surface de l'eau. Puis, tenant la calebasse entre ses genoux, le jeune homme prit mon

pied entre ses mains et se mit doucement à le laver. De ses mains (Thomas a levé les yeux vers moi, et j'ai deviné à son expression la profondeur de son bouleversement), de ses mains (a-t-il répété, en levant le ton), le jeune homme – cet étranger, ce parfait inconnu – a lavé de mon pied la souillure. (Il a baissé la voix.) Sa sollicitude m'a ému, sa douceur m'a rempli de honte.»

Ici, Thomas a marqué une pause. Le visage tourné vers la perle pelée du ciel, il a tenté de mater son émotion. Je voyais sous la peau boucanée de sa joue l'effort qu'il faisait pour la taire. Le nœud du muscle tressautait, et la mâchoire puissante se serrait. Thomas Bonechild, l'enfant de l'os, transpercé par la tendresse d'un geste humain.

«Se tournant vers sa pharmacopée, le chaman est allé chercher une pochette de cuir et une sorte de gourde remplie d'une graisse blanche. D'ours, peut-être, d'oie ou de caribou. Puis, relevant sur sa tête son écharpe de fourrure, il est revenu vers moi. Les yeux fermés sous le museau du loup, il a d'abord planté son pouce dans la bourse de cuir, marqué son front et ses lèvres d'une trace de poudre, en a lancé une petite pincée sur la braise ardente du feu. Un grésillement s'est fait entendre, une flamme verte a jailli de la cendre.

«Le jeune homme avait sorti mon pied de l'eau, avait posé mon talon sur son genou. Il s'était bien gardé de mouiller la plaie, et elle était encore tout incrustée de sang. Le chaman prit entre le pouce et l'index une autre pincée de poudre – racine broyée, peut-être, ou écorce pulvérisée – et en saupoudra ma blessure. Puis, de ses doigts osseux, il racla le fond du bol de bois, prit entre ses mains une boule de graisse et se mit à la pétrir. Quand les huiles furent bien mélangées, il étendit la graisse sur l'entaille dans ma chair, la recouvrant d'une couche épaisse.

« Le jeune homme m'apporta ensuite un mocassin pour couvrir mon pied nu, on me drapa les épaules d'une peau de caribou et on me remit entre les mains une petite coupe en cuir tanné. Le chaman y avait versé une tisane et je l'ai portée aussitôt à mes lèvres. Et pendant qu'à petits coups je buvais mon infusion d'herbes, je sentais sécher sur ma blessure le pansement de suif. Au bout de quelques minutes seulement, la graisse animale avait figé et ma douleur avait cessé.

« Mes paupières devenaient lourdes, je sentais la chaleur m'engourdir. Me débarrassant de mes vêtements, je me suis glissé sous les peaux de caribous et me suis tout de suite endormi, la tête pleine de l'odeur sauvage des dépouilles.

« Quand je me suis réveillé, la nuit était complètement tombée. À la porte de la grotte, quelques braises couvaient encore sous la cendre, mais, même aveugle, j'aurais pu voir la femme couchée à mes côtés. Avec mes mains, mon nez, ma bouche, j'ai appris la beauté de son corps. Elle était nue, et ses cheveux drus lui tombaient jusqu'aux hanches. Elle sentait la boucane, la chair et la sueur et, au poignet et à la cheville, elle portait des lanières de cuir et de fourrure. Du lapin, j'ai cru sentir, du poil de lapin aussi doux que le duvet qui lui recouvrait le ventre.

« Toute la nuit, la bouche dans le noir épais de ses cheveux, je lui ai parlé. Elle n'entendait rien de ce que je lui disais, mes mots devaient tomber durs et singuliers dans le creux de son oreille, mais toute la nuit, elle a écouté. Je lui ai raconté ma femme, et la flamme dans ses yeux, ma femme, et la rivière dans son rire, ma femme, et l'enfant sous son cœur. Je lui ai conté l'avion, l'oiseau improbable qui devait traverser, parfois, même son ciel incertain, je lui ai parlé de la vie et de la mort, de la membrane ténue qui les sépare. Je lui ai demandé de me garder, ici, dans cette caverne, auprès d'elle, tous les jours de ma vie. Je lui ai dit que je ne voulais pas rentrer chez moi, dans le silence d'un rire éteint, dans le lit froid de ma solitude. Si je pouvais passer ma vie à flatter sa peau, sa fourrure, sa chevelure, de ma main chaude et pleine de sang, je saurais, lui promis-je, être à nouveau heureux. Et je lui ai demandé son nom, lui ai dit que, si elle le voulait bien, je le troquerais contre le mien, pour en finir avec ce Thomas Bonechild, pour enfin l'enterrer, cette chiffe, cette nullité, dépossédé de tout ce qu'il avait aimé.

« Mais elle n'a rien dit. Le dos pressé contre mon cœur, elle a pris ma main entre les siennes, l'a portée à sa bouche et l'a emplie de ses baisers. »

* * *

Cet après-midi de juin, Carmen, uniquement vêtue d'un petit slip en dentelle noire, est étendue sur un coussin flottant au milieu de la piscine, et une complicité entre l'eau et la lumière emplit l'air de reflets dansants. Miguel, aveuglé par le scintillement, contemple Carmen mais voit Justine, telle qu'il l'a vue pour la première fois.

L'année précédente, ayant été nommé vendeur de l'année, Miguel a été récompensé par le concessionnaire d'un forfait tout payé à Las Vegas. Il s'est retrouvé parmi un groupe d'hommes comme lui, bruyants, viveurs, dépensiers, et a passé avec eux quatre jours de foire ininterrompue. Le golf pendant le jour, le jeu, la boisson et la drague tous les soirs.

Le lendemain d'une veille copieusement arrosée, il était avachi sur une chaise longue près de la piscine, soignant sa gueule de bois à l'ombre d'un parasol, derrière des lunettes fumées et à grand renfort de jus d'orange glacé. À un moment donné, il a ouvert un œil, et puis l'autre, a tout de suite été ébloui par le feu du soleil sur la surface de l'eau. Et là, au cœur même de ce brasier ardent, fraîche et brune et virginale, somnolait Justine, le bronzage de son corps détonnant contre la blancheur de son matelas pneumatique. Malgré les ravages de son mal de tête, Miguel n'avait pas hésité une seconde.

Elle était agente touristique et voyageait par affaires quatre ou cinq fois par année. Elle se spécialisait dans le marché plage et océan, et avait visité elle-même, pour le compte de ses clients, toutes les destinations soleil qu'elle leur proposait, aux États-Unis et au Mexique. Compteuse de sous increvable, elle connaissait sur le bout des doigts les meilleurs prix, au dollar près, des billets d'avion, des chambres d'hôtel, des voitures de location, des margaritas et des fruits de mer du littoral pacifique. Et elle portait dans sa peau la trace de tous les soleils qui, en plein hiver, l'avaient patinée de leur dorure.

Elle se trouvait, justement, entre deux hommes. Le dernier avait été congédié parce qu'il avait les mains trop petites, le précédent, parce que son crâne annonçait une calvitie précoce. Et le prochain, eh bien, il se faisait un peu attendre. Mais elle était là, au milieu de la piscine, un appât ragoûtant, et les petits poissons, et les grands, ne tarderaient pas à s'approcher.

Grimaçant de douleur, Miguel s'était glissé dans la piscine, sans enlever ses verres fumés. Nageant une brasse lente, il avait fait le tour du coussin flottant, comme le requin contourne sa proie, et tous les muscles de son corps s'étaient crispés sous l'effort. Il avait pourtant réussi à dégotter de son malaise un sourire presque convaincant. L'ayant enfin remarqué, barbotant à ses pieds dans l'eau turquoise de la piscine, Justine avait enlevé ses lunettes pour mieux l'étudier, et cet air qu'il avait de jeune homme bien élevé, sa bonne bouille rassurante lui avaient aussitôt plu.

Le voyage tirait à sa fin. Dès leur arrivée, les cinq compères de Miguel, drilles joyeux et débrouillards, s'étaient trouvé une amie pour les seconder dans leurs tournées des bars et des casinos. Seul Miguel était resté sans compagne, et les autres l'avaient accusé de jouer au bec fin. Mais ce soir-là, leur dernier à Las Vegas, lui aussi était enfin accompagné.

Soirée mémorable. Et, pour la clôturer, un geste éclatant.

Au petit matin, Miguel et Justine, à l'instar de milliers de couples éméchés avant eux, s'étaient présentés, parfaitement mûrs, devant le juge de la paix. Mais contrairement à la vaste majorité de ces couples, quand ils s'étaient réveillés le lendemain matin dans les bras l'un de l'autre, ils n'avaient pas tout de suite eu recours au divorce. Même soûls, même complètement pafs, ils s'étaient rendu compte que ce qu'ils avaient connu, cette nuit-là, dans le lit loué d'un hôtel pompeux dans la ville la plus vulgaire du monde, avait été rien de moins que la meilleure baise de leur vie.

Justine avait quitté Toronto, transbahutant ses pénates de son deux-pièces cuisine de Yorkville jusque dans l'appartement qu'occupait Miguel sous les toits d'une maison de Wolseley. Au bout de deux jours de vie commune, il en avait assez vu pour pouvoir déclarer à un ami que sa nouvelle épouse était maladivement attachée à ses plantes et à son chat (que Miguel détestait), qu'elle n'aimait pas cuisiner ni faire le ménage, qu'elle parlait fort et abondamment et que, dans la douche et sur le bord du lavabo, elle laissait des cheveux gras sur les pains de savon. Mais pendant que le copain se marrait, Miguel songeait, lui, à la nuit, quand Justine revêtait, pour lui, rien que pour lui, ses dentelles, ses soies et ses satins, et l'entraînait à sa suite dans l'anarchie secrète de la chair.

Au bout de quelques mois, pourtant, il avait déchanté. Même la joie intense que lui avait procurée la désapprobation de ses parents – ils la trouvaient triviale, Justine, mal instruite, peu cultivée, mais, trop corrects pour l'admettre, subissaient dans un silence affligé tous ses affronts et ses balourdises – avait perdu un peu de son éclat. Mais ce qui lui pesait le plus, bien sûr, c'était le manque de liberté. En prenant une femme chez lui, il avait renoncé au geste large, aux coudées franches, se voyant tenu, désormais, à demander la permission et à rendre des comptes. Mal à l'aise, se sentant à l'étroit, il avait décidé, un soir, de proposer qu'ils fassent, pendant un temps, ménage à part. Sans parler de divorce, bien sûr, il amènerait Justine à avouer qu'ils avaient agi un peu vite, que, franchement, hein, il fallait l'admettre, ils n'étaient pas faits pour s'entendre.

Dans leur petite chambre à coucher sous les combles, ils se préparaient à sortir. Miguel avait réservé deux places sur la terrasse d'un restaurant en ville. Lui avait enfilé une belle veste en lin, elle, une robe fourreau en soie brute. Elle lui avait tourné le dos pour qu'il remonte le zip de sa robe quand il avait remarqué, soudain, au niveau de la taille, un grain de beauté un peu suspect. Saillant, brun foncé, rugueux, il était entouré d'une petite flaque écarlate. Sans réfléchir, Miguel l'avait tâté du bout du doigt, avait hésité un moment, puis avait dit :

Dis donc, Justine. T'as vu ce qui te pousse dans le bas du dos ?

Elle s'était approchée d'un miroir, s'était tordu le cou pour s'examiner la peau, avait fini par s'arracher la robe du dos. En apercevant la chose hideuse, tare honteuse sur sa perfection, elle s'était écriée d'horreur, puis, adieu, terrasse, vin et francs aveux, il avait fallu, illico, se rendre à la clinique.

Le vieux médecin argentin qui l'avait enfin examinée avait été catégorique. Au cours d'une longue carrière en Amérique centrale, il avait eu l'occasion de voir sur la peau de ses patients quantité de lésions cancéreuses. Il fallait, selon lui, consulter tout de suite un dermato-oncologue.

Avaient suivi alors ablations multiples et profondes, chimio et radiations, nausées, perte de cheveux, angoisse et dépression. Six mois très durs, inhumains. Miguel, même Miguel, en avait été gravement bouleversé et n'avait plus songé à quitter Justine. Au bout des traitements, on avait confirmé la rémission du cancer et la vie normale avait repris. Justine avait pu reprendre son poste à l'agence de voyages, Miguel, les petites amies avec qui il liait connaissance, le soir, à son bar préféré. Il avait commencé à répéter, aussi, le discours d'adieu qu'il n'avait cessé de composer depuis l'avènement dans sa vie de la belle Justine.

Le sursis n'avait duré que cinq mois. Bientôt, des symptômes inquiétants s'étaient présentés. Avaient repris, dans l'ordre, consultations auprès des médecins, diagnostics, biopsies, fol espoir, terreur et désolation. Aujourd'hui même, elle devait obtenir le résultat des derniers tests. Miguel lui avait promis de l'accompagner chez le médecin.

Carmen fait avancer son matelas pneumatique à petits coups de ses mains. Elle veut regagner le bord de la piscine parce que son verre est vide et, là, sur la table en fer forgé, le pichet de *mojitos* sue à grosses gouttes perlées.

Miguel a les yeux pleins de soleil meurtrier. Si doux sur la peau, si hypocrite, si suavement traître.

Carmen, comme une sainte, est auréolée de lumière.

Il jette un coup d'œil douloureux sur sa montre. À l'heure qu'il est, Justine sait déjà tout. Pas la peine qu'il se dépêche. Il a raté le rendez-vous. Tout à l'heure, quand il rentrera, elle lui dira ce que, tous les deux, ils ont déjà compris.

Toute ruisselante de lumière, Carmen se présente devant lui. Miguel se secoue de sa torpeur, s'empresse de la servir. Leurs verres pleins à nouveau, ils trinquent au soleil et au plaisir, à l'éclatante, à l'insolente santé animale.

* * *

Rentré à la campagne, Yvan voit que le chantier de construction n'est plus qu'une flaque de fange. Des creux vaseux reflètent le bleu strident du ciel, le bois d'œuvre nouveau est tout éclaboussé de boue, des rivières limoneuses coulent dans les ornières du chemin. De l'auto, Yvan peut voir ses bottes de caoutchouc alignées bien sagement sur la première marche de la roulotte. Il les avait placées là exprès, hier soir, pour ne pas les oublier.

Puisque les pieds, ça se lave plus facilement que les souliers, il enlève ses chaussures et ses chaussettes, et roule le bas de son pantalon. Puis il ouvre tout grand la portière de la voiture, pose un pied dans la boue froide, et s'arrête net. À la lisière du bois, une petite auto noire est garée à l'ombre. Magali, se dit-il tout de suite. Mais Magali, se rappelle-t-il aussitôt, est dans les îles de la Reine-Charlotte. Miguel, songe-t-il alors. Un Miguel assagi, pénitent, s'étant enfin départi de son VUS indécent pour s'accommoder d'une humble Toyota. Mais Yvan sait à l'instant que son fils préférerait crever plutôt que d'être vu au volant d'une petite cylindrée insignifiante. Adrienne, s'écrie-t-il enfin. L'avion de brousse s'est écrasé et, pour m'épargner, ils sont venus me l'annoncer en personne.

Ne songeant plus à la boue, il descend de la voiture et se dirige en toute hâte vers la roulotte. D'un œil inquiet, il détaille le bois, le bord de la rivière, cherchant le messager de malheur qui le guette sous les arbres, qui fait les cent pas, qui mesure, en l'attendant, le rythme de ses foulées et la portée de ses mots.

Il patauge dans la vase, l'argile gicle entre ses doigts de pied, mais Yvan ne voit rien, ne sent rien, n'est conscient que du battement de son cœur affolé. Il le savait, aussi, il savait qu'il n'aurait pas dû la laisser partir. Il s'était laissé persuader une dernière fois parce qu'elle lui avait promis qu'elle ne le quitterait plus, qu'à son retour, elle s'installerait avec lui, tranquille et béate, dans la crasse sénile de leur âge d'or.

Et maintenant, tout cela lui sera ravi. Dans cette maison qu'il construit de ses propres mains, pour elle, pour lui, il sera désormais seul, sa collègue, sa compagne, sa bien-aimée, happée avant l'heure par l'éternité.

L'argile sous ses pieds devient glissante, il dérape, manque de justesse de tomber, est pris soudain d'un effroi terrible. Il cherche, il cherche, dans sa tête et dans son cœur, mais il n'arrive pas à saisir une image d'Adrienne. Sa bouche, ses lèvres, comment sont-elles faites encore, ses yeux sont de quelle couleur, et ses cheveux, mon Dieu, comment diable se coiffe-t-elle ? Il s'arrête tout court, ses talons s'enfoncent aussitôt dans la boue gluante, et le bas de son pantalon, tout de guingois sur ses mollets blancs, trempe dans la flotte grise. Les yeux fermés, il attend qu'elle lui revienne, et elle revient, elle revient enfin, sans bruit, comme une eau de source, et l'envahit d'une ineffable douceur. Il n'y a, d'abord, ni voix ni image, que le sentiment d'une présence, d'une amitié très proche et déjà à demi devinée. Puis il la voit, son sourire un peu triste, la tendresse de son regard, et il s'abandonne, le cœur ouvert, à l'enchantement de la mémoire.

Les poètes, se dit Yvan, font grand cas du jeune amour, du nouvel amour, et ils ont raison, bien sûr.

(Y a-t-il chose plus sérieuse que l'amour humain, plus impérieuse, plus émouvante, puisqu'il porte dans son sein la semence même de la mort?) Mais on n'a pas assez chanté, lui semble-t-il, le vieil amour, l'amour qui dure, l'amour qui se fait et se refait, et qui ne cesse de s'inventer.

Les mains dans les poches, les yeux fixés, maintenant, sur ses ongles d'orteil couverts d'argile, il marche vers la roulotte, tout plein du souvenir d'Adrienne. Il la revoit à la table de cuisine, le matin au petit déjeuner, les cheveux en broussaille, le regard encore vague de sommeil, et le geste d'échassier qu'elle fait pour avaler ses vitamines. Les ayant placées sur sa langue, elle prend une gorgée de jus d'orange et, d'un recul brusque de la tête, se les envoie au fond de la gorge comme le héron s'envoie la grenouille.

Et le soir, en se déshabillant, elle ne manque jamais de se tenir devant le miroir un moment, en slip et en soutien-gorge, et de se regarder de profil, les mains sur les hanches. Elle a gardé sa minceur de jeune femme, Adrienne, mais la taille s'est légèrement appesantie, et la peau un peu flasque devient chiffonnée. Et tous les soirs, elle inspire en faisant frémir les ailes de ses narines, elle bombe le buste, redresse ses épaules et rentre le petit ballon de son ventre. Bon, déclare-t-elle chaque fois, c'est décidé, demain je me remets à la course. Mais Adrienne n'a jamais couru, ne courra jamais, préférant de loin se dépenser en quelque activité utile et indispensable – pagayer une pirogue, par exemple, se tailler une piste à la machette ou dépecer un caribou. Cette histoire d'exercice, c'est une petite blague entre elle et Yvan, un mensonge inoffensif qu'ils entretiennent à deux.

Comme toutes les autres illusions, d'ailleurs, dont ils sont victimes.

Celle qui dit, par exemple, que leur fidélité est à toute épreuve, qu'ils aiment leurs enfants et que leurs enfants les aiment, que leur travail a du sens, que leur Dieu est le bon et qu'à des êtres d'exception, on peut tout pardonner. Bon, oui, d'accord, se dit Yvan. Il faut l'avouer. On se leurre un peu parfois. Mais quand je la prends dans mes bras et que son corps s'ajuste si parfaitement au mien, qu'ensemble ils battent d'un même cœur, quand, d'un regard, je la fais fondre en éclats de rire, quand, d'un revers négligent de la main, elle me fait gémir d'envie, alors là, là, il n'y a plus de mensonge, plus d'illusion, et les amours sans hier ni lendemain n'ont qu'à bien se tenir parce qu'elles n'ont rien compris.

Étouffant le sanglot qui lui monte à la gorge à la pensée d'Adrienne disparue, il se rend à la roulotte, dégotte un torchon et un seau vide, va le remplir au tonneau d'eau de pluie. Puis, s'installant sur une marche du perron, il s'occupe à se décrotter les pieds.

Il en a lavé un, tout blanc qu'il est, à part, bien sûr, les ongles en deuil, et il s'apprête à plonger l'autre dans l'eau sale de son seau, quand il entend, soudain, un bruit au coin de la roulotte. C'est le bruit que font des semelles de caoutchouc dans l'eau bourbeuse – une succion humide, le claquement d'une langue dans une bouche mouillée.

C'est lui, c'est elle, la messagère, et Yvan l'attend le pied levé, le cœur houleux d'angoisse.

Mais quand elle se présente enfin, dans ses bottes de pluie et son anorak rouges, Yvan voit qu'il s'est trompé. C'est une ancienne étudiante (Claudette? Claudine?) qui l'a accompagné au Sénégal, peut-être, ou au Ghana, un des projets, en tout cas, de dessalement des eaux de mer. Infiniment soulagé, débordant de reconnaissance, il lui crie bonjour et lui ouvre tout grands les bras.

Plus tard, quand les événements prendront une tournure déconcertante, il cherchera le premier de ses faux pas et il le trouvera là, dans ces premières secondes, dans son accueil démesurément chaleureux.

* * *

Emmaillotée dans tous ses lainages, Magali est assise à l'abri d'un amoncellement de bois de flotte, des troncs immenses, décapés par le soleil et le sel marin, blancs et friables comme des os. L'air est grumeleux, comme si lui aussi avait la chair de poule. La lumière, donc, est tamisée, la chaleur, filtrée, et le coin de sable sur lequel elle est installée lui semble cru, caillé comme de l'argile. Elle lève les yeux, regarde la mer et les nuages ventrus, elle contemple la grève, les oiseaux et le vent dans les arbres puis, en ayant assez vu, se replie sur l'écran de son portable. Sétaré lui fait savoir, justement, qu'Alexandre a affiché des photos récentes, sur sa page Facebook, d'une soirée passée, de toute évidence, dans la pénombre d'un piano-bar, avec un groupe d'amis, de musiciens, leurs visages un peu amochés par le vin. Magali scrute les images, les passe et les repasse, s'arrête plusieurs fois sur la photo du contrebassiste, une tête floue qui, pourtant, lui dit quelque chose. Elle voit le visage sous plusieurs angles, sous le jeu d'une clarté diffuse, hachurée, jusqu'à ce que, enfin, il se livre à elle entier : le joueur de la contrebasse, ô surprise, ô joie ineffable, n'est nul autre que le bel Alexandre Bragance.

Occupée à texter un message urgent à Sétaré, elle a la tête penchée sur son clavier quand O'Leary surgit soudain de l'eau. Debout dans les flots, il s'applique méthodiquement à enlever l'une après l'autre ses palmes géantes.

Il est maigre, O'Leary, et même, dans son costume de plongée, squelettique. Quand il monte vers elle sur la grève, Magali détourne les yeux pour éviter de voir ses jambes de vieillard, ses pectoraux affaissés. Depuis le mois de février, lui a-t-il expliqué, depuis le frai du hareng dans les eaux de l'archipel, les baleines à bosse se prélassent sur les côtes des îles, mangent, chantent et s'aiment. Tous les jours, donc, O'Leary chausse ses palmes et met son masque, il se glisse dans l'eau verte du Pacifique et nage à leur rencontre. Il les suit depuis si longtemps, ces bonnes vieilles baleines, qu'il peut les identifier de loin, peut, comme Dieu, les appeler par leur nom. Maeve, Morrigu, Emer, Congal, Deirdre, Fergus et Conchubar – il les a baptisées de vieux noms celtes, tirés d'elle ne sait plus quelles œuvres anciennes obscures. Ce folklore, se dit Magali, ces arcanes qui n'intéressent plus personne, qui ne servent absolument à rien. Toutes ces données, aussi, ces statistiques qu'il amasse depuis des lustres, pour qui? pour quoi? Cette passion inutile, ce sacrifice ridicule, mal vu, mal compris, mal payé. Et il lui semble qu'O'Leary, ce pauvre marginal, repoussé par le monde jusque sur le rebord océanique du plateau d'un continent, est périmé, désuet, un être qui, comme ses baleines, comme toutes les créatures qui n'ont plus cours en ce siècle mercenaire, mérite bien la disparition qui le menace.

Dans les pièces de la maison, il y a partout des haut-parleurs qui résonnent nuit et jour des mélopées des baleines. Ce sont des chansons complexes qui ne durent – Magali en a compté les mesures – que de dix à vingt minutes chacune, mais qui se prolongent et se répètent, sans que les scientifiques aient pu découvrir pourquoi, des heures et des heures durant. Les baleines de l'Atlantique-Nord chantent la même chanson, lui a dit O'Leary; celles du Pacifique-Nord en chantent une autre. Et la chanson de chaque population se transforme lentement au fil des ans sans jamais se répéter. O'Leary la joue en boucle, cette musique surréelle, il la mange et la respire, s'en imprègne la peau comme de l'odeur des algues et de l'iode. Et, à force d'écouter ces mugissements obsédants, à force de les analyser, il croit avoir décelé le secret de leur origine. Tu vois, a-t-il dit à Magali, les vieilles théories ont toutes été invalidées. Ces hypothèses qu'on a énoncées sur la dominance, l'identité, l'instinct territorial, le comportement reproductif sont, j'en suis convaincu, obsolètes. Les baleines mâles – on l'a observé – chantent dans des myriades de circonstances variées, pour attirer une femelle ou pour écarter un rival, seules ou en groupe, avant ou après l'accouplement. Non, a-t-il insisté. Je crois qu'il n'y a qu'un seul constat qui puisse expliquer le chant des baleines à bosse : de plus en plus menacées par la race humaine – pourchassées, divisées, muselées et tuées –, les baleines en migration tentent, par leur chanson, de communiquer entre elles. Portée par l'eau sur des milliers de kilomètres, leur chanson tisse des liens entre les membres disparates d'une même famille... Quand tout fout le camp, conclut O'Leary, un petit sourire amer en coin, il faut par tous les moyens tenter de se rejoindre.

Magali les trouve oppressants, ces cris en sourdine, ces lugubres lamentations, aussi suffocants que le fouillis enchevêtré de la forêt qui cerne de ses ombres géantes l'abri dérisoire d'O'Leary. Aussitôt qu'elle quitte le bateau et la grève et emprunte le sentier qui mène à la maison, une brume blanche l'entoure et elle a l'impression d'être effacée par ce nuage moite, son corps mangé par cette vapeur, dissous comme le sel dans un bouillon. Et les émanations du sous-bois, ce marais grouillant de plantes sures et d'excroissances molles et charnues, la prennent à la gorge, lui remplissent les sinus, et ses yeux larmoient et ses narines lui démangent et elle éternue, elle renifle, elle se mouche sans cesse dans du papier rude qui lui érafle la peau du nez. Il faudrait, se dit-elle mille fois par jour, abattre tous ces arbres, putain, et laisser pénétrer un peu de lumière. Et elle sent monter en elle une grande nostalgie pour le béton, pour les flèches d'immeubles et les tours à bureaux, ces lignes droites, ces surfaces stériles, ce gris impeccable.

O'Leary ne remarque pas l'agitation de Magali. La nuit, il s'endort au chant des baleines et n'entend plus, de la chambre voisine, les raclements de gorge et les reniflements, ne songe même pas à offrir à son hôte une tisane, un antihistaminique, un mouchoir en coton au lieu de ces mètres de papier hygiénique dont elle se bourre les poches. Elle passe la nuit sous une couette humide, les pieds glacés malgré ses bas de laine, la tête pleine d'ouate et d'hululements et, quand elle se pointe dans la cuisine le lendemain matin pour sa ration de gruau sans cassonade, O'Leary y est déjà, le torse nu, les jambes recouvertes de caoutchouc. Sa peau est flasque, sa chair est molle, les poils blancs sur sa poitrine sont raides et épars. Mais il a des mamelons de jeune fille, fins, pâles, et tout petits, et Magali ne peut pas s'empêcher de les regarder. Tout se mêle alors dans sa tête embrouillée, tout se confond, cette chaleur insipide dans sa bouche, ces cris inhumains, ces bouts de chair en sucre rose, et elle est prise, soudain, d'un curieux malaise. Comme si, dans cette maison moite, pénétrée de gémissements ambigus, elle se trouvait plongée dans l'eau trouble d'une déroutante intimité.

Tout va mieux sur le bateau. Elle peut se défaire du poids noir des arbres, peut boire à grandes lampées le bon air du large, elle peut s'absorber, aussi, dans le réglage des instruments de la nouvelle console. Ce seront, pour elle, les meilleurs moments de son séjour. Le reste – ces bêtes braillardes, cet homme-poisson, cette froide bruine ankylosante –, elle le reléguera aux oubliettes. Une aberration, ni plus ni moins, ce scientifique perché sur le bord du monde, déconnecté des voix humaines, à l'écoute, plutôt, du chant funèbre d'une espèce moribonde.

Quand, dans les bureaux d'Assonance, on lui demandera des nouvelles d'O'Leary, elle dira que ce qu'il lui faudrait, à ce bonhomme, c'est une cure d'actualité – une bonne dose de vingt et unième siècle. Des klaxons, de l'asphalte, un espresso macchiato dans un cybercafé.

III

Mercredi 22 juin 2011

Il ne parle pas en pagayant. Ne chante pas, non plus. En Amazonie, en Nouvelle-Guinée, mes guides étaient souvent loquaces, indiquant d'un long index brun la flore et la faune qu'on apercevait sur la berge. Thomas est taciturne, mais il navigue d'une main experte, sait lire le courant, anticiper la roche cachée à fleur d'eau, deviner au pli du roseau et au frémissement de l'air l'avènement du torrent. S'accommode, aussi, sans dire un mot, de la force de mon bras droit.

On est désormais dans la forêt tordue de la taïga. Pas facile, dans ce pays d'arbres nains et de gravier, de trouver un coin de terre propice au bivouac. Il était tard, ce soir, quand enfin quelques mètres de mousse se sont offerts à nous dans un détour de la rivière. De l'espace pour une seule tente. Thomas dormira, dit-il, à la belle étoile, aussi invisible soit-elle.

Les insectes sont féroces à la tombée du jour, ce jour qui ne tombe pas, qui s'agenouille, tout tremblant, sur la ligne de l'horizon. Le feu de tourbe et de bois vert que Thomas entretient boucane suffisamment pour les écarter. On a pu jaser longtemps, une tasse de tisane au creux des mains et, sur nos épaules, la chape aubergine du ciel. On a parlé du nord et du sud, de l'eau et de l'huile, de disparité économique et d'amnésie culturelle. Thomas a été étonné d'apprendre que tous les quinze jours, quelque part dans le monde, une autre langue autochtone s'éteint. Je lui ai dit que ce soir, pendant qu'on se parlait, se faisaient entendre les derniers échos de kasabe dans le Cameroun (de pomo en Californie, de quinault dans le Washington, de gosiutes dans l'Utah, d'ona en Patagonie), et quantité d'autres langues pour lesquelles on ne possède pas, ici en Occident, de nom. Je lui ai dit, aussi, que la vaste majorité des langues de la Terre n'ont pas été répertoriées. En Papouasie–Nouvelle-Guinée, seule une douzaine des huit cents langues ont été étudiées en détail. De par le monde entier, il y a quelque quatre mille langues qui n'ont pas encore été recensées... Les linguistes ont déterminé que le prix de cette étude se situerait dans les environs de huit cents millions – le prix, lui ai-je fait remarquer, d'un seul contre-torpilleur *Aegis Class* des forces marines.

Thomas ne disait toujours rien. Mais j'ai compris à l'angle de sa tête, à la fronce profonde qui lui creusait le front, qu'il ne perdait aucun de mes mots. J'ai continué à l'accabler de chiffres.

«Des plus de deux mille langues de la Nouvelle-Guinée, chacune des cinq cents qui survivent est parlée par moins de cinq cents personnes. Des cent soixante-quinze langues indigènes encore vivantes aux États-Unis, cinquante-cinq sont parlées par moins de dix individus. Les mots et les phrases d'une vingtaine seulement sont transmis par les mères à leurs enfants. Des quatre-vingts langues parlées en Californie à l'époque de la colonisation européenne, une cinquantaine demeure, aucune parlée par un enfant. Ici, lui ai-je dit, au Canada, il y avait à une certaine époque quelque soixante langues indigènes, dont il ne reste que quatre viables : le cri, l'ojibwé, le dakota et l'inuktitut. Dans toute l'Amérique du Nord, une seule langue autochtone, le navajo, est encore parlée par plus de cent mille individus... Des quelque six mille langues encore parlées de nos jours, la moitié n'est plus enseignée aux enfants, ce qui veut dire que, *de facto*, elles sont déjà mortes. »

Le vent avait changé, il a fallu qu'on se déplace autour du feu : la boucane nous brûlait les yeux. Quand on a été de nouveau installés, Thomas a haussé une épaule, fait la moue, hésité avant de s'enquérir :

« Depuis que le monde est monde, les langues se développent, évoluent, disparaissent. Les cultures vont et viennent, sont assimilées par des sociétés plus puissantes, ou détruites complètement par la violence et la conquête, les famines et les désastres naturels. Pourquoi, maintenant, un peu sur le tard, se soucie-t-on des langues qui se taisent à jamais ? »

Chaque langue, lui ai-je expliqué, représente une nouvelle vision du monde. Et quand elle disparaît, disparaissent avec elle les idées et les intuitions d'une culture entière – sa façon d'interpréter l'univers, l'esprit humain, la foi. Sacrifier une langue, disait mon ancien professeur, c'est comme lâcher une bombe sur le Louvre.

« Ou sur la forêt boréale. »

Il avait raison. Et j'ai eu honte, un moment, de ne m'intéresser qu'au langage des hommes. Les mots, me suis-je dit, que l'écume des choses…

Au bout d'un moment, Thomas m'a confié qu'il était resté deux mois auprès du peuple du loup mais n'avait appris qu'une poignée de mots. Le nom, par exemple, de celle qui, de son corps, l'avait gardé du froid.

« Quand je me suis réveillé le premier matin, elle était partie. À sa place, deux *mistahihkan* étaient couchés à mes côtés. Leur poil était rude et leur haleine était sauvage, puante de chair crue. J'ai eu peur, un instant, quand ils se sont levés l'un après l'autre pour me renifler et m'étudier de leurs yeux jaunes. Mais quand le chaman a quitté la caverne, les loups l'ont suivi. »

On lui avait apporté à boire et à manger. On l'avait vêtu de peaux de caribous. Et au fur et à mesure qu'il reprenait des forces et que sa jambe guérissait, on l'avait intégré à la vie de la tribu.

« On me laissait errer dans le village à mon gré. Je pouvais observer les femmes penchées sur le feu, les hommes à la pêche, les enfants à leurs jeux. Je pouvais, d'une main fébrile, flatter le poil dru des loups qui avaient droit de cité partout, et subir, sans broncher, la fouille agressive de leurs museaux. Une odeur forte planait sur le campement, que j'ai pris, d'abord, pour le musc des animaux. Mais j'ai compris plus tard que c'était l'odeur de l'urine humaine – on se sert de l'urine et des cervelles écrasées des animaux pour tanner le cuir des caribous.

« Le premier jour, j'ai suivi les hommes à la pêche. Ici et là, à la surface gelée du lac, ils pratiquent de grandes percées rectangulaires. Ils empêchent la glace de prendre en recouvrant les trous de branches ensevelies sous une épaisse couche de neige. À l'heure prévue – un moment déterminé par la position du soleil, ou le cri du corbeau, ou le mouvement inquiet des loups, ou que sais-je encore –, les hommes avancent sur la glace, des brassées de carex et de branches d'épinette serrées contre leur poitrine et, de chaque bord du trou, ils se couchent sur la paillasse qui, depuis le début de l'hiver, s'épaissit comme une couette sous leurs corps. Puis, munis d'armes d'hast, fabriquées de bois et de feldspath aiguisé, ils harponnent les poissons qui se précipitent sur la bouche d'air et sur la pointe des lances. Les hommes du clan sont d'habiles harponneurs – la pêche est toujours abondante – et ils savent aussi éventrer les poissons d'un coup de lame et les faire rôtir à petit feu. »

Thomas me raconta ensuite la chasse au caribou, menée, me dit-il, par les dompteurs de loups. Apprivoisés en bas âge, les louveteaux apprennent vite à pister le caribou, à travailler avec la bande à le descendre et, au lieu de se jeter dessus à la curée, à attendre très docilement que les hommes viennent le dépecer. Thomas m'a dit que la première fois qu'il les avait vus à l'œuvre, ces animaux sauvages et les hommes qui les gouvernent, il avait senti son cœur s'étreindre devant la beauté insolite de leur complicité.

Tout cela m'intéresse, certes, mais ce que je veux savoir, avant tout, c'est ce qu'ils se disent entre eux, ces dompteurs de fauves, ces harponneurs de poissons, ce qu'ils se racontent lorsqu'autour du feu ils partagent la truite grillée, le filet de caribou cuit sur la braise. Que voient-ils dans les constellations de la nuit, par quelles astuces trouvent-ils à se marier, comment expliquent-ils les saignements de leurs femmes, que font-ils de la dépouille de leurs défunts, où l'esprit de leurs morts se dirige-t-il, que disent-ils des avions dans le ciel, comment conservent-ils le feu sacré, par quel rite un garçon devient-il homme, sous quelle influence les caribous vont et viennent-ils, que croient-ils au sujet du vaste roulement des saisons, de la pluie, de la neige, du tonnerre de l'orage? Quels dieux les habitent, quelles visions les illuminent, quels mots leur livrent passage aux vérités éternelles?

« Nous avons des kilomètres à faire, demain, me dit Thomas, les mâchoires crispées sur le bâillement qu'il tente de réprimer. Il faudra se lever à la première heure. Et dans la clarté de la nuit boréale, il est difficile de dormir. »

J'ai insisté pour qu'il s'abrite sous la tente avec moi. Mais il a refusé. Il saurait, me promit-il, se protéger contre les insectes, et d'ailleurs, il étouffe sous la toile des tentes – cette pellicule synthétique qui lui vole son air et toutes les odeurs de la nuit.

Alors, à l'heure qu'il est, séparée du beau Thomas Bonechild par un simple tissu diaphane, j'enregistre mes dernières impressions de la nuit sur la taïga. La lumière bleuâtre de son crépuscule perpétuel, le bourdonnement de ses insectes, le hululement de ses rapaces nocturnes et le sifflement de ses vents dans les conifères. Et je songe au peuple du loup, enroulé cette nuit dans ses peaux et sa fumée, et heureux, insouciant, inconscient de l'approche furtive du nouveau siècle. Un coup d'aviron à la fois, je pénétrerai dans ses terres, tendant vers lui ma main blanche qui, d'un toucher, d'un seul toucher, souillera à jamais sa pureté.

* * *

Il ne se dépêche pas pour rentrer. Au contraire. Après avoir garé le Hummer dans le parc du concessionnaire, il prend le temps de feuilleter quelques paperasses sur son bureau, de piquer une jasette avec Marie-Laure (elle porte une épinglette gravée de son nom à droite sur son corsage serré), de jeter encore un coup d'œil sur les messages de son BlackBerry. Voit les trois nouveaux de Justine, les efface aussitôt. Change la date du rendez-vous de Justine d'aujourd'hui à demain.

À la maison, il croise Barbara sur le palier du deuxième. C'est une petite rousse aux cheveux toujours défaits et aux jeans savamment déchirés. Nouvellement mariée, elle est ronde et pulpeuse, presque enflée, semble-t-il à Miguel, des tendres meurtrissures du lit conjugal. Quand il se tient près d'elle, Miguel – c'est plus fort que lui – dilate les narines pour mieux la respirer. Elle se parfume d'une eau de toilette jeune, Light blue de Dolce & Gabbana, devine-t-il, ou Euphoria de Calvin Klein, toute mêlée, en tout cas, de l'odeur du sexe. Dans les circonvolutions de son cerveau reptilien, dans ce qu'il y a, en lui, de plus primitif et de plus irréfléchi, Miguel a l'idée confuse que l'érotisme, chez une femme, n'est pas exclusif. Qu'une femme qui se donne à un seul se donne, en fait, à tous. Aussi les regards entendus de Barbara, sa lippe affolante, son indolence de chatte gavée, Miguel les prend-il un peu pour lui.

Dans la cage de l'escalier, il se tient si près d'elle qu'il pourrait, d'un geste impudent de son index, élargir la déchirure qui zèbre le jean de Barbara à la hauteur de la cuisse. Il s'imagine déjà le tissu effiloché, la chaleur rose de la chair bronzée et, ça y est, tout en lui s'allume. C'est que la flamme a été bien entretenue. Le plaisir titillant qui l'agite chaque fois qu'il voit Barbara, chaque fois qu'il la déshabille des yeux, est sensiblement accru, admet-il volontiers, par ce petit fait savoureux : de sa chambre nuptiale à l'étage inférieur, Barbara les a écoutés, lui et Justine, elle a été le témoin auriculaire des secousses, des gémissements, des emportements de leurs ébats amoureux. Sachant qu'elle les écoutait, sachant que leurs cris l'excitaient à son tour, Miguel lui savait gré d'une volupté jusque-là inconnue dans ses amours. Et alors, quand le hasard voulait qu'ils se croisent, comme ça, dans la cage de l'escalier, il y avait dans le regard qu'ils échangeaient tout le poids, tout le secret de ce péché partagé.

Dis donc, Miguel. Y a du raffut là-haut.

Ah bon ?

À toutes les cinq minutes, y a un autre bol qui casse.

Des emmerdements à l'agence, peut-être ?

Mais c'est systématique, son affaire… Une colère minutée.

T'es pas montée voir ?

Pas envie de m'en attraper une.

M'est avis que ça pue le gin, cette affaire-là.

Elle lui sourit alors et, quand ils se quittent, Miguel, en passant, s'arrange pour lui frôler la hanche.

Barbara se retourne aussitôt, et il voit dans son regard qu'elle a tout compris.

Justine est affalée sur le divan, la bouteille de Tanqueray entre les cuisses. Sur la table devant elle, un verre avec des glaçons et une rasade de Schweppes, de toute évidence, superflus. Au pied du mur en face d'elle, des débris de vitre, de l'eau, de la terre, une plante déracinée. Sous le bahut, le siamois, Elvis, les yeux bleus écarquillés d'épouvante. Quand Miguel entre, Justine ne lève pas les yeux sur lui, lève, plutôt, la bouteille à ses lèvres. Une fois le gin avalé, elle fait la grimace, tend la main pour saisir le verre, l'envoie d'un geste malhabile s'écraser contre le mur. Il manque de justesse l'épaule de Miguel, s'émiette en répandant tonic et glaçons.

T'étais où, toi? Avec ta petite pétasse?

Miguel examine les dégâts d'un œil froid. Il reconnaît des fragments d'un bol en poterie peinte rapportée de Cabo San Lucas, un cendrier volé d'un casino de Reno, un vase à roses en verre taillé et le pot du ficus, les racines de la plante dans le noir du terreau, blanches et grasses comme des larves. C'est bon, se dit Miguel. Elle a intérêt à ne pas toucher à mes affaires.

T'es rentrée tôt, ce soir.

J'avais rendez-vous, figure-toi.

Ah oui? Avec qui?

Un vieil ami. Et toi. Mais toi, tu t'es fait attendre.

J'aurais été de trop, sûrement.

Et pourtant, tu m'avais promis d'y être. Même ce matin, avant de partir, tu as promis de me rencontrer, sans faute, à trois heures chez le médecin.

Et j'irai bien chez le docteur avec toi. Tu sais que tu peux compter sur moi. Mais ce matin, on s'est gourés, tous les deux. Parce que le rendez-vous avec Larocque, c'est pour *demain* à trois heures.

Puisque j'y étais, moi, *aujourd'hui,* chez Larocque à trois heures.

Miguel sort son BlackBerry de sa poche et le lui lance. Il tombe avec un petit bruit mat sur le coussin à côté de Justine. Elle ne fait aucun mouvement pour le récupérer.

Vas-y, lui dit encore Miguel. Regarde mon agenda. Tu vas voir qu'il y est, le rendez-vous avec Larocque.

Justine ne dit rien, lève la bouteille de la main gauche tandis que, de la droite, elle rejoint le portable du bout des doigts. Puis, le bras mou, elle le lance vers le mur en disant Menteur. Tu es un menteur, Miguel Coulonges, et les menteurs comme toi, ça mérite l'enfer. Le feu au cul, pour l'éternité.

Hé, arrête! Tu m'excites, là, avec tes histoires de cul. Il attrape son portable au vol et l'enfouit dans sa poche. Puis il vient s'asseoir à côté de Justine, lui enlève la bouteille de gin des mains, prend une gorgée à son tour.

C'est vrai, lui dit-il, en poussant un grand soupir hypocrite. Je l'admets. Je suis menteur, fourbe et polisson. Mais tu m'aimes bien quand même. Il lui remet la bouteille entre les mains. Qu'est-ce qu'il t'a dit, Larocque?

Que je suis finie. Que d'ici six mois, je serai morte. Qu'on ne peut plus rien faire pour moi. Que plutôt de faire le cobaye de laboratoire, je devrais profiter du temps qui me reste. Pars en voyage, m'a-t-il dit. Fume, bois, dore-toi au soleil. Il n'y a plus rien qui peut te toucher.

Miguel prend de nouveau la bouteille de Tanqueray, la place sur la table, attrape Justine par la main et la tire jusqu'à lui. Debout, ils tombent dans les bras l'un de l'autre. Justine hurle, la bouche grande ouverte, le visage écrasé contre l'épaule de Miguel. Le corps secoué de tressautements, elle râle, elle hoquette, elle baigne de larmes la chemise de Miguel. Il la presse contre son cœur un moment, puis, la prenant de nouveau par la main, il l'entraîne à sa suite vers la chambre à coucher. Justine fixe des yeux bigles sur le visage de Miguel, elle s'essuie le nez de la main, puis renifle violemment.

Tu m'emmènes où, là, polisson?

Le gin a fait son chemin. Les yeux mi-clos, la jambe vacillante, Justine se déplace comme une somnambule. Miguel la rattrape encore dans ses bras. Il l'embrasse sur la bouche, lui chuchote dans l'oreille,

Profiter du temps qui nous reste.

Et bien sûr, cette nuit, c'est Justine qu'il étreint, qu'il fait couiner de plaisir, mais c'est à Barbara qu'il pense, Barbara, qui, sur son grand lit de mariée, les écoute en jouissant.

* * *

Elle s'appelle Claudia, elle est doctorante en génie, il se rappelle vaguement qu'elle faisait partie de l'équipe qui l'a accompagné en Afrique. Dans l'esprit d'Yvan, ces jeunes étudiantes, à la fois ardentes et éthérées, finissent toutes par se ressembler. Cette indifférence, ce manque de discrimination sont voulus, bien sûr – la conséquence de la discipline qu'il s'est imposée dès ses premières années d'enseignement. Comme jeune professeur, il s'est rendu aveugle aux charmes féminins de ses étudiantes et n'a jamais, depuis, recouvré la vue.

Il lui pose des questions enthousiastes mais générales. Sur sa recherche, sur son directeur de thèse, sur les nouvelles recrues de la faculté. Il s'attend à des réponses correctes, quelque peu rigides, offertes sur le ton de celle qui subit un examen oral. Généralement intimidés par l'éminence du professeur Coulonges, ses étudiants font preuve d'un respect et d'un effacement qui ne manquent jamais de l'impressionner. Mais cette grande Claudia, aux cheveux platine, aux belles épaules carrées, se démarque du commun des étudiants par son aplomb d'adulte. Ses propos sont légers et moqueurs, elle rit facilement, et elle dévisage son professeur du bleu franc de ses yeux.

Yvan se sent tout de suite à l'aise. Il abandonne, avec reconnaissance, la posture engoncée que la déférence exagérée de ses étudiants l'oblige normalement à adopter.

Suivant les règles du jeu qu'Yvan a établies depuis longtemps dans ses rapports avec ses étudiants, Claudia ne lui parle que de progrès. Pendant bien trop d'années, ses entretiens avec les jeunes ingénieurs n'ont été composés que de lamentations sur le sort de la planète. Il y a de quoi, bien sûr. Mais, à un moment donné, il a dit halte là! En voilà assez! et a défendu qu'on s'adresse à lui à moins d'avoir d'excellentes nouvelles à lui apporter. Sur les énergies de l'avenir, par exemple, sur l'assainissement des eaux, sur l'enfouissement des déchets nucléaires. Et c'est pour cela que Claudia se met presque aussitôt à lui parler d'énergie verte, à savoir la transformation des microalgues, cultivées en bassin fermé dans les laboratoires, en biocarburant. D'ici quelques années, lui dit-elle, les voitures du monde pourraient être propulsées par ce substitut au pétrole, créé à partir de l'huile végétale produite par les microalgues. L'idée est géniale, lui dit Claudia et, selon les multinationales pétrolières, ce sont les algues, parmi tous les nouveaux carburants verts, qui offrent le meilleur potentiel.

Elle parle, Claudia, de superficie nécessaire à la culture industrielle, de souche de microalgues, de taux de sucre et d'oxygène, tout en fixant son professeur de ses yeux bleus. Elle accompagne ses propos de grands gestes de ses bras, et l'anorak aux manches larges finit par la gêner. Il fait chaud, aussi, sur le parterre dénudé d'arbres devant la roulotte, et le vêtement en caoutchouc est lourd sous le soleil. D'un mouvement souple, elle le dégage de ses épaules, le plie en quatre, le pose sur la marche du perron. Et continue à jaser. Son regard est vif, ses bras sont longs et blancs, et le tee-shirt qu'elle cachait sous son anorak est étonnamment bref. Quand elle lève les bras pour gesticuler, Yvan voit la peau de son ventre et son nombril, percé sur la lèvre d'un petit anneau en fer.

À l'instar d'un bon nombre de ses collègues à la faculté, déjà venus, au cours des derniers mois, faire leur petit tour d'inspection, Claudia s'intéresse de près à l'évolution du projet vert d'Yvan. Il l'invite donc, sans tarder, à visiter le chantier. La maison sera terminée, lui dit-il, avant la fin de l'été, pour coïncider avec le retour de madame Coulonges. Dans une courte parenthèse, il explique à Claudia que son épouse est partie recenser les derniers chuchotements d'une tribu cachée quelque part dans le Nunavut, mais Claudia semble être au courant. Pénétrant sous l'auvent de la porte principale, elle s'enthousiasme, plutôt, pour la disposition des pièces de l'habitation, pour leurs dimensions généreuses, pour la lumière dans laquelle elles baignent. Elle s'attendait, lui confie-t-elle, à voir une petite demeure sombre, avec des plafonds bas, des fenêtres percées en meurtrières et un toit fait de tourbe. Yvan admet qu'effectivement, une partie de la toiture sera aménagée en pelouse – une prairie, plutôt, faite d'herbes sauvages. Elle veut tout de suite monter voir, s'exclame comme une enfant devant l'escalier en colimaçon, grimpe vite malgré l'absence de rampes, pénètre sans crier gare dans la chambre principale. La pièce est grande, aussi, éclairée du nord comme un studio d'artiste, mais elle porte sur son flanc droit une porte-fenêtre qui donne sur un petit balcon. Orientée à l'est, c'est la première partie de la maison qui sera touchée par le soleil. Claudia s'arrête net devant la fenêtre, ouvre tout grands les bras et inspire profondément.

Mais c'est génial! s'écrie-t-elle. Le matin, vous et madame Coulonges pourrez prendre votre café en regardant le lever du soleil. Au saut du lit, en déshabillé, avant le réveil du monde.

L'évocation de ce moment d'intimité entre lui et sa femme fait blanchir Yvan. Il parle confusément, un moment, de la porte condamnée, de la balustrade qu'il lui faut encore fixer au plancher du balcon. Puis, tournant les talons, il se dirige en hâte vers l'escalier. Claudia le suit à reculons; il entend derrière lui le claquement de ses bottes sur le contreplaqué, il entend ses exclamations d'enchantement étonné.

Au rez-de-chaussée, pressé de sortir de la maison, de se retrouver dans la lumière et l'espace du grand air, il prend la première porte qui s'offre à lui. C'est celle qui s'ouvre de plain-pied sur la terrasse qu'il a construite à l'arrière de la maison, la ceinturant au sud, avec vue sur la rivière, et, à l'ouest, avec vue sur la plaine ouverte et le soleil couchant. La terrasse aussi est loin d'être finie – il y a, ici et là, des planches qui manquent, il n'y a aucun parapet, et le toit ajouré, conçu en tonnelle pour le lierre, le chèvrefeuille et la vigne vierge, est encore recouvert d'une grande bâche orange. Malgré le danger, il se précipite dehors sans refermer la porte derrière lui et, arrêté dans une flaque de lumière, il écoute battre son cœur. Au bout d'un moment, Claudia apparaît, toute pleine de questions sur les fluides caloporteurs et la polarisation spontanée, et quand Yvan lui répond, il découvre, avec un frisson soulagé, que la voix qui sort de sa bouche sonne tout à fait normalement.

Ils parlent, ensuite, du charme particulier de la forêt ripicole, déployée d'horizon en horizon entre la prairie et l'eau, et Claudia lui dit qu'elle la connaît bien, ayant grandi sur les berges de la Rouge. En fermant les yeux, dit-elle, elle peut évoquer dans l'instant l'odeur des plantes grasses fichées dans la glaise grise de la rivière. Ça sentait la menthe et le thym sauvage, dit-elle à Yvan, et vous voyez, s'écrie-t-elle en montrant du doigt les fleurs qu'elle vient d'apercevoir à l'orée du bois : Il y avait partout, comme ça, des ancolies et des iris sauvages et on s'amusait à les cueillir pour en faire un bouquet. Mais elles étaient si délicates que, le temps de rentrer à la maison, elles mouraient dans nos mains.

Suivant la trajectoire de son regard, elle s'est rendue à l'extrémité de la terrasse et, le souvenir ayant dessiné sur ses lèvres une moue de dépit enfantin, elle se retourne vers Yvan pour lui dire, avec un gentil haussement d'épaules, que, somme toute, il valait mieux admirer que toucher. Yvan, tout à fait d'accord, fait oui d'un grand hochement de tête quand, soudain, une cascade violente descend sur Claudia et la trempe de pied en cap. La bâche de la tonnelle, bombée d'eau de pluie, a choisi ce moment précis pour se délester.

Dégoulinante, ahurie, Claudia reste figée sur place un moment, un cri étouffé dans la gorge ; Yvan, aussi, les yeux ronds d'horreur, reste cloué sur place. Mais se ressaisissant aussitôt, il court jusqu'à elle et, se confondant en excuses, il lui prend le bras pour l'aider à naviguer entre les trous dans le plancher, les piles de bois et les outils. Ainsi, la tirant derrière lui comme une aveugle, il traverse la terrasse, le rez-de-chaussée, la boue et les flaques d'eau et l'emmène jusqu'au perron de la roulotte. En pataugeant dans la boue de la cour, il se retourne un moment pour la regarder, voit son visage ruisselant d'eau et ses cils mouillés ramassés en pointes. Comme ceux d'un enfant, pense-t-il : des étoiles plein les yeux, limpides comme une eau. Et il lui serre le bras, comme pour l'empêcher de s'enfuir.

Claudia le suit en riant tout bas, elle tord ses vêtements, prend ses cheveux par poignées pour les essorer. Ses bottes sont pleines d'eau, et ça gicle chaque fois qu'elle fait un pas. Et elle le taquine, disant qu'il lui avait préparé là un joli guet-apens. Si vous vouliez vous débarrasser de moi, vous n'aviez qu'à le dire. Mais Yvan s'excuse à nouveau, il l'aide à ôter ses bottes, la prie de monter dans la roulotte enlever ses vêtements trempés. Vous trouverez, lui dit-il, des serviettes dans l'armoire de la salle de bain. Mais, les pieds nus sur la première marche, Claudia le fixe des yeux et, le regard égal, observe son visage pendant qu'elle se débarrasse, d'abord, de son tee-shirt et, ensuite, de son pantalon. Se penchant alors pour s'écarter du perron, elle les tord une dernière fois puis les remet dans les mains d'Yvan, en lui demandant,

Vous avez bien une corde à linge ? Par cette chaleur, ils seront secs dans le temps de le dire.

Puis, le sourire radieux, elle entre dans la roulotte.

* * *

La déprime plane dans la piaule.

Les restes d'un souper chinois se caillent dans leurs boîtes, une bouteille de Jägermeister gît, morte, sur le plancher, l'odeur sucrée du kif se blottit dans les tentures, les coussins, les tapis de sisal. Jonathan rôde entre les murs, vêtu de son boxer des mauvais jours. Dany, le regard courroucé, pince férocement les cordes d'une mandoline. Sétaré, son laptop ouvert devant elle, lit tout haut, en articulant comme un automate, du charabia juridique. Magali saisit les mots *propriété intellectuelle, copyright, droit usufructuaire.* Elle laisse tomber son sac à ses pieds et demande d'une voix étranglée d'ennui :

Qu'est-ce qui s'est passé, encore ?

Au son de sa voix, Jonathan se fige. Magali voit la tension qui raidit ses épaules. Sans se retourner pour la regarder, il s'effondre, les os de sa charpente de malabar soudain vidés de leur moelle. Et Magali sait, tout de suite, que la bêtise est énorme.

Dany se défait de la mandoline, la repoussant d'un geste furieux sur les coussins du canapé. Il ne voit même pas Magali, tant son regard est embrouillé de colère.

C'est pas à moi qu'il faut poser la question, tiens. C'est à *Jonathan*. Il prononce le nom en criant. Vas-y, Jonathan, vide-le, ton sac. On n'attend plus que ça, Sétaré et moi : le récit revu et corrigé de ta colossale connerie.

Appuyé au mur, Jonathan reste muet. Dany se lève alors d'un bond, ramasse le ballon de soccer qui traîne sur le plancher et, le lançant durement, vise la tête de Jonathan. Le ballon va se heurter avec violence contre le mur, rebondit follement sur le plancher, va enfin se coincer sous le canapé. Jonathan rentre la tête dans ses épaules.

Ça suffit comme ça, Dany, lui dit Magali. On veut pas de casse dans la maison.

Elle avance dans le salon, jette un regard interrogateur vers Sétaré, mais celle-ci a les yeux rivés au petit écran. S'approchant de Dany, elle lui prend le bras et, le guidant gentiment vers un fauteuil, l'interroge lui aussi du regard. Il secoue la tête, enragé, repousse son bras et s'assoit en proférant une litanie d'injures.

Des quatre, c'est lui le plus ambitieux. Le plus doué, aussi, selon Magali, et le moins patient. Depuis quelques années, c'est avec une sorte de désespoir qu'il observe autour de lui la montée météorique de formations composées de musiciens qu'il estime médiocres, tandis que lui et ses amis, des artistes solides, bien sûr, et réfléchis, moisissent dans l'obscurité. Comme tous les jeunes musiciens, il a joué ses chansons dans les bars et les boîtes de nuit devant des auditoires bruyants et grossiers, il a ravalé sa honte et son indignation en rongeant son frein, a gardé l'œil, toujours, fixé sur le but. Et le but, bien entendu, c'est l'argent, la renommée. Il croit dur comme fer, pauvre naïf, que le talent mène sans faute à la réussite.

Ce qui le met hors de lui, c'est une occasion ratée, c'est un détour, un obstacle dans sa ruée vers les sommets. S'il en veut si fort à Jonathan, c'est que celui-ci a dû, par ineptie ou par erreur, entraver le déploiement tant attendu de leur destinée glorieuse. Il a dû laisser s'échapper un coup de veine inespéré.

Jonathan, pour sa part, est un sentimental. Les paroles les plus mièvres de leurs chansons sont toutes de sa plume. Dans une dispute, c'est lui qui cède le premier, suppliant d'une voix larmoyante qu'on lui fiche la paix, enfin, qu'il ne veut plus rien savoir de leurs sales histoires. Et il aime mal, aussi, son cœur bête soupirant après des femmes aussi belles que perfides. Tant de fois, ses amis, plus délurés, plus clairvoyants, aussi, l'ont prévenu contre celle-ci ou celle-là, mais leurs mises en garde ont été, chaque fois, superbement ignorées. Le grand bêta a sauté à pieds joints dans les pires pétrins imaginables. Les manipulatrices, les volages, les névrosées, elles l'ont saigné à blanc, dilapidant son argent, ses nerfs et sa tendresse.

Il se retourne maintenant vers Magali, les mains dans les cheveux, la bouche tordue dans un rictus de douleur. C'est *Transfiguré*, lui dit-il. On nous a volé *Transfiguré*.

Volé! On nous a volé *Transfiguré*. Dany laisse percer un cri furibond. C'est toi, pauvre con, qui *l'a donnée*!

Une œuvre collective, la chanson avait d'abord été l'idée de Magali. Inspirée d'une histoire sortie de son enfance, mythe ou conte de fées, elle ne se rappelait plus, d'un gars sur une montagne, transformé comme par magie devant les yeux de ses amis. Elle ne savait plus ce qui avait été le motif de la transfiguration dans le récit original, mais dans sa version des faits, le gars avait changé, son visage était devenu autre, sous l'effet de l'amour. Magali avait écrit le premier couplet, avait trouvé, aussi, en s'amusant au clavier, les premières mesures de la mélodie. Inspirés à leur tour, Dany, Jonathan et Sétaré avaient passé une nuit bien enfumée à composer le reste de la chanson. Ils avaient été étonnés de voir, vers les petites heures du matin, qu'ils avaient fini par créer un hymne passablement convaincant à la puissance transformatrice de l'amour.

C'était une blague, bien sûr. À part Jonathan, ils ne croyaient plus tellement à l'amour. C'était un jeu, ni plus ni moins, un chassé-croisé sexuel, qui relevait davantage du sport que de l'affection. Ils y avaient succombé quelquefois, par mégarde ou par simple oisiveté, mais ces liaisons avaient été le plus souvent éphémères, sans envergure, tombant d'elles-mêmes, au bout d'un certain temps, dans l'insignifiance. Mais dans la musique et dans la fiction populaire – romanesques, encore, et nostalgiques –, c'était encore l'amour qui se vendait le mieux.

Écrites à la deuxième personne du singulier, les paroles de *Transfiguré* auraient pu être adressées à n'importe quel amant. Précisément ce qu'avait fait Jonathan.

Il s'était entiché d'une jeune femme, spécialiste des vipères, qui travaillait dans le Petland du quartier. Jonathan s'y rendait souvent, à l'animalerie, histoire de s'amuser avec les chatons et les chiots que Magali interdisait formellement dans le loft. Elle détestait l'imprévisibilité des chats, et les chiens, disait-elle, faisaient trop de raffut. Et qui, d'ailleurs, se chargerait de promener la pauvre bête dans les rues solidement bétonnées de la ville ? Alors Jonathan devait se contenter de ses visites quasi hebdomadaires au magasin du coin : sa façon de pallier la sérieuse carence affective qui le minait.

C'est en sortant d'une session de thérapie avec ses petits amis à quatre pattes qu'il était tombé sur Caro. Devant un aquarium de reptiles, elle jasait avec des clients, vêtue de son costume kaki, vaguement évocateur de safaris africains. Ou de militaires. C'était selon. Peu importe, Jonathan avait un faible pour les femmes en uniforme. Les infirmières, les agentes de bord et les gendarmes lui inspiraient un respect quasi religieux, par leur sérieux, leur aplomb, leur aptitude à secourir. De plus, Caro portait, au poignet droit, un bracelet fait d'une vipère vivante dont la petite langue fourchue ne cessait d'interroger l'espace. Les rêves érotiques de Jonathan étant aussi peuplés de femmes couillues, il avait sombré sans crier gare dans l'eau trouble d'une belle tocade.

Ce jour-là, il lui avait posé mille questions sur les geckos. Elle savait tout, Caro, sur les lacertiliens, mais Jonathan ne l'avait écoutée qu'à demi, hypnotisé plutôt par le mouvement sinueux de la petite vipère qui, ayant quitté le poignet de la fille, s'était insinuée sous la manche de son chemisier et s'était glissée jusqu'à l'ouverture du col. La tête triangulaire reposait alors dans l'encoche du cou, semblait hésiter avant de plonger vers la chaleur duvetée de la gorge. Jonathan en était si retourné qu'il n'avait vu qu'à travers une brume épaisse les graphiques que Caro avait fait paraître sur l'écran de son ordi – des renseignements sur les geckos du Costa Rica, leur taille, leur couleur, leur espérance de vie. Les contemplant d'un œil béat,

Jonathan avait débité il ne savait plus quelles bêtises sur la froide séduction de la peau amphibie, sur le plaisir équivoque des lamelles adhérentes.

Malheureusement, l'entichement de Jonathan n'avait pas trouvé écho dans le cœur (le corps) de Caro et celle-ci ne s'était pas gênée pour le lui faire comprendre. Les petits musiciens emos, avec leur susceptibilité et leurs manières efféminées, ne l'intéressaient tout simplement pas. C'était plutôt le genre punk qui lui plaisait, avait-elle précisé, les perçages, les tatouages, les bottes Gestapo. Et elle avait essayé de l'éviter au magasin, n'avait répondu ni à ses textos ni à ses courriels, avait eu le temps de regretter amèrement de lui avoir laissé ses coordonnées.

Car Jonathan s'était acharné. Il avait tout fait pour la séduire. S'était fait tatouer – des sonnettes de crotales sur le sein gauche –, s'était fait raser et teindre les cheveux, s'était habillé, aussi, comme une petite frappe, bref, il s'était complètement *transfiguré.* Puis, au bout d'une nuit inconsolable, il lui avait envoyé le premier couplet de la chanson.

Au cours de la semaine, les trois autres couplets avaient suivi.

Caro n'avait soufflé mot. Mais au bout de deux jours, elle avait composé la version anglaise de la chanson. Le troisième jour, elle l'avait fait enregistrer en studio. Le quatrième, elle la lançait sur YouTube. Le cinquième, une maison de disques américaine lui offrait un contrat de 2,5 millions. Le sixième, elle donnait sa démission à Petland, faisait résilier le bail de son deux-pièces cuisine et s'achetait un billet d'avion pour Los Angeles. Le septième jour, son monde recréé, elle se reposait…

Quand Jonathan finit de raconter la suite des événements, Dany hurle comme un animal blessé avant de quitter l'appartement en faisant claquer la porte. Sétaré aussi déguerpit, le laptop sous le bras.

Jeudi 23 juin 2011

On se perd parfois, dans les vallées entre les eskers, où les rivières deviennent lacs dans l'épaisseur de la forêt. Désorientés par l'escamotage de l'horizon, on cherche à l'embouchure la ramification qui nous livrera passage vers le nouveau monde. Quand il connaît, ainsi, un moment d'hésitation, Thomas cherche toujours quelque éminence – un arbre plus grand que les autres, une crête de gravier, un esker surgi soudain de la tourbe.

Puis, à grandes enjambées, indifférent à l'eau et la boue, il grimpe vers le ciel et, les mains sur les hanches, fait d'un regard le tour de l'horizon.

C'est la première fois qu'il voyage vers le peuple mistahihkan en été. Quand il l'avait quitté à la mi-décembre, c'était en traîneau tiré par des loups, et il s'était trompé plusieurs fois avant de rejoindre Ennadai. Puis, à la fin mars, tourmenté par le souvenir de Sâkwésiw, par la prière de son silence, par la tempête obscure de son regard, il était reparti en traîneau, les loups qu'il croyait avoir mis à sa main s'élançant comme des fauves vers l'inconnu du large. L'aller et le retour s'étaient effectués sans incidents. (Thomas ne m'a parlé que de la piste qu'il avait suivie à travers la taïga gelée. Du parcours du cœur, par contre, à travers le paysage du doute et de l'espoir, il n'a pas soufflé mot.) À la fonte des neiges, le monde, bien sûr, avait changé. Et il s'interroge, maintenant, sur cette terre fluide, il hésite, incertain, au carrefour de tous ces chemins d'eau.

Quand Thomas part ainsi, en reconnaissance du terrain, je reste seule au fond du canot et j'observe le ciel. Et je m'étonne, et je rends grâce qu'il m'ait été donné de connaître le visage changeant d'un si grand nombre de ciels. Chaque fois que je pars en exploration, je suis convaincue que c'est la dernière fois, que je ne repartirai plus, que la part de l'ineffable auquel j'avais droit m'est désormais retirée. C'est que j'ai dilapidé ma réserve, l'ai bue et l'ai savourée, avalant avec chaque gorgée la certitude que j'en étais indigne. Car qui, demandait Chesterton, mérite une étoile, un coucher du soleil ou la nudité pure d'un ciel boréal ? Et devant ce constat, je sens monter en moi la reconnaissance d'une dette infinie.

Un promontoire graveleux, ce soir, parsemé d'étrons d'animaux. Le squelette du brochet que Thomas a pêché aujourd'hui – sa chair pleine d'arêtes, mais replète, aussi, du goût argenté de l'eau – gît maintenant parmi ces autres traces de vie. L'aigle viendra peut-être, dans le calme bleu du soir, se repaître de ses tripes.

Thomas m'a fait, au déclin du jour, l'offrande d'un souvenir : encore un autre accident de parcours, survenu, cette fois, dans sa tendre jeunesse. Il m'a raconté que ses parents les emmenaient, lui, ses six frères et ses trois sœurs, passer leurs étés sur les bords du lac Nejanilini, à la frontière du Manitoba et des Territoires du Nord-Ouest. Le printemps de ses douze ans, son père lui avait confié un traîneau et une équipe de chiens, de jeunes malamutes croisés de husky, pour suivre ses frères aînés dans leur exploration de la taïga. Un jour, vers la fin mars, ils étaient partis comme ça à la découverte du monde quand un blizzard les avait surpris. Le jeune Thomas et ses frères s'étaient perdus de vue dans la neige et la rafale, et les chiens de Thomas, de jeunes chiens sauvages et indisciplinés, affolés par l'aveuglement, n'en avaient plus fait qu'à leur tête. Incapable de les contrôler, bousculé par leur débandade, Thomas n'avait eu le temps que d'arracher une couverture du traîneau, avant que les chiens ne disparaissent dans la tourmente. Il avait passé la nuit enroulé dans la couverture, espérant le retour d'un chien, au moins, pour se presser contre lui et partager sa chaleur... De ses frères envolés, aucune trace.

Le lendemain matin, il était sorti de son ensevelissement, comme le lagopède se défait de son nid de neige. Sur la blancheur étale de la terre, aucun mouvement, aucun repère. Seules, sur la face nord des troncs des arbres rabougris, une épaisseur de mousse et, là où le vent avait balayé le sol, l'ornière creusée par la marche du caribou. À ce moment de l'année, Thomas le savait bien, la harde Qamanirjuaq poursuivait sa migration vers sa terre de parturition sur la toundra du Grand Nord. Faute d'alternative, Thomas avait mis le cap, lui aussi, sur le nord, sur la trace du caribou.

Au déclin de la lumière, le deuxième jour, après avoir marché de longues heures sans avoir entendu l'écho des voix dans le vent, sans avoir vu, non plus, même l'ombre d'un chien, il était enfin tombé sur une demeure humaine. C'était le campement d'un Suédois légendaire, Ragnar Johnson, qui, après l'horreur de la Deuxième Guerre, avait décidé qu'il en avait assez de la sottise humaine et était allé vivre en ermite dans le Grand Nord canadien, sur les bords du Nejanilini.

Thomas m'a dit : Vous avez sûrement entendu parler de lui. Ce n'était pas une question ; plutôt une constatation. Quand j'ai fait non de la tête, il a continué.

«Tout le monde le connaissait dans la région. Chez moi, on parlait souvent de lui, et on l'apercevait, parfois, de loin, glissant sur ses skis de fond après une nouvelle chute de neige. Les pilotes de brousse le surveillaient de loin, aussi, lui apportant, quand ils étaient de passage, des provisions, des vêtements et des boîtes de livres. Certains disaient qu'ils l'avaient aperçu, l'été, assis sur un esker sous le soleil de minuit – la seule âme qui vive des milles à la ronde – le nez plongé dans les pages d'un livre.

« Quand moi je l'ai aperçu, il était assis au soleil aussi, devant sa porte, une tasse entre les mains. En me voyant, il m'a souri, sans étonnement, tout à fait comme s'il m'avait attendu. Puis il m'a dit, dans son anglais marqué d'un fort accent nordique : Tu dois avoir soif. Viens, assieds-toi, je te verse tout de suite à boire. »

Ils ont mangé ensemble, ils ont jasé, Thomas gêné par l'effort énorme qu'il faisait pour taire la stupéfaction qui l'avait saisi. Il ne pouvait pas détacher son regard du visage de Johnson, de sa barbe blanche, de l'insolite de ses yeux bleus.

Puis, enfin, Ragnar avait ramené Thomas chez lui dans une anse du Nejanilini. Seules la mère de Thomas et ses trois sœurs y étaient ; son père et ses frères étaient tous partis à sa recherche.

« Quand mes chiens étaient rentrés sans moi, le traîneau vide ballottant derrière eux, mon père avait sorti son fusil de chasse et les avait abattus l'un après l'autre… Un bon chien, dans le Nord – il avait levé la tête vers moi, haussé une épaule – la différence, vous comprenez, entre la vie et la mort… »

Maintenant, sous la tente, j'entends Thomas qui borde le feu, j'entends le bourdonnement des insectes et le glapissement de l'eau sur les cailloux, et je me demande dans quel but Thomas le Taciturne m'a conté cette histoire. Pour éviter de parler de ce qui le tracasse le plus, à savoir cette jeune Sâkwésiw et ses beaux yeux de vison ? Pour me dire sa vie charmée – deux fois perdue et chaque fois retrouvée ? Pour me convaincre de l'austérité du Nord, de ses implacables exigences ? Je cherche encore un peu et tout de suite, j'y suis : si Thomas a cru nécessaire de rompre son silence, ce soir, la veille de notre arrivée chez le peuple mistahihkan, c'est pour une unique raison. Il veut m'amener à réfléchir à ce qui se passera demain, au moment où notre canot touchera la *terra incognita* de

100

cette tribu cachée. Les loups se presseront sur nous, bien entendu, ils fouilleront de leur truffe brutale tous les replis de notre corps. Puis s'avanceront vers nous, dans l'ordre, les enfants, d'abord, ensuite, leurs parents, et enfin la matriarche, qui, comme les autres, poussera des cris d'ahurissement. Car elle aura posé le regard sur Thomas, l'aura reconnu et salué, puis, m'ayant étudiée à mon tour, aura vu, pour la première fois de sa vie, l'étrange pâleur d'un visage blanc.

* * *

Le lendemain matin, Miguel se réveille avant Justine. Dans la lumière crue du soleil d'été, il étudie son visage. Il sait ce qui l'attend, il a déjà vu, dans les pires moments de la dernière thérapie, les reliefs du crâne de Justine se dessiner sous la peau diaphane, il a vu ses joues creuses, son teint de cire, sa tête glabre zébrée de veines bleues. Il sait que, dans les mois à venir, il va la regarder, elle et sa tête de mort, elle et sa peau de cadavre, et, le cœur soulevé de pitié, il va souhaiter, de toute la force de son âme, qu'elle crève au plus vite. D'ici là, se promet-il, il va faire de son mieux pour la consoler.

La gueule de bois, ce matin, et tous les dégâts à nettoyer. L'eau de la plante a abîmé le plancher de bois franc. Il y a une flaque laiteuse, maintenant, au pied du mur, et les lattes d'érable sont légèrement boursouflées par l'humidité. La vue des dommages désole démesurément Justine. À quatre pattes sur le plancher, malgré la couronne de fer qui l'aveugle, elle éponge et elle frotte et elle geint, jusqu'à ce que Miguel la tire de là, en énonçant le premier principe du nouveau Code de vie abrégée de Miguel Coulonges : *Primo* – ne jamais se préoccuper de vétilles. Puis il refourre le ficus sans façon dans son pot et le place sur la tache blanche du plancher. *Secundo* – ne pas révéler ce que l'on peut cacher.

Ensuite, il emmène Justine à la salle de bain et remplit l'immense baignoire sur pieds d'eau chaude qu'il parfume d'essence de vanille. Puis, ayant éteint le plafonnier, allumé des chandelles et déshabillé Justine, il la laisse assoupie dans les bulles et se dirige vers la cuisine lui préparer un café serré. Le meilleur remède, selon lui, pour l'après-gin. Revenu auprès d'elle, il place la tasse fumante entre ses mains reconnaissantes et se dévêt à son tour. La baignoire – le principal charme du vieil appartement et la raison pour laquelle Miguel l'a loué – est assez grande pour deux, et il s'y installe aussi. Justine sirote son café les yeux fermés, la peau de ses joues rosie par la chaleur et sillonnée de larmes.

Merci, Miguel, lui dit-elle, en plaçant la tasse sur le rebord de la baignoire. Il est bien corsé, comme je l'aime. Elle pousse un soupir. Des fois, il me semble que le bonheur, c'est rien d'autre qu'une bonne tasse de café. Le plaisir de la bouche, tu sais… le sucre et le lait chaud de l'enfance.

Tertio, Miguel lui chuchote-t-il à l'oreille – ne vivre que pour le plaisir.

Et il la prend contre lui, ajuste son corps au sien et, pendant qu'elle somnole, il la caresse distraitement, une main dissimulée sous la mousse.

Ils y passent un très long moment. Les chandelles coulent et s'éteignent, le café refroidit, l'eau tiédit, le chat miaule à la porte, et la baignoire se vide et se remplit, se vide et se remplit. Justine parle, elle pleure, et ses larmes se mêlent à l'eau du bain, elle se demande si ça fera mal, elle se demande si on l'attend, là-bas, de l'autre côté, elle se demande si, de là-haut, elle pourra l'observer, Miguel, au lit avec l'autre, avec les autres, dans cette même baignoire, dans ce même

appartement. Miguel lui dit que ce n'est pas à l'*après*
qu'il faut songer, mais au *maintenant*. *Quarto* – ne vivre
que pour l'instant.

Je prends dès aujourd'hui mes vacances d'été. Dis-
moi où tu veux aller et je te promets de t'y emmener.
Ils causent, alors, de destinations possibles.
L'Europe n'intéresse pas Justine – ces vieilles ruines
(lui dit-elle), et ces musées remplis de calvaires. L'Asie,
non plus. Trop de monde et, pour ce qui en est des
plages, elle a déjà vu. Non (lui dit-elle), je veux revoir
mon vieux quartier et passer du temps avec Tristan.
(Tristan, c'est le jeune frère de Justine, un cinéaste qui
vit maigrement dans un deux-pièces cuisine rue Queen,
à Toronto. Miguel ne l'a jamais rencontré.)

Et après, tu m'emmèneras à la Ronde, à Montréal.
On y allait tout le temps, quand j'étais petite.

Miguel soupire intérieurement. Ouais, bon, un
parc vieux de quarante-cinq ans. La réalité ne cadrera
sûrement pas avec le souvenir d'enfance de Justine. Il
s'imagine des manèges rouillés, caducs, des kiosques
défraîchis, des meutes d'adolescentes criardes. Sans
parler de la bouffe, infecte, sans doute. Mais il lui
sourit, l'embrasse, lui dit oui, mignonne. Tout ce que
tu voudras.

Ils partiront le surlendemain. Aujourd'hui, donc,
préparatifs et derniers adieux. Pendant que Justine
ira à l'agence de voyages démissionner et récupérer
ses affaires, Miguel se rendra chez le concessionnaire
expliquer ce changement subit d'horaire. Le patron
ne protestera pas : l'excuse de Miguel est imparable.
Sacrées, les dernières volontés de la bien-aimée.

Il dépose Justine à la porte de l'agence, lui donne
un coup de main avec le chat, sa corbeille et tout le
bataclan. Des larmes, encore, bien sûr, avant de quitter
l'appartement, mais Justine s'était vite résignée – ils
ne pouvaient pas emmener Elvis en voyage et Miguel

n'en voudrait pas... après. Il valait mieux le donner à Amélie, une collègue de bureau, qui adore les siamois.

Assis au volant, Miguel attend un instant avant d'embrayer. Par la fenêtre de l'agence, il peut voir Justine debout au beau milieu de la pièce, Elvis dans les bras. Elle parle et tous les visages sont tournés vers elle. Puis, le geste qu'il anticipait – les unes après les autres, les mains des femmes se lèvent, vont d'un même élan épouvanté couvrir les bouches béantes, les visages démolis par le choc. Tout de suite après, ruée générale sur Justine et son chat.

Miguel ne peut pas s'empêcher de sourire. Il n'y a pas à dire, l'annonce d'une mort imminente produit un effet du tonnerre. Éclat qu'il ne nous est donné de créer, hélas, qu'une seule fois dans la vie.

Avant de se rendre chez le concessionnaire, Miguel fait un détour du côté de chez Carmen. Histoire de lui expliquer ce qui se passe, prendre gentiment congé avant de prendre le large.

Bien que la Boxster soit garée devant la porte, la leçon de conduite sera, encore aujourd'hui, indéfiniment remise.

Debout sur le seuil, il a le doigt sur la sonnette quand il aperçoit la voisine accroupie sur la pelouse, en train d'arracher des pissenlits. Elle a de belles fesses, la voisine, rondes et charnues comme une pêche, et il découvre en lui un écœurement soudain pour la poire. Surenchère, peut-être, satiété. Et c'est cela, cet aperçu de la croupe appétissante d'une autre, qui le décide sur le coup à rompre avec Carmen.

Pendant que la porte s'ouvre pour la dernière fois sur les minauderies de la belle Carmen, Miguel songe avec complaisance à son don pour les adieux. Il a devant les yeux, l'espace d'un instant, les myriades de scènes de rupture qu'il a vécues depuis le début de sa vie de cavaleur. Il se revoit, la mine grave, les mains jointes, plaidant quelque ineptie – accès subit de culpabilité, nouvelle rigueur morale, dépression inexplicable, et quoi encore – tandis que la femme debout en face de lui fond en larmes, s'exclame de colère, s'accroche à lui en le suppliant. Des souvenirs humiliants, à la fin, mais qui, paradoxalement, lui laissent chaque fois dans la bouche un goût étonnant de triomphe. De liberté durement acquise. De disponibilité perdue et retrouvée.

Carmen sourit sur le pas de la porte. Quelle belle surprise, lui dit-elle. Je ne m'attendais pas à te revoir de sitôt. Allez, entre.

Mais Miguel sait d'expérience que les scènes d'adieu se passent mieux dehors, sur la place publique. La présence des autres – même celle d'une voisine à quatre pattes dans les pissenlits – inspire une certaine retenue, empêche les débordements excessifs.

Il lui fait face, donc, sur le trottoir devant la maison, et, sans la toucher, sans lui prendre la main, il lui dit dans un murmure que c'est fini entre eux.

Carmen dissimule bien le choc qui l'ébranle. Seul un tic nerveux à la commissure des lèvres trahit son émotion. Les paupières mi-closes sur ses yeux de catin, elle lui dit :

Tu me trouves trop vieille, hein, c'est ça ? T'en as trouvé une plus jeune ?

Miguel feint l'indignation.

Mais pas du tout, Carmen, lui dit-il. Pour qui tu me prends, à la fin ? Non, si on doit se quitter, c'est parce que Justine est très malade.

Ému, il tourne la tête, laisse errer son regard dans le vague lointain. Je devrai m'occuper d'elle jusqu'à… la fin.

Il ne le dit pas, mais elle l'entend quand même. La promesse implicite dans cette évocation de la mort. Il voit dans la peau plissée de son cou son cœur qui bat un peu plus fort. C'est le moment de filer.

Si ce n'était de Justine, Carmen, je ne te quitterais jamais. S'approchant d'elle, il lui fait un clin d'œil, et lui répète tout bas sa phrase d'adieu consacrée, Tu es la délicieuse, Carmen, la succulente. Le plus sucré des fruits de mon jardin.

Et le regard rivé sur le visage de Carmen, comme pour en graver les traits sur la couenne dure de sa mémoire, il recule, il recule, puis tourne le talon et s'enfuit.

Dans la voiture, il se félicite de s'en être sorti si facilement. C'est que l'excuse, le reconnaît-il volontiers, est impeccable. Elle a le mérite, aussi, d'être vraie – chose rare dans les annales de ses aventures érotiques.

Il chausse ses Ray-Ban, repousse sa mèche, jette un regard dans le rétroviseur. Sacré Miguel, dit-il à son reflet. T'en as trouvé une bonne, enfin. Comme motif de rupture, on ne peut pas faire mieux. Sauf la mort, bien sûr, le prétexte par excellence.

* * *

Debout devant la corde à linge, Yvan s'inquiète. Peu habitué à la routine de la lessive, il n'a pas pris la précaution de rentrer les épingles après chaque séchage. Elles sont toutes noires, maintenant, et le ressort est rouillé. Il a peur qu'elles abîment le tissu léger des vêtements de Claudia. Il hésite un moment, puis finit par plier le tee-shirt et le pantalon sur la corde sans les fixer à l'aide des épingles. Admet, avec un plissement des paupières, que cette inquiétude, parfaitement triviale, en cache une autre, bien plus signifiante. Et la tête pleine encore de la vision d'une Claudia à demi vêtue – oh, la dentelle de son soutien-gorge, oh, la brièveté de son slip –, il se dit qu'il faut à tout prix lui trouver de quoi se mettre sur le dos. Un short d'Adrienne, un débardeur propre, tout et n'importe quoi, avant qu'elle ne sorte de la salle de bain uniquement enveloppée d'une serviette.

Attrapant l'anorak qu'elle a laissé sur la marche du perron, il pousse la porte et rentre en coup de vent, mais il voit aussitôt qu'il est déjà trop tard. Dans la minuscule chambre à coucher, debout à côté du lit encore défait, Claudia l'attend, ses sous-vêtements mouillés dans les mains. À part le petit anneau poinçonné à son nombril, elle est nue. Elle hausse une épaule magnifique – un soulèvement faussement penaud –, lui tend son linge et lui demande d'une petite voix s'il pourrait, s'il te plaît, l'accrocher avec le reste.

Il semble à Yvan qu'il a mis une éternité à franchir la distance qui la séparait de lui et à lui prendre des mains le petit paquet mouillé. Et il lui semble, aussi, qu'il n'a eu d'yeux que pour ses yeux. Pour leur bleu, pour leur rire, pour leur fixité, aussi calme que celle d'un fauve. Mais dans le siècle qui s'est déroulé entre son arrivée précipitée dans la roulotte et son départ lent, à reculons, il a eu le temps, sûrement, d'entrevoir le reste. Car, dehors, quand il est debout devant la corde à linge, les mains débordantes de soie et de dentelle humides, il n'a plus devant les yeux que l'image de son corps. D'une grâce indicible, le corps de Claudia, d'une perfection ineffable, impossible, aurait-il cru, inconcevable, dans la terrible insuffisance du monde. Comme frappé par la révélation, il sombre momentanément dans la déraison. Égaré, hors de lui, il suspend les sous-vêtements à la corde à linge, il se retourne vers la roulotte et monte, d'un mouvement d'automate, les quatre marches du perron, il pousse la porte et rentre de nouveau, un illuminé mû par une vision.

Claudia l'attend, assise sur un coin du lit, les mains sagement pliées l'une dans l'autre.

Quand j'ai su que tu étais seul, lui dit-elle, je me suis dit, pauvre Yvan. Il doit s'ennuyer à mourir dans sa petite roulotte perdue dans la prairie. Et c'est pour ça que je suis venue, tu vois. Pour t'amuser, un peu. Pour te désennuyer.

Claudia se met debout et il confirme. Son corps, jeune et sans défaut, est d'une beauté incompréhensible. Elle ouvre les bras ; il s'approche, il enfouit son visage dans son cou, dans le voile blond de ses cheveux, et il s'abandonne. Il n'y a plus en lui qu'une seule conscience, qu'une seule volonté : s'anéantir corps et âme dans la perfection...

Après, revenu à lui, la seule volonté qui l'anime, c'est celle de se cacher. À côté de ce galbe pur, de cette chair d'albâtre, son corps à lui, fripé, chenu, informe, lui semble un scandale. Se recouvrant du drap, il la laisse nue, étendue à ses côtés, et le soleil tardif qui traîne à la fenêtre peint sa peau d'une patine d'or. Couché sur le flanc, la tête appuyée à sa main, il la contemple. Et, d'un doigt paresseux, il trace une ligne caressante, depuis le creux de sa gorge, entre ses seins, le long de son ventre, jusqu'à la petite morsure du métal dans sa chair. Et l'auriculaire enfoui dans l'anneau, il le fait tourner et tourner, en petits ronds envoûtants. Son parcours, du battement de son cœur jusqu'au cœur de son corps, il le recommence, et le recommence, et a toujours envie de recommencer. Il lui dit :

Il ne faut plus recommencer.

Elle se lève sur un coude, le dévisage et lui dit : Comme ça, déjà, tu ne m'aimes plus.

Il hoche la tête, tristement. C'est Adrienne qui m'en voudra, lui dit-il.

Claudia se recouche, fait la moue. On n'a qu'à se taire. Adrienne n'en saura rien, si on ne le lui dit pas.

Oui, lui dit-il, en fermant les yeux. Mais moi, je le saurai.

Claudia ne dit plus rien. Elle boude. Il lui touche la joue pour la ramener à lui.

Dis donc. Ça t'arrive souvent de coucher avec des vieilles peaux comme moi?

Oui. Je préfère. Ils sont plus lents et plus patients. Puis, après, avec eux, y a jamais d'histoires.

Mais, Claudia. Ces vieux corps décrépits.

Elle rit tout haut, les yeux pétillant d'un feu gamin. Oh, Yvan! Pour moi, c'est la *tête* qui compte, ce sont, comme on dit à l'école, *les facultés de l'esprit*. Le reste, pfff, ça m'est parfaitement égal.

L'expression d'Yvan se rembrunit. Elle le regarde, constate son air chagrin, prend entre ses mains son visage raviné. Puis, rabattant sa peau flasque, l'aplatissant contre l'os, elle fait d'un coup disparaître toutes ses rides. La tête inclinée sur une épaule, elle le regarde encore, elle rit de son air déconfit, elle se penche pour l'embrasser. Se lovant de nouveau à ses côtés, elle lui confie: Ce qui me séduit, moi, chez les hommes, c'est l'intelligence.

Parce que c'est l'intelligence qui va sauver le monde?

Non. Du monde, je m'en fous. Il s'en va, moi aussi. Ce qui m'intéresse, c'est l'intuition. Le dépassement.

Elle glisse une main sous le drap, attrape quelques poils grisonnants sur la poitrine d'Yvan et tire.

J'ai faim, dit-elle. J'ai toujours faim après avoir baisé.

Yvan songe aux restes qui traînent dans son frigo – une tranche de terrine, quelques tomates avancées, un bol de pâtes, vieilles de plusieurs jours. Plutôt terne, comme festin d'amoureux. Mais Claudia, déjà sortie du lit, fouille dans la penderie, trouve un chemisier en jean d'Yvan, l'enfile et lui dit:

Attends-moi ici. Je reviens tout de suite.

Yvan la suit des yeux jusqu'à la porte, voit ses chevilles fuselées, la blancheur attendrissante du creux de ses genoux, et il sent flancher son cœur.

Elle rentre presque aussitôt et claironne depuis la cuisine,

L'herbe est encore trop mouillée pour qu'on s'y installe, et d'ailleurs, on se ferait manger tout rond par les moustiques. Allez, viens, on sera très bien ici.

Sur la table pliante de la minuscule salle à manger, elle dispose un merlot, un Boursin, une baguette et une grappe de raisins. Yvan pousse un soupir. Il aimerait lui dire que le vin rouge lui donne de l'insomnie, que son artériosclérose lui interdit le fromage et que le pain blanc le constipe, mais ce sont des grossièretés qu'on tait devant les jeunes. En silence, donc, il prend place à côté d'elle sur la banquette et, renonçant d'un sourire triste à tout ce qu'elle lui offre, se contente de la regarder manger.

Il a lu quelque part qu'on peut faire d'une femme l'une de ces trois choses : on peut l'aimer, souffrir pour elle ou la transformer en littérature. Lui qui n'a jamais écrit un poème, inventé un personnage ou vibré à la puissance d'une image sent sur le coup que d'elle, cette magnifique Claudia, un monde entier pourrait naître. Et il imagine, pour la première fois de sa vie, le plaisir qu'il prendrait à décrire, disons, la finesse de ses attaches, la luminosité de sa chair, le blanc bleuté de ses yeux d'enfant. Il la regarde chasser du bout de la langue la miette qui lui colle à la lèvre, repousser du poignet la mèche blonde qui lui tombe dans les yeux, avant de replonger, petite bête affamée, dans la volupté qu'elle goûte dans ce nouvel appétit.

Il verse le vin, il mange le raisin, il cherche parmi tous ses mots ceux qui sauront dire ce qu'il vient de comprendre : que le temps, ce n'est que le désir compté, mesuré, exprimé, par les battements du cœur. Mais un bruit de l'extérieur vient interrompre ses pensées. Claudia se retourne pour regarder par la fenêtre, Yvan se lève et va à la porte.

Dehors, une VUS pénètre dans la cour en faisant jaillir des vagues de boue grise.

* * *

Restée seule en face de Jonathan – assis, maintenant, la tête décolorée entre les mains –, Magali sent s'agiter en elle un mouvement de pitié. Elle l'admet volontiers : un grand benêt, inepte, désemparé, Jonathan n'est pas fait pour ce monde. Sa trop grande sensibilité – à la fois sa grâce et sa malédiction – le laisse sans défense devant la brutalité de la vie.

Très tôt dans leur amitié, Jonathan avait raconté à Magali le moment où, pour la première fois, il avait saisi par une fenêtre ouverte les notes, claires et détachées, d'une étude pour piano. À sept ans, âge de raison, il était resté cloué d'étonnement dans le calme du soir d'été. La petite mélodie désincarnée portait dans ses résonances un monde de désir et de mélancolie qu'il avait cru, jusque-là, inexprimable.

Encore aujourd'hui, quand il se croyait seul dans le loft et qu'il retrouvait sous ses doigts les notes d'un prélude ou d'un nocturne, il lui semblait qu'en lui, une mer glacée fondait.

Elle lui apporte à boire. Elle s'assoit en face de lui. Elle lui demande de la regarder.

Jonathan lève la tête, mais garde les yeux fixés sur la plume de paon gravée dans la peau du pied de Magali. Il lui semble que c'est la plus belle plume qu'il ait jamais vue, et le pied de Magali, le plus beau, aussi, entre tous les pieds du monde. Et une crainte éperdue fait flancher son cœur, car il croit, le pauvre, qu'à l'instant même, Magali va le foutre à la porte et, que de toute sa vie, il ne verra plus ni plume ni pied. Qu'il sera à jamais exilé de la terre promise de ce pied plumé. Parce qu'il a trahi ses amis, parce qu'il leur en a préféré une autre, parce qu'ils savent qu'il se prêterait volontiers aux pires bassesses en échange d'un peu d'amour.

Magali est fatiguée de son vol. Déséquilibrée, aussi, par son séjour dans le monde primitif de la préhistoire. Devant ce garçon curieux, elle a l'impression, exactement comme chez O'Leary, d'être en présence de quelque chose qui la dépasse. Il lui semble qu'elle vibre à la fréquence d'un diapason tout autre et que, quelque part en elle, un récepteur inconnu oscille sous la force de signaux de provenance mystérieuse. Son esprit confus, dépaysé est effleuré, l'espace d'une seconde, par l'idée insolite qu'il existe, au-delà du *look*, de l'effet, et des margaritas sur la terrasse, une réalité insaisissable. O'Leary et sa passion extravagante, Jonathan et ses amours bêtes, ils vivent, ces deux hommes, dans une dimension qui échappe tout simplement aux sens de Magali.

Elle soupire. Et le syntoniseur qui, pendant un court moment, s'était éveillé en elle, assénant ses antennes de crépitements parasites, aussitôt s'éteint.

Dany lui en veut, à Caro, mais tout est de ma faute.

Revenant de loin, Magali fait une mise au point sur le visage de Jonathan. Gros plan : regret, repentir, au niveau des yeux, consternation dans les sillons du front, mais, aux commissures des lèvres, une certaine hardiesse. Elle s'adresse d'abord aux yeux.

Tu as envoyé une chanson d'amour à une amie. C'était perso, intime. Tu n'as jamais imaginé qu'elle annoncerait ça au monde entier. C'est vache, ce qu'elle t'a fait.

Caro avait raison de croire que la chanson était pour elle. Que je la lui donnais. Et qu'elle était libre d'en faire ce qu'elle voulait.

Non, Jonathan. Pour elle, c'était un coup de bol. Elle a vu sa chance, puis elle l'a pas ratée… Il faut lui faire un procès, Jonathan.

Rides profondes dans son front d'enfant. C'est ce qu'elle dit, Sétaré. Mais moi, je ne veux pas. Je vais aller lui parler, à Caro, et je suis sûr qu'elle va m'écouter.

Et tu lui diras quoi, pauvre con? Que c'est pas gentil ce qu'elle t'a fait, qu'il faut avouer à tout le monde qu'elle t'a volé et te remettre entre les mains ta propre chanson, qui, en passant, ne t'appartient même pas?

Il cache son visage derrière ses mains, derrière ses beaux doigts de pianiste, forts et musclés comme ceux d'un étrangleur. Dany et Sétaré m'ont dit que c'est moi le voleur et que c'est moi qu'ils vont traîner devant les tribunaux.

Eh ben. C'est pas exclu.

Visage cramoisi entre les mains blanches. Regard noyé dans le désarroi. Magali voit battre violemment son cœur dans le creux de son cou. J'ai pas de sous, moi, Magali. Qu'un clavier et qu'une paire de bottes.

C'est pas à toi qu'on en veut, Jonathan. C'est à ta petite magouilleuse qu'il faut faire la leçon.

C'est pas une magouilleuse, Caro. Je lui ai fait un cadeau. Elle s'en est servi comme bon lui semblait. C'est pas un crime, ça, à ce que je sache.

Non, Jonathan. Tu as raison. Le seul crime ici, c'est ce qu'une fille comme elle fait du cœur d'un gars comme toi. Et pour ça, rien que pour ça, elle mérite d'en manger une.

Accès, soudain, de folie. Jonathan se lève d'un bond, se rue vers la porte en gesticulant de ses grands bras. Avant de disparaître en faisant claquer la porte, il hurle : Si vous faites du mal à Caro, si vous touchez à un cheveu de sa tête, moi, je me crisse dans la rivière.

Épuisée de son voyage, la tête résonnant du bruit de la porte, Magali avance vers une fenêtre, laisse errer son regard du côté de la Rouge. Elle coule grosse, ces jours-ci, et large, et tous les sous-bois sont inondés.

C'est peut-être là qu'il va se ramasser, à la fin, se dit-elle en haussant une épaule. La rivière cynique d'un âge mercenaire : dernier recours, soupire-t-elle, des cœurs trop rouges.

IV

Vendredi 24 juin 2011

C'est Lascaux, c'est Altamira, sans la magie des pariétales. Malaisé, d'ailleurs, de peindre sur le gravier. D'autant plus que les parois dans cette caverne sont occultées par l'armature de troncs d'épicéas qui les étaie. Une des femmes de la tribu – une maman que j'ai baptisée Amisk à cause de la saillie attendrissante de ses incisives ébréchées – se sert de cette ossature de bois pour tout ranger. (Quand j'ai vu l'attirail de peaux, d'outils et d'ustensiles accroché à l'échafaudage des murs et du plafond, j'ai songé aux tiges de bambou qui hérissent les plafonds des maisons japonaises. J'aurais voulu raconter à Amisk ces étagères improvisées, si semblables aux siennes, mais quelle absurdité pour elle, cette idée de l'étranger – de visages, de mœurs, de mondes inconnus.)

Étant peu profondes, les grottes n'abritent, chacune, que quelques membres du clan – je ne puis, encore, préciser les rapports – familiaux, fonctionnels ou sexuels – qui les unissent. Dans le groupe qui a bien voulu m'héberger cette nuit, il y a une fillette, que j'ai nommée Nikik à cause du lustre de loutre de ses cheveux de jais, qui vient de s'endormir sur les peaux du nid qu'on m'a accordé. Fascinée par mon teint blanc, elle a laissé courir ses doigts potelés partout sur mon visage, son haleine de bébé mangeur de caribou comme une bruine légère sur mes paupières closes.

Je l'ai respirée profondément – odeur de boucane, d'épinette et du vent du nord. Je l'écoute, maintenant, gargouiller dans son sommeil, en proie au songe d'une nuit d'été. Et jusqu'à l'aube, jusqu'à la vraie lumière de l'aurore véritable, j'aurai son petit corps chaud pressé contre mon flanc.

Petit corps chaud, oui, mais comme celui du chaman, percé comme une passoire. Chez elle, comme chez lui, le lobe et le cartilage des oreilles sont troués, la cloison du nez, la peau palmée entre les doigts de main et les doigts de pied. Est-elle destinée à devenir prêtresse à son tour, est-ce qu'on lui a retiré ses bijoux (tiges d'os et anneaux de merrain), ou est-ce une mutilation rituelle, sorte de cicatrisation tribale ? Dans la pénombre, je vois mal la peau des autres adultes, ne peux pas déterminer si la pratique est généralisée. Mystère que j'éluciderai à la lumière du jour.

Le reflet du feu contre les parois de la grotte réconforte. Les ombres sont grandes, pourtant, et menaçantes. Et, comme les loups, elles ne cessent de bouger. Tous les adultes ont les mains occupées. Ils se lèvent, se rassoient, entrent et sortent, pour aller quérir des brindilles de saule, de la babiche, des filets troués, des paniers tissés, des bois de caribou, des outils taillés dans le merrain, la pierre ou l'os. Près de la clarté du feu, ils se penchent sur leur ouvrage, et on n'entend que le crissement de l'alène dans le cuir, ou le susurrement sec du roseau tressé. Ils se parlent peu ; les enfants, à peine davantage. Ce soir, je l'admets, c'est peut-être à cause de ma présence.

Aussitôt que Thomas a eu mis pied à terre, Sâkwésiw s'est précipitée devant lui pour lui embrasser les mains. Sous le hâle, j'ai vu rosir la joue de Thomas. Redressant doucement la jeune femme, il a attendu qu'elle lève le regard sur lui, puis, fermant les yeux, il a touché son front du sien. Ils sont restés ainsi, pendant un moment, appuyés l'un à l'autre, pendant qu'autour d'eux, une clameur de voix s'élevait. J'entendais alors les premiers mots de la langue des Mistahihkan. Sans comprendre ce qu'ils disaient, j'ai cru reconnaître des vocables athapascans, des accents na-dené.

J'ai eu peur, un moment, de la façon dont on pourrait interpréter ma présence – mon arrivée, ici, dans ce lointain – avec Thomas Bonechild. Le temps que j'ai passé avec lui, ce voyage que j'ai fait à ses côtés risquaient-ils de compromettre son engagement vis-à-vis de la jeune femme? Sa famille, son clan verraient-ils d'un mauvais œil cette importune débarquée parmi eux avec l'insolence d'une aventurière?

Inquiétude superflue. Étant donné mon âge, peut-être, étant donné la laideur de ma peau blanche, l'idée que je pouvais être la concubine de Thomas ne leur a même pas effleuré l'esprit. Le temps de lever les yeux sur moi – et quel regard ces êtres recèlent sous leurs cils épais –, le temps d'enregistrer ma profonde différence, et, tout de suite, on me saluait d'une main sur le cœur et d'un genou plié. Le geste effacé, m'avait-il dit, Thomas, du loup de la forêt boréale. En me relevant à mon tour de ma génuflexion, j'ai vu avancer vers moi celle que j'ai prise pour la chef, pour la matriarche. Elle marchait accompagnée d'une meute de loups et, dans ses bras, contre son cœur, elle portait un louveteau. Arrêtée en face de moi, elle me salua d'un hochement révérencieux de la tête et me remit entre les bras le jeune animal. Son poil était doux, mais hérissé, la fourrure sauvage d'un fauve, et mon sang ne fit qu'un tour. Je n'ai retenu que de justesse l'envie impérieuse de le jeter, vite, vite, loin de moi, transie que j'étais d'une peur instinctive, primordiale. Le visage plus blanc qu'à l'ordinaire, j'ai tu ma peur, me suis obligée à flatter le louveteau, mais ma main tremblante n'échappa point au regard de la femme debout devant moi.

J'ai compris qu'on m'offrait un cadeau d'une valeur inestimable et, d'un mouvement de la tête, j'ai signalé ma reconnaissance.

La chef fixait ma main blanche de ses yeux acajou. (L'épicanthus étant fort prononcé, l'espace visible de l'œil est restreint, ce qui laisse un iris dénué de blanc. L'œil entier reluit, donc, d'un éclat chaud, mouillé, velouté. Comme baigné de larmes, abreuvé de lumière.) J'ai voulu la lui tendre, lui montrer ma paume nue, mais je me suis rappelé les Tiliuks et l'insulte que constituait une main ouverte. J'ai continué à caresser mon louveteau pendant qu'entre mes jambes se pressaient les museaux de sa meute.

Thomas m'avait prévenue que leurs fouilles frisaient la violence – m'estimant préparée, je ne m'attendais pourtant pas à être presque renversée par la force de leurs explorations. Effrayée, d'abord, intimidée, j'ai fini par goûter à la sourde colère qui montait en moi devant cette violation de mon intimité. Poussée d'un côté et de l'autre, heurtée, bousculée, je m'efforçais de ne pas perdre pied, surtout devant toutes ces contenances impassibles quand, soudain, le rire en sourdine de Thomas arriva jusqu'à moi.

«Tenez bon, m'a-t-il dit. Ils vont bientôt se fatiguer de vous.»

Effectivement. Comme s'ils s'étaient donné le mot, l'un après l'autre, les loups se sont détournés de moi, d'un geste dégoûté. La puanteur des Blancs, me dis-je. Une odeur qui faisait visiblement frémir les ailes du nez de mes hôtes.

On est arrivés à l'heure du repas du soir. Juin, l'été, saison faste. Si, pendant l'hiver, les membres du clan sont obligés de se contenter de viande et de poisson séchés, maintenant ils se régalent de gibier frais. Les oies sont arrivées par milliers, la truite et l'omble chevalier remontent les cours d'eau pour frayer, il y a même des baies qui mûrissent parmi les lichens de la toundra.

Personne n'a parlé pendant le repas. On évitait de se regarder, aussi, comme si l'acte de manger était intime, hautement personnel. Il n'y avait, autour de nous, que le soupir du vent infatigable et le bruit, léger, distant, d'insolites pipeaux.

* * *

Justine s'exclame à la vue de toute cette boue. Elle porte un pantalon blanc écourté et des sandales lamées de fils d'argent. Sans quitter la voiture, elle baisse la glace et demande à Miguel de lui apporter une des deux paires de bottes de caoutchouc qu'elle a aperçues, là, sur la marche du perron. Mais Miguel ne l'écoute pas. Debout devant la corde à linge, il contemple les vêtements qui y sont accrochés. Même quand il entend claquer la porte de la roulotte, il ne se retourne pas.

Justine! Miguel! Quel bon vent vous amène? Derrière lui, la voix faussement enjouée de son père. Mais il ne se retourne toujours pas. Les bras croisés, bien calé sur ses talons, il regarde les vêtements qui sèchent sur la corde à linge. Et goûte, avec un frisson de plaisir, à la honte qui doit faire blêmir son père.

Yvan s'empresse de secourir Justine. Laissant sur le pas de la porte les petites bottes de Claudia, il lui apporte plutôt ses bottes à lui, les lui offre galamment. Lui-même avait enfilé des gougounes au moment de quitter la roulotte en catastrophe. Justine contemple tour à tour les grosses bottes dans les mains d'Yvan, les pieds de celui-ci, déjà tachés de boue, puis les petites bottes restées sur la marche du perron et, enfin, elle lui demande : Les autres, là-bas, les petites rouges, vous pensez pas qu'elles m'iraient mieux?

119

Comme d'habitude, les subtilités lui échappent. Elle ne se rend pas compte du trouble d'Yvan, ne comprend pas l'air buté de Miguel.

Ce sont les bottes à… la mère de Miguel?

Elle a hésité, comme elle hésite toujours, devant le vaste éventail de choix de noms (Adrienne, maman, belle-doche, docteure Coulonges, la snob, la prétentieuse, la vache, la conne…) qu'elle pourrait attribuer à la mère de Miguel. Aucun lien d'affection ne les unit, elle et Adrienne, elle et Yvan, elle sait qu'ils la trouvent quelconque, et indigne, surtout, de partager leur illustre patronyme. Ils sont impeccablement courtois avec elle, mais, dans leurs rapports, aucune chaleur, aucun témoignage d'attachement. Miguel les trouve marrants, ses parents, surtout quand ils doivent souffrir en silence les gaucheries à répétition de sa bien-aimée. Pour sa part, Justine les trouve guindés, monsieur et madame Coulonges, raides, froids, peu approchables.

Ben non, voyons, Justine. Tu sais que Maman est partie en voyage.

Miguel se retourne alors et regarde son père dans le blanc des yeux. Sur son visage, aucun sourire entendu, aucune lueur lubrique, non plus, dans l'éclat de ses yeux pers. Loin de lui le désir de pardonner. D'en appeler à la connivence masculine, à la complicité des hommes à femmes. Son père lui en a fait assez baver, c'est à lui maintenant de lui rendre la monnaie de sa pièce.

Ces petites bottes-là appartiennent à quelqu'un d'autre. Il dévisage la figure cramoisie de son père. Comme ça, tu t'ennuies déjà, Yvan? Ça fait, quoi, quatre, cinq jours qu'elle est partie, Maman? Une éternité, hein, quand on attend. Mais toi, si j'ai bien compris, t'as pas attendu.

Tu vas un peu vite en affaires, là, Miguel. Laisse-moi t'expliquer…

C'est ce moment-là que Claudia choisit pour quitter la roulotte. Elle porte encore le chemisier d'Yvan, mais aussi, Dieu soit loué, des leggings d'exercice noirs qu'elle a dégottés dans les tiroirs d'Adrienne. Avant de se pencher pour chausser ses bottes, elle leur envoie la main gentiment. Miguel siffle tout bas entre ses dents.

Dis donc, Yvan, tu te les farcis jeunes.

Je t'en prie, Miguel, ne sois pas vulgaire. La colère remet Yvan d'aplomb. Et, d'ailleurs, tu déconnes.

Vulgaire ! Le mot l'atteint comme une gifle. Pendant son adolescence, il était revenu souvent sur les lèvres d'Adrienne et d'Yvan (prononcé d'un ton scandalisé, la bouche déformée par une moue dégoûtée), mais depuis que Miguel a franchi le seuil de la maison paternelle, il ne l'a guère entendu. Le mot évoque dans son esprit toute une collection d'images qui lui mettent l'eau à la bouche – les décolletés plongeants, le maquillage outré, les bretelles tombantes de soutien-gorge, les blouses transparentes, les mules plumetées, les bas résille noirs, déchirés, si ça se trouvait. Aussi, pendant qu'il faisait minette à une femme, elle n'avait qu'à lui tirer doucement les cheveux en le grondant, disant, tu n'es qu'un vulgaire garnement, va, pour qu'il bande comme une bête.

Oh oui, ils étaient raffinés, Yvan et Adrienne, et délicats, et tout ce qui relevait de la plèbe leur était insupportable. Afin de ménager leurs susceptibilités, il fallait éviter les gros mots, à la maison, les copains un peu dévoyés, la musique ou les films osés, et toute référence, aussi, à l'argent, au sexe, aux besoins corporels. Miguel s'étonne encore aujourd'hui qu'il puisse chier (faire caca, déféquer, aller à la selle) sans complexe.

Claudia se dirige vers la corde à linge, mais Yvan l'appelle gaiement auprès de lui, sa désinvolture trahie par une voix mal assurée. Claudia, lui dit-il, et, escamotant la dernière syllabe de son nom, il l'avale nerveusement. Allez, viens, que je te présente.

Jetant un coup d'œil amusé sur ses petites choses, Claudia se résigne à les laisser là, au vu et au su de tous, et va rejoindre Yvan près de l'auto. Quand elle arrive à sa hauteur, il lève le bras comme pour lui entourer les épaules, mais laisse le geste inachevé. Le mouvement n'échappe pas à Miguel. Pour marquer son mépris, il garde sa main bien enfoncée dans sa poche quand Claudia lui offre la sienne, et se permet, aussi, un petit sourire insultant.

Yvan, aussitôt, se hérisse d'indignation. Miguel note avec satisfaction la chaleur qui se dégage de la peau de son père. Claudia, pour sa part, se met à rire. Puis, la main refusée maintenant levée en visière, les yeux bridés contre l'éclat du soleil, elle toise Miguel effrontément, sans honte ni pudeur. Le menton levé, les lèvres bien rouges écartées sur la blancheur égale de ses dents parfaites, elle étudie son visage, sa bedaine, son pantalon fripé. Puis, tout à fait comme si, son inventaire fini, elle l'avait trouvé moche, tarte ou mal fagoté, elle se détourne de lui, le congédie d'un haussement d'épaules. Pour la seconde fois depuis son arrivée, les joues de Miguel chauffent comme sous l'effet d'une gifle.

Alors, le dos carrément tourné à Miguel, s'adressant uniquement à Justine, Yvan raconte l'anecdote de la bâche. Elle pendouille encore, d'ailleurs, du haut de la tonnelle, le grand pan orange bat au vent et, sur la terrasse, la grande flaque d'eau miroite toujours au soleil. Yvan les montre du doigt en riant, mais Miguel ne se donne même pas la peine de les regarder. Les yeux rivés sur le visage de Claudia, il se dit qu'il aimerait se l'envoyer, cette petite salope, se la faire comme il faut pour lui effacer de la face son petit air crâneur.

On s'attendait à vous trouver seul. De but en blanc, Justine entre en matière avec sa grâce habituelle.

Harassée, comme toujours, par la tension qui ne manque jamais de s'installer entre Miguel et son père, elle en veut aussi à cette étrangère, qui semble être là, avec Yvan, uniquement pour lui ravir la vedette. Elle a une annonce importante à faire, et voilà que la nouvelle de sa mort imminente sera éclipsée par la présence importune d'une petite effrontée.

Ne vous dérangez pas pour moi, lui dit Claudia. Je pars à l'instant. Elle se tourne alors vers Yvan, lui expédie un sourire neutre, dépourvu de toute nuance complice. Je vous apporterai la semaine prochaine le deuxième chapitre de mon mémoire.

Yvan lui sourit à son tour, lui donne paternellement une tape sur l'épaule. Et pendant qu'elle se dirige vers la corde à linge pour récupérer ses vêtements, il invite Miguel et Justine à le suivre dans la roulotte.

La porte poussée, son cœur inquiet aussitôt se rassure. Il voit que Claudia a rangé les restes du gueuleton et refait le lit, la couette bien tirée sur des draps empreints encore de la chaleur de leur corps.

* * *

Surcharge du réseau. Elle a l'impression d'exploser. On la réclame, on l'interpelle constamment, ses écrans multiples trépignent de messages, on attend d'elle des décisions, des réactions, des solutions. Quand, au milieu de l'assaut, elle reçoit un texto de son frère annonçant la fin imminente de Justine, ses réflexes sont si mêlés qu'elle éclate d'abord de rire. Puis elle se reprend aussitôt. Dans le monde virtuel dans lequel elle habite, la mort occupe un espace à part : les messages qu'on y envoie restent toujours sans réponse. Alors, elle texte *Bon courage, Migs. Je serai là quand tu reviendras.*

C'est l'été, la saison des festivals en plein air. Assonance l'envoie dans les coins les plus reculés du pays, où, dans un champ de blé, sur une plage, sur le flanc d'une montagne, elle doit improviser des systèmes de son. La logistique est compliquée, les imprésarios, exigeants, le temps, limité et imprévisible. Le portable de Magali vibre sans cesse.

Dany s'acharne contre Caro. Il a retenu les services d'un avocat qui se spécialise dans la propriété intellectuelle et, obsédé par ce vol, par ce crime de lèse-artiste, il s'évertue à rassembler les pièces du procès. Dix fois par jour, donc, il demande des précisions à Magali, l'incitant à creuser dans sa tête et dans ses archives pour trouver les preuves indéfectibles de sa paternité de la chanson. Et, dix fois par jour, aussi, elle a, dans son oreille, la voix étranglée de Jonathan qui la supplie de tout laisser tomber. Le portable de Magali ne finit plus de sonner.

Pendant les absences de Magali, Sétaré continue à filer Alexandre. Mais les textos qu'elle envoie à son sujet ont changé imperceptiblement de ton. La bonne foi de Sétaré devenue suspecte, Magali la convoque à un souper. Ensemble, elles conviennent d'une date et, à la dernière minute, Sétaré se décommande. Nouveau texto, nouveau rendez-vous, nouvelle dérobade. Le portable de Magali n'arrête pas de chanter.

Rentrant des plaines de Weyburn, où un festival country s'échafaude entre les collines et les coulées, Magali somnole dans la fourgonnette. Deux membres de l'équipe d'Assonance l'ont accompagnée, cette fois, allégeant, par leur seule présence, l'énormité de sa tâche. Le répit lui a fait du bien. Elle a éteint son portable, éteint son cerveau, s'est contentée de suivre les deux autres et d'appuyer leurs décisions. Et maintenant, c'est Roberto qui conduit.

Les yeux mi-clos, elle constate qu'ils sont rentrés en ville, que c'est le soir et qu'ils descendent la rue Corydon, en direction du bureau. Et soudain, elle est tout à fait éveillée. Elle vient d'apercevoir la silhouette gitane de Sétaré – les plis amples de sa jupe, les franges de son écharpe de soie – qui arpente le trottoir, le portable collé à l'oreille.

Sans crier gare, Magali saisit son sac à main et, au premier feu rouge, s'élance de la voiture. La portière lui claque au nez, mais Roberto ne bronche pas. Il la regarde s'enfuir en haussant les épaules, redémarre quand le feu change au vert.

Le soir d'été est doux, les gens se promènent lentement, c'est la *passeggiata* en règle de la Petite Italie. Sétaré disparaît parfois, occultée par des grappes de piétons qui se rencontrent, s'accrochent et puis passent. Mais Magali la traque résolument. Et, compulsivement, elle fait et refait son numéro. Au bout de deux minutes – exceptionnellement, miraculeusement –, Sétaré répond.

T'es où, toi?

Tiens, c'est toi, Magali. T'es encore loin?

Non. Je rentre justement.

Vannée, comme d'habitude?

Pour une fois, non. J'étais pas seule, tu vois. Y avait Roberto et Paul.

Perfecto. La forme, donc. On peut se voir demain?

Pourquoi pas ce soir?

J'ai à faire, ce soir.

Il est encore tôt. Ton rendez-vous est pour quelle heure?

Tout de suite, figure-toi. J'entre justement au café.

Magali lève la tête, ne voit plus qu'un pan de la jupe de Sétaré dans l'embrasure d'une porte.

Il s'appelle comment, ton mec?

Ah, celui-là, tu connais pas. J'te présenterai un de ces quatre.

Bon. C'est ça. On se revoit à l'appart.

Mais Magali ne rentre pas à la maison. Faisant mine de s'intéresser au menu d'un restaurant, elle se penche sur la clôture en fer forgé qui sépare la terrasse du trottoir, ramasse la carte qui traîne sur une table, jette un coup d'œil sur les plats qu'on sert aux clients. C'est une feinte, bien sûr, improvisée pour tromper son attente. Les pâtes et les antipasti de La Scala ne lui font ni chaud ni froid. Seul compte, ce soir, le visage qui, d'ici quelques minutes, va sûrement se pointer à la porte du café.

Elle pose le menu sur la table, se tourne lentement vers la rue et, comme si elle l'avait convoqué par la simple force de sa volonté, il y est : Alexandre Bragance, en chair et en os.

Magali lui donne le temps d'entrer et de s'installer, le temps, aussi, de faire la bise à Sétaré. Puis elle se lisse les cheveux d'un coup rapide de ses doigts, se lèche les lèvres du bout de la langue, ajuste son sac sur son épaule et pousse la porte du café.

Sétaré blêmit en la voyant s'approcher, affiche aussitôt un sourire de commande. Alexandre, pour sa part, paraît enchanté du hasard. Il s'empresse de lui offrir une chaise, fait aussitôt signe au garçon. Puis, les regardant, l'une après l'autre, il dit :

Vous vous connaissez ?

Magali prend la main de Sétaré, l'écrase dans la sienne. Si on se connaît ? dit-elle. Sétaré, c'est ma meilleure amie. Magali la regarde dans le blanc des yeux. C'est une fieffée voleuse, mais je l'aime bien quand même.

Et toi et moi... Il y a une hésitation dans la voix, dans le regard, d'Alexandre. Est-ce qu'on se connaît ? Il me semble que...

Magali prend un moment pour étudier son visage. Il est aussi beau que dans mon souvenir, se dit-elle

126

complaisamment, l'admire encore un moment, finit par dire :

Oui, moi aussi, j'ai l'impression qu'on s'est déjà vus. Elle plie les bras, indique Sétaré d'un hochement de tête. Mais, remarque, c'est peut-être à cause d'elle.

Comment ça ?

Magali a le regard rivé sur l'expression outragée de Sétaré.

Disons qu'elle parle souvent de toi.

Pris de court, Alexandre pousse un rire surpris, se tourne vers Sétaré, se retourne aussitôt vers Magali. Celle-ci sent sur son front la chaleur du regard de Sétaré. Son visage est cramoisi, mais, de ses yeux café brûlé, elle grille Magali, elle la vrille, elle la réduit en cendres. Parce que c'est clair, Magali a gagné. Sétaré, punie, penaude, n'a plus qu'à reprendre ses billes, se retirer dignement du jeu. Avant de partir, elle tente, une ultime fois, de sauver la mise.

Qu'est-ce que tu racontes, Mags ? J't'ai parlé d'Alexandre comme j't'aurais parlé de n'importe quel autre ami. Point à la ligne.

Oui, oui. Avec force photos et exclamations. Elle oblitère Sétaré d'un geste vague, se laisse fondre dans le regard sombre du bel Alexandre. Puis, d'un air entendu, elle lui signale, Y a pas à dire, Alex. Elle est mordue.

C'est le coup de grâce.

De toute évidence, Sétaré, entichée ou pas, indiffère le bel Alexandre. Se penchant vers Magali, il lui dit : Comme ça, c'est Mags qu'on t'appelle. Magali fronce les sourcils, mais Alexandre ne relève pas le signal. Mais moi, tu sais, c'est Maggie que je préfère. Maggie May.

Mon Dieu, Magali se dit-elle en soupirant. Comme c'est original. Et dire qu'il se croit le premier à y avoir pensé. Mais c'est à elle de jouer.

C'est mieux comme ça. Il n'y a que mon frère, tu vois – elle zieute Sétaré, le regard glacial, le ton réprobateur – qui m'appelle Mags.

Et c'est parti. Sétaré les écoute causer un moment puis, se rendant compte qu'ils ne la voient même plus, se résigne à la défaite. Elle boit son café d'un trait et, le sourire étroit, elle annonce qu'elle doit partir. Alexandre la salue distraitement. Magali, pour sa part, se réjouit en silence. Ma foi, se dit-elle, en apercevant la mine assombrie de Sétaré. Sans le savoir, je disais vrai : la petite est sérieusement éprise...

Quand, deux heures plus tard, ils se quittent à la porte du café, Magali sait qu'elle l'a accroché. Elle sait, aussi, que ça ne va pas durer. Il est tombeur, Alexandre Bragance. Il se repaît de femmes comme le lion de gazelles. Et il mérite, le beau chasseur, qu'on lui fasse enfin la leçon.

Samedi 25 juin

La grotte du chaman est au bout du campement, un peu en retrait des autres cavernes. Je savais qu'on m'y emmènerait à la première occasion – c'est le rite consacré de ces tribus éloignées – et, même sans la description que Thomas m'avait faite de lui, j'ai tout de suite reconnu leur prêtre-sorcier. Il est recouvert en cette saison clémente d'un surplis en peaux de lapins qui lui descend jusqu'à la cheville. Il porte au cou et aux poignets des amulettes de dents et d'os sur des lanières en cuir tressé. Et sa peau, aussi, partout où elle pend – dans le creux des joues, sur la ligne de la mâchoire, dans la chair flasque du bras –, est criblée de trous.

J'ai eu le temps, depuis le début de mes explorations, de réfléchir à ce mouvement du cœur primitif la première fois qu'il se trouve en présence d'un Blanc. En apercevant notre peau dénuée de mélanine, l'aborigène subodore immédiatement la maladie. Il a recours, aussitôt, à toutes les ressources de sa science pour guérir cette maladie, pour rendre à notre écorce le pigment qui lui fait défaut. Je savais ce qui allait suivre – au cours des ans, j'ai subi aux mains des devins toute une série de thérapies –, et pendant qu'il malaxait ses graisses, ses onguents et ses pigments, j'ai dressé la liste des explications possibles de ce constat universel.

D'abord, la vulnérabilité. Elle a l'air si peu résiliente, notre peau blanche, si transparente, avec ses réseaux de veines bleues et le joli incarnat de ses chairs. Comme cuir, elle présente une défense dérisoire aux éléments ; comme enveloppe, une membrane risiblement mince pour contenir tout ce sang. Une lame s'y enfoncerait comme dans du beurre, un rai de soleil l'incendierait.

Ensuite, la singularité. Dans la nature, l'albinos est soit monstrueux, soit de provenance divine. Une bizarrerie, parce que si peu semblable à l'animal au pelage sombre ; une apparition sacrée, de par son aspect éthéré, spectral, spirituel. Il suscite, chez l'aborigène, une grande crainte ou un grand ravissement. Sur la carcasse des étrangers, par contre, la peau blanche n'est qu'anomalie, excentricité, aberration qu'il faut à tout prix régulariser.

Enfin, l'odeur. Je crois que le nez autochtone saisit dans les effluves qui montent de notre peau blanche la répugnante fétidité du dépotoir. Nourrie de cochonneries, notre chair regorge de gras jaune, de transpiration sure, du fiel noir, aussi, de la peur. Il y a une odeur qui s'attache aux êtres qui vivent ramassés ensemble, en huis clos, dans la poisse et l'air vicié des villes de béton. La fébrilité a ses émanations, l'énervement, ses exhalaisons. Si, en présence d'un

Blanc, la nausée s'empare du cœur aborigène, s'il est mû par la volonté de tanner sa peau rose, pour la protéger, la cacher, ne plus la voir, c'est parce qu'il se heurte à une abomination : l'être humain dénaturé.

J'étais assise sur une sorte de tabouret fait d'une peau tendue sur un trépied. Les manches de mon chemisier étaient remontées jusqu'au coude, mon visage était dégagé, mes cheveux ramassés sur ma nuque dans un chignon débraillé. Pour le reste, mes jambes et mes pieds étaient couverts. Le chaman, semblant satisfait de l'étendue de peau dont il disposait, n'a pas insisté, comme à Mindanao et en Patagonie, pour que je me mette à poil.

Sa glaise étant bien mélangée, le chaman a prononcé quelques invocations, s'est parsemé la tête d'une pincée de poudre, en a jeté, aussi, sur le feu grésillant puis, de ses mains extraordinaires – délicates, effilées, sibyllines –, il m'a enduit la peau de terre. Ça sentait la rivière tourbeuse, une boue fraîche et lisse, brune comme la bière. Même lorsqu'il l'étendait sur mon visage, je ne tressaillais pas, lui offrant mes joues comme la communiante offre sa langue. Alors qu'il travaillait autour de mes yeux, redoublant d'attention pour éviter qu'un grumeau me tombe dans l'œil, nos regards se sont croisés l'espace d'une seconde. Et j'ai vu dans la luminosité de sa prunelle noire un sourire, un détachement ironique qui me signalaient son entendement. Il n'était pas dupe, ce prêtre-guérisseur, il savait bien que son traitement ne changerait en rien la blancheur de ma peau. Dans ses visions, peut-être, dans ses songes pythiques, il avait contemplé les races de la Terre, avait deviné qu'ailleurs, sur l'autre versant, à l'orée de cette forêt et au bout de cette rivière, d'autres civilisations évoluaient.

La boue durcit aussitôt. Ne pouvant plier le coude, j'ai dû boire des mains du chaman la coupe de tisane qu'il me présentait. Une infusion qui goûtait, à vrai dire, la fleur de camomille et qui me fit sombrer dans un sommeil aussi lourd qu'agité. Quand je me suis réveillée – la tête pleine de fragments déroutants, Yvan pendu à l'échafaudage de la maison, Miguel, dans l'eau, tombé d'un canot emporté par le courant, Magali en chute libre d'un avion de brousse –, le chaman était parti, les loups aussi, il n'y avait que Thomas à mon chevet.

La glaise sur mes bras et sur mon visage était fendue, pleine de craquelures, et ma peau sous la boue me démangeait. D'un ongle, j'ai commencé à gratter les plaques, mais, d'un regard amusé, Thomas m'a retenue.

«Il revient à l'instant avec de l'eau chaude pour vous décrasser.» Puis il haussa l'épaule.

«Mes excuses, madame Coulonges, pour tout ça.» Il indiqua du menton mon masque de glaise. Un sourire dansait à la commissure de ses lèvres. «Je ne pouvais pas prévoir...»

«Ne vous en faites pas, Thomas. Dans les spas du Sud, on paie cher ces traitements à la boue. Vous allez voir: mon teint sera clarifié, ma peau blanche, lumineuse.»

Je parlais avec difficulté à cause du durcissement de la boue autour de ma bouche. Quand j'ai ri avec lui, j'ai senti se tendre douloureusement la peau de mon visage et je me suis imaginé, avec horreur, la désertification de ma chair, ma peau ravinée, les incrustations de boue dans chaque ride de ma figure. Mais Thomas n'était pas venu me parler de soins esthétiques.

«Je crois, madame Coulonges, qu'on partira demain, Kadéwa et moi.»

D'un coup, j'apprenais le vrai nom de Sâkwésiw, ainsi que la grande nouvelle que Thomas comptait la prendre pour femme. Il m'expliqua que, dans la tribu, on s'unit uniquement avec des étrangers, afin d'éviter l'inceste – des hommes, des femmes qui ne parlent pas la même langue que le peuple du loup. Le rite veut que la femme quitte sa tribu pour aller vivre avec celle de son homme, tandis que les hommes gardent chez eux la femme qu'ils ont croisée par hasard, au fil de l'eau, à la saison de la chasse, ou qu'ils sont allés trouver et séduire dans un des villages autochtones de la réserve faunique Thelon.

Il avait longuement réfléchi, Thomas. Des femmes qu'il connaissait dans les environs de Nueltin, il n'y en avait aucune qui avait éveillé en lui le désir. Seule cette inconnue, cette gracile Kadéwa, avait aiguisé en lui un tranchant qu'il avait cru à jamais émoussé.

«Je vous laisse donc, ces deux mois, et je reviendrai vous chercher en août.»

J'ai tenté de mettre dans mon regard toute l'émotion que je ressentais pour lui.

Ses yeux rivés aux miens, il me contempla un moment et, riant toujours de mon visage emplâtré, finit par me saluer d'une main à son front.

Le chaman est revenu et, avec des gestes un peu brusques, comme s'il savait qu'il avait perdu son temps et se dépêchait, maintenant, pour en finir avec cette mascarade, il m'a débarrassée de la gangue qui m'immobilisait. Quand, tous les deux, on a constaté que la peau de mes bras avait rosi sous l'effet stimulant de la boue, on a échangé un sourire épanoui. Et c'est alors que j'ai vu que, comme les chats, le chaman avait les dents taillées en pointe.

Trois louveteaux sur les talons, je me suis mise, aussitôt, à la recherche de Thomas. D'ici demain matin, il serait accaparé par des cérémonies tribales ou par des conciliabules prolongés avec la famille de Kadéwa et je n'aurais pas le temps de transcrire dans mon lexique les mots qu'encore aujourd'hui, il venait d'apprendre.

Dans le crépuscule nacré, beaucoup de mouches noires, très peu de gens. Ils étaient tous rentrés dans leur grotte pour travailler autour du feu. Gênant pour moi, l'étrangère blanche, de pénétrer dans l'intimité de chacune, sans invitation, à la recherche d'un homme qui appartient à une autre. Incertaine, j'ai erré un moment entre les arbres, ensuite sur le terre-plein de la clairière, me suis enfin dirigée vers le bord de la rivière où le canot de Thomas attendait. J'ai pensé qu'il y serait peut-être, occupé à préparer le voyage de retour.

Malgré le vent incessant, les insectes foisonnaient, s'enfonçaient dans mes yeux et dans ma bouche. Ma peau rose, nouvellement lissée, semblait les attirer davantage, leur offrait une meilleure prise. À moitié aveuglée, j'ai vu le canot de Thomas aligné avec les pirogues du clan, j'ai constaté qu'il n'y était pas et, rapidement, j'ai repris le chemin de la grotte, me débattant tant bien que mal contre l'invasion des mouches noires. Insinuées dans mes cheveux, elles me piquaient la peau derrière les oreilles et sur la nuque et, chaque fois que je levais la main pour les écraser, mes doigts détachaient des petits caillots de sang.

Dans l'obscurité bleue de la forêt, où les ombres s'allongeaient comme par une nuit de pleine lune, j'ai trébuché parmi les arbres, pourchassée par les insectes, bien sûr, mais enchantée, aussi, séduite, par la lumière perlée qui ensevelissait le monde. Je me suis égarée sur les sentiers battus entre les épinettes, j'ai piqué à l'est plutôt qu'à l'ouest, et me suis retrouvée à la lisière d'une échappée dans la forêt, pleine de la fumée d'aromates brûlées, pleine, aussi, de la musique de ces mystérieux pipeaux.

Au milieu de la clairière, à demi dissimulée par des voiles de fumée, Kadéwa était entourée de cinq jeunes femmes habillées de peaux et de plumes. Dans la coupe formée de leurs mains jointes, elles portaient des cassolettes en terre cuite dans lesquelles brûlait leur encens et, de gestes gracieux et stylisés, elles en parfumaient le corps nu de Kadéwa.

J'ai compris aussitôt qu'ensemble, ces jeunes femmes solennisaient un rite de purification pour celle qui partirait, demain, vers l'inconnu.

Sur les lèvres des femmes, aucune parole, aucune litanie. Mais partout autour d'elles, dans la gorge des flûtes d'os, le cantique perpétuel du vent.

* * *

Miguel et Justine s'installent tant bien que mal dans la cuisine exiguë de la roulotte pendant qu'Yvan prépare le café. Miguel insiste, malgré l'expression exaspérée de Justine, pour parler encore d'Adrienne. Il veut savoir si Yvan a reçu des nouvelles d'elle. Veut savoir quand elle revient. Veut savoir si elle sait, Maman, que tu reçois chez toi des jeunes étudiantes en son absence.

Yvan pousse un soupir excédé. Tu vas chercher un peu loin, tu trouves pas, Miguel? Une jeune femme comme Claudia, s'intéresser à moi? J'suis qu'une vieille loque, moi, tout juste bon à commenter des thèses...

Franchement, Papa, tu me déçois. J'dis pas que dans un mois ou deux, bon, tu pourrais trouver le temps long. Mais ça fait même pas une semaine qu'elle est partie, Maman. La roulotte est encore pleine de l'odeur de son parfum. Puis ça prend un maudit culot pour installer une pute dans le lit conjugal.

Ta gueule, Miguel! Yvan se lève de sa chaise en rugissant. La petite table de cuisine s'ébranle, la tasse de café valdingue. Si t'es venu jusqu'ici pour insulter mes amis, c'était pas la peine. Dégage, j'te dis, fais de l'air. Et d'un grand geste violent, il lui montre la porte.

134

ce, il dit encore à son père : Moi aussi, j'me
elle mon catéchisme, Yvan. Et tu as raison de
r de rémission. Et je te conseille de la méditer, la
sion. Réfléchis à la rémission, Yvan. Prie pour la
sion. Mais pas celle de ma femme. Celle, plutôt,
péchés.

* * *

ait semblant un moment d'être occupé. Ayant
échelle jusque sur la terrasse, il détache la
a plie, la range. Prend la mesure des planches
quent dans la plateforme, choisit des longueurs
raité, les scie à la main, les visse au plancher.
triant les tas de bois d'œuvre empilés au rez-
ée, il met de côté les plus beaux morceaux,
nt pour les balustrades – du cèdre pour celle
de l'étage, du cèdre, encore, pour celle
asse, de l'érable pour celle de l'escalier en
Demain matin, se dit-il, dès la première
m'y mets. Puis, tout haut, il répète le mot
puis, à la façon d'Adrienne, il dresse la liste
ogues : rampe, rambarde, parapet, garde-
t dans le ventre creux de sa maison, dans
utée du soir d'été, Yvan se tient immobile,
, la nuque pliée. Mais c'est trop tard, se
e fou est déjà tombé.
ne se retient plus. Le moment qu'il
mettre en occupant ses mains fébriles ne
reporté. Laissant là outils et planches, il
on en pressant le pas, gravit d'un bond
u perron, pénètre à toute volée dans
de la roulotte. Laissant à la porte ses
uvertes de boue, il se précipite dans la
à coucher, se jette sur le lit et, de ses
mées, il le défait, écartant avec violence

Miguel se lève à son tour, renverse sa chaise, se
dirige vers la porte à grands pas furieux. Quand il se
rend compte que Justine ne bouge pas de sa place, il
la somme de le suivre, lui dit en criant que son père
est un beau salaud, qu'il ne remettra plus jamais les
pieds chez lui. Justine se contente de plier les bras et
de l'observer, un sourire narquois accroché aux lèvres.
Dans le silence qui suit l'instant de vacarme, sa voix
s'élève soudain, calme, amusée, étonnante.

Fais donc pas l'hypocrite, Miguel. Des petites
putes, t'en as couché plein dans mon lit. Alors, excuse-
toi, ramasse ta chaise, et rassieds-toi. Si tu peux te taire,
aussi, une seconde, j'ai des choses à dire à ton père.

Le visage rouge, la poitrine haletante, les deux
hommes s'installent à nouveau devant leur café. Justine
attend un moment, fixe du regard les yeux d'Yvan et,
du même ton détaché, lui dit que d'ici six mois, elle
sera morte.

Silence consterné dans la roulotte. Yvan tourne un
visage encore tordu par la colère vers Miguel, comme
si ça aussi, la maladie et la mort de Justine, était de
sa faute. Miguel hausse une épaule, évite de regarder
son père.

C'est le soleil, lui dit-il. Et les salons de bronzage.

Justine dit tout bas, en baissant les yeux : Un cancer
de la peau qui a fait des petits.

Yvan cesse de respirer. Le regard ahuri, les mains
dans les cheveux, il fait un geste de recul. Mais qu'est-ce
que tu me dis là, Justine ? Ça ne peut pas finir comme
ça ! Tu n'as pas trente ans ! Ils ont sûrement autre
chose à t'offrir. Je sais pas, moi – des remèdes, des
traitements...

Justine fait non de la tête, un mouvement brusque,
retenu. Et pendant qu'elle explique à Yvan le choix
qu'on lui a donné – six mois d'affaiblissement tranquille
ou un an de nausées violentes avec, en bout de ligne,

l'identique, l'inéluctable conclusion –, Miguel dévisage son père. Il voit le regard affligé d'Yvan, la compassion qui fait frémir sa lèvre, son teint terreux, drainé, sous le choc, de tout son sang. Et il lui crache, en silence, le cœur battant fort dans la veine de son cou : Curieux, hein, Yvan, comment la mort change la donne ? Il y a une demi-heure, il y a dix minutes à peine, tu la méprisais encore, Justine. Mais maintenant que tu sais qu'elle va mourir, qu'elle devra quitter tout ce qu'elle aime, tout ce qu'elle a aimé, tu découvres, soudain, que ce que tu détestes en elle ne compte plus. Ses fautes de grammaire, ses maladresses, son manque d'esprit, de culture, de savoir-vivre. Parce qu'elle va crever, elle est comme toi, maintenant, comme tous les autres, un paquet de chair et d'os menacé de pourriture.

Pendant que Justine parle, Miguel garde le regard rivé sur la figure de son père. Il jubile devant le désarroi qui fait briller ses yeux, soupèse, le sourire léger, le poids énorme de la honte qui l'accable. Avoir su, semble-t-il se dire en se tordant les mains. Et Miguel de lui répondre en silence : Tu le savais, espèce de con. Tout le monde le sait : personne n'y échappe, à la crève.

Devant les protestations répétées d'Yvan, devant ses Oui, tu pourras, Oui, tu devras, Oui, tu vivras, Justine décline avec douceur toute une série de Non. Non, il n'y a plus de chances de guérison, non, il n'y a plus de thérapies efficaces, non, il n'y a plus de miracles, il n'y a plus de temps, il n'y a plus de dieu. Il n'y a plus rien, lui dit-elle, que le voyage.

Yvan, l'œil ému, pousse un soupir soulagé. Une calme béatitude monte aussitôt en lui et transforme son visage. Enfin, semble-t-il se dire, on y est.

Miguel se retient avec difficulté. Affichant sa face d'enfant de chœur, son père est sur le point de débiter les bêtises qu'il a retenues des pages de son catéchisme à l'intention d'une Justine dépourvue de tout instinct

spirituel. Miguel rigole déjà. Tu pe⟍
dire à son père. Justine ne pige⟍
déroute. La métaphore la confo⟍
point chair lui échappe… Mais i⟍
propre plaisir. Alors, le sourir⟍
main, il écoute avec délectation⟍
et de pèlerinage, pendant qu⟍
comme une lune dans le visag⟍

Mais, à la grande surpri⟍
pas d'Yvan. Choquée, plutôt,⟍
elle lui reproche sa naïveté. U⟍
vous, lui dit-elle, croire en⟍
savez aussi bien que moi q⟍
te fout dans un trou dans⟍

Miguel devine au fré⟍
père que la lucidité crue⟍
demande, surpris, s'il se⟍
à ces images d'un dieu⟍
il comprend, aussitôt,⟍
a peur, et qu'il se ber⟍
vers la mort.

Et puis, c'est d'u⟍
s'exclame Justine. À⟍
demain, Miguel et m⟍
vous voir. Vous dir⟍

Yvan prend la⟍
Putain, se dit Mig⟍
le regard plongé⟍
belle-fille : Oui,⟍
se reverra, et je⟍
voyage t'aura fai⟍
de ta maladie,⟍
permanente.

Miguel r⟍
la tête en si⟍
dirigeant ve⟍

les draps et le duvet. Les cheveux mouillés de Claudia avaient répandu leur parfum sur la taie de l'oreiller. Et c'est ce qu'il cherche, ce soir, c'est ce qu'il trouve aussi, le visage enfoui dans le noir et le souvenir.

Tout y est, dans ce parfum. Le mystère glorieux du corps de Claudia, la fraîcheur de la pluie, le délice de l'abandon, le blâme, la rupture, la solitude.

Couché sur le dos, l'oreiller dans les bras, Yvan guette la nuit qui s'installe. Une grande tristesse pèse sur lui, mais il ne sait pas encore la nommer. Engendrée par le regret, surtout, il lui semble qu'elle est faite, aussi, de désir et de désolation. Il ne sait pas, il ne sait plus, et son cœur est étreint par des vagues d'émotion qui, tour à tour, l'emportent, le ravissent, l'écrasent et le noient. À demi las, à demi enchanté, il sent qu'il y a loin encore de la dérive au rivage.

Les heures passent, la nuit tombe, le parfum sur la taie s'étiole et meurt.

Il se lève du lit avec difficulté, sa courbature, il le reconnaît, d'ordre moral plutôt que physique. Par la petite fenêtre de la chambre à coucher, il voit que la pleine lune est à peine entamée. La nuit est blanche de sa lumière.

Il emplit un bac d'eau, le met à chauffer sur le réchaud à gaz. Il tire la baignoire en tôle de sa place sous la roulotte, l'installe sur la terrasse de la maison, va cueillir les deux outres en plastique noire que, depuis ce matin, il a laissé chauffer au soleil. Retourne dans la roulotte, s'équipe d'un savon, d'une serviette et du bac d'eau chaude. Remonte sur la terrasse, se dévêt, verse sa provision d'eau dans la baignoire, se laisse envelopper par les volutes de vapeur qui montent vers lui. C'est de l'eau puisée de la rivière, elle sent la tourbe et les roseaux, elle est brune et riche et veloutée, et Yvan s'y glisse avec volupté, son corps reconnaissant parcouru de frissons de plaisir.

Puis, la tête rejetée sur le rebord de tôle, il contemple le ciel. Et se dit que là-bas, de l'autre côté, il se rappellera ces bains à la belle étoile, et son cœur, il en est certain, se gonflera de nostalgie. À l'article de la mort, se dit-il, au moment de trépasser, c'est de cette eau, dans cette nuit, que je languirai.

Et Justine, se demande-t-il, à quoi songera-t-elle sur son lit de mort? Se résigne-t-on, à trente ans, à tout laisser? Ou part-on, palpitant de rage, en maudissant le ciel indifférent? C'est quand même dommage, se dit-il encore, qu'elle refuse la consolation de la foi. Même si ce n'est qu'un joli conte inventé pour calmer la terreur, même si ce n'est qu'une simple construction du faillible esprit humain, la promesse de l'au-delà, du monde supraterrestre, parle doucement au cœur.

Le regard perdu dans les étoiles, Yvan songe à l'immensité de l'univers, à l'immanence du divin, et il lui paraît impossible, ce soir, de nier qu'il y ait quelque chose d'éternel qui affleure sous le temps qui passe.

Le corps d'Yvan, au clair de lune, a la blancheur de l'os. Il est flou, sous l'eau, et d'un geste de la main, Yvan peut en estomper les contours, les effacer, ne laisser comme trace qu'une lueur diffuse. Et c'est ainsi qu'on s'amenuise, songe-t-il, dans le souvenir des hommes...

Mais il n'est pas prêt à s'éteindre. Refuse d'être avalé par la nuit. On a beau tout bousiller, se dit-il, on y tient encore, à la vie. Il admet qu'il aime mal, qu'il est distrait, critique, intransigeant, mais il se dit que sa vie jusqu'ici n'a été qu'un brouillon et qu'il aura le temps, avant la fin, de tout mettre au propre.

Bon, c'est vrai qu'il aime peu Justine. L'annonce de sa mort l'a affligé, bien sûr, non pas parce que c'est elle qui meurt, mais parce qu'elle meurt trop tôt. C'est une vie qui a touché la sienne, ni plus ni moins, sans laisser la plus éphémère des empreintes. Elle est sortie, un jour, du vague anonymat et, un jour, bientôt, elle s'y éclipsera.

Il avoue, aussi, qu'il est dur avec Miguel. Mais c'est un peu comme disait l'autre : en vivant et en voyant les hommes, il faut que le cœur se brise ou se bronze. En voyant agir son fils, il n'a pas voulu croire, au début, que lui et Adrienne avaient pu engendrer un enfant si peu sensible, si ordinaire, si nul. D'année en année, en dépit de leurs meilleurs efforts pour le civiliser, Miguel s'était plu à s'encanailler. À un moment donné, révolté par l'indulgence facile de sa vie, par son vice et sa fainéantise, ils se sont détachés de lui, ne lui témoignant, du vaste bouillonnement de leurs émotions, que la colère et l'indignation.

Et c'est vrai, aussi, que par le passé, il s'est laissé aller à quelques petites indiscrétions. Mais ces aventures passagères, il ne les a jamais cherchées. Elles se sont présentées, le fruit d'un hasard généreux, il n'a eu qu'à consentir. Une étudiante ambitieuse, une collègue ennuyée, elles se sont offertes à lui, comme on offre à un ami son meilleur vin. Ces liaisons n'ont guère duré, une nuit ou deux à la limite, et Adrienne, qui devinait tout, les lui a vite pardonnées.

C'était qu'elle aussi a quelques peccadilles sur la conscience.

Dans la forêt amazonienne, dans les jungles de la Nouvelle-Guinée, elle s'est découvert, une fois ou deux, une peur soudaine de coucher seule. À la pensée de toutes ces araignées venimeuses qui la guettaient dans le sous-bois, ces fers de lance sournois, ces dards d'insectes empoisonnés, son cœur a flanché et elle s'est tournée vers l'un ou l'autre collègue. Mais ça non plus, ces étreintes furtives sous un toit de palmes, n'ont pas duré.

Ont suivi, de part et d'autre, une ou deux autres aventures insignifiantes, mais ils ont fini par se lasser, tous les deux, de cette guerre d'usure, se sont tournés l'un vers l'autre d'un amour meurtri, peut-être, mais assagi, mûri, foncièrement indemne.

Ce soir, dans son bain, Yvan se rappelle ces petites infidélités en souriant. Des errements, se dit-il en haussant l'épaule, d'excusables égarements. Et voilà que, contre toute attente, je récidive. Et il tire orgueil, une seconde, de son étonnante conquête. Se flatte de savoir encore plaire. Mais, petit à petit, la fierté qui lui réchauffe le cœur fait place au désarroi. Il frissonne dans son bain; sous l'œil blafard de la lune, il est transpercé de froid.

* * *

Il fait si doux qu'elle décide de rentrer à pied.

Les terrasses de la rue Corydon débordent de monde. Enivrés par la tiédeur du soir, les gens remettent indéfiniment le moment du départ, commandent une autre carafe de vin, une autre crème à la pistache, et Magali entend leurs voix, leurs rires, qui cascadent dans la rue comme des perles égaillées. Elle voit, ici et là, des visages qu'elle reconnaît, on la hèle, on l'invite, mais, d'un geste de la main, elle continue son chemin.

Ce qu'elle cherche, ce soir, ce qu'elle étudie, ce sont les jeunes femmes : leurs sourires épanouis, leurs yeux noirs de rimmel, leurs corsages échancrés, leurs jupes courtes, leurs jambes nues. Et elle constate qu'en apparence les règles du jeu n'ont pas changé. Pour leurrer le mâle, pour l'attraper et le subjuguer, la femelle de l'espèce doit se travestir. Mais Magali, comme tant d'autres femmes de sa génération, sait très bien que l'objectif du jeu n'est plus le même. Si, autrefois, la femme cherchait à s'attirer un bon parti, c'était d'abord et avant tout pour se munir contre l'indigence et la solitude. Ces menaces ayant été largement écartées de la vie de la femme neuve, elle peut se permettre maintenant le simple plaisir de conquérir, de faire souffrir, puis de rejeter. À l'aube du XXIᵉ siècle, elle a enfin ravi à l'homme le beau rôle : c'est à son tour, maintenant, de saccager les cœurs.

Dans la pénombre des parasols encore déployés, les tête-à-tête sont engagés. On se chuchote dans le creux de l'oreille, on se conte fleurette, on puise dans un vocabulaire usé, désuet, des mots pour dire l'amour. Magali les observe, ces tourtereaux, rit complaisamment de leur ardeur. De tous les dialogues humains, se dit-elle, c'est certainement le plus éculé, le plus dépourvu d'imagination. Depuis que le premier homme de l'Histoire s'est équipé de son poinçon et de son maillet pour tailler dans des tablettes d'argile les caractères cunéiformes d'un conte déjà longuement ressassé, le thème n'a guère changé. Y en a marre, Magali se dit-elle. L'amour est surfait.

L'air rêveur qu'affiche Magali en rentrant à l'appartement fait rire Sétaré.

Pauvre conne, lui dit-elle, tu t'es fait avoir.

Il est trop, y a pas à dire.

Ben oui, c'est pour ça, tu vois...

Que Sétaré ait voulu éprouver ses charmes séducteurs sur un si beau spécimen, c'est de bonne guerre. Magali ne lui en tient pas rigueur.

Puis, elle veut savoir, au lit, c'est beau, aussi, c'est intéressant ?

Sétaré lève haut les mains, hausse les épaules. Ça, vache, tu ne m'as pas donné le temps de le découvrir.

Tu l'as entendu jouer ?

Il joue pas. Lui et la contrebasse, c'était du Photoshop.

Il fait de la philo ?

Il y comprend rien. Pour ne pas péter ses cours, il couche avec ses profs.

143

Magali hésite, cligne des yeux une fois, deux fois. Alors les nanas qu'il rencontrait au café, c'était...

Sétaré se contente de sourire. Magali se frappe le front du plat de la main. Moi qui me suis tapé Derrida pour rien...

Sétaré la regarde, étonnée. Tu sais lire, toi?

Oh, à peine.

Ben, tiens. Viens voir ce que j'ai écrit en t'attendant.

Blessée dans son amour-propre par le triomphe de Magali, Sétaré s'était tout de suite installée devant l'ordi en rentrant à la piaule. Le rouge encore chaud dans ses joues, le dépit amer dans sa gorge, elle n'a eu qu'à se retourner comme un gant pour saisir l'émotion qui lui courait sous la peau. Sur la page blanche, donc, des mots palpitant de sang.

La vie est faite, se dit Magali en souriant, pour aboutir à une chanson.

Magali est au clavier, Sétaré module et scatte, quand Dany rentre à son tour. Il est plein, bien entendu, des dernières nouvelles du litige, a dans les mains un dossier bourré de documents. Sétaré, qui en a ras le bol de bosser dans la cuisine d'un restaurant, serait ravie qu'ils gagnent le procès contre Caro. Un joli magot garantissant le gîte et le couvert, elle pourrait désormais se consacrer à la musique. C'est avec attention, donc, qu'elle écoute Dany lui raconter les détails de l'affaire.

Pour sa part, Magali continue à chercher derrière les notes la mélodie qui s'y dérobe. Mais elle retrouve sans cesse sous ses doigts une phrase d'un air connu. C'est un morceau d'un des ancêtres, elle ne sait plus lequel, Debuisson, peut-être, Débroussaille, celui, en tout cas, qui a composé *Au clair de la lune*. Tonalité de la majeur – fa dièse, do dièse, si, la, sol dièse, fa dièse, et la phrase s'escamote et devient autre et finit, quand même, par revenir. Un petit jeu de passe-passe, entre le souvenir et l'improvisation, comme le tour, se dit-elle, qu'elle va jouer à Alexandre, comme la danse qu'elle va lui donner. Elle sait maintenant qu'il n'est plus qu'une belle façade, qu'il est léger, frivole, vaniteux, elle sait, aussi, qu'il attire les femmes comme les fruits mûrs attirent les guêpes. S'il daigne baisser sur elle son regard, s'il lui permet de s'approcher, elle se promet de le piquer à vif, de se glisser dans son sang comme le plus doux des poisons.

Derrière elle, la voix de Dany est, aussi, tout en dièses. De toute évidence, le litige avance bien. Pour la mélodie, dit-il, c'est un fait accompli – on a les preuves que Caro nous l'a volée. Le seul ennui, c'est la question des paroles. En les traduisant, Caro les a aussi changées. Il faut maintenant...

Magali revient au clavier. En pianotant distraitement, elle fait le compte des ans, tente de déterminer le moment où elle ne pourra plus se jouer ainsi des hommes. Quand elle ne sera plus jeune, se dit-elle, quand sa beauté l'aura quittée, quand du rassasiement des désirs naîtra le fade dégoût. Un pied sur la pédale douce, elle joue un accord en arpèges, le plaque enfin de ses deux mains. Elle en ressent, jusque dans la moelle du cœur, la savoureuse résonance. Et elle sourit... D'ici là, se dit-elle, il y a encore un très long chemin.

Quand elle se retourne sur le tabouret du piano, elle entend Dany dire à Sétaré que Jonathan a disparu. On a contacté ses parents, sa sœur, mais eux non plus ne savent pas ce qu'il est devenu. De toute évidence, dit Dany, Jonathan s'est tout simplement volatilisé.

Magali a une vision fugace d'un homme en équilibre sur le parapet d'un pont. Il se penche, il se penche... Elle hausse les épaules, passe une main agacée sur ses yeux, efface l'image de son esprit.

* * *

L'eau a refroidi, et la brise s'est levée. Yvan sort du bain, s'enveloppe rapidement dans la serviette. Il vide la baignoire dans la fosse septique, la range de nouveau sous la roulotte, court vite se mettre en pyjama.

Sans allumer, un verre de cognac à la main, il s'installe sur la banquette de la cuisine. Un vent léger entre par les jalousies de la roulotte, chargé des odeurs de la nuit. Il reconnaît l'arôme qui se dégage du basilic du jardin, du cèdre mouillé de la maison, du chèvrefeuille du bord de la rivière. Et il songe. Une inconnue qu'on refuse de pleurer, un fils décevant, une épouse trompée, qu'est-ce que ça représente, tout compte fait, dans le vaste roulement du monde? Quelques rancœurs, une poignée de mots durs. Effacés, oubliés, dans le grand tourment de l'univers. Yvan hume la terre, sent sur sa peau la clémence de la nuit, sait, d'un savoir indéfectible, que seul compte le plaisir de l'instant. Saisir, goûter, avant que ne sévisse le tsunami du temps.

Le temps. À la fois ce qui fait vivre et ce qui fait mourir. Ami et adversaire. Matrice et meurtrier. Il a eu le loisir de connaître, depuis sa retraite, le poids lourd des heures creuses. Les après-midi oisifs, sans but précis, ont fait monter en lui un vague dégoût, la nausée du désespoir. (Et sa mère, donc, devant le vide de sa vieillesse, armée seulement d'un jeu de cartes et d'une tasse de thé, quels moments intolérables elle doit vivre.) Il sait qu'il lui faudra, une fois la maison terminée, refaire l'apprentissage des heures. Il sait qu'il devra apprendre, à nouveau, à s'installer dans la durée et à l'affronter, apprendre, aussi, à s'abandonner à ce qui est et à ce qui viendra.

Autrefois, il a été prodigue de temps, l'a dépensé avec une largesse déconcertante. Une saison entière à suivre le parcours de la Bloodvein en canot. Une autre

146

à découvrir le Népal en randonnant. Encore une autre à faire le tour du Costa Rica en vélo. Il n'avait eu peur, en ces jours-là, ni du silence, ni de la solitude, ni de la fuite des heures, prêt à accueillir, à tout moment, les dons du hasard.

Et il se demande si, à son âge, il serait possible de retrouver la généreuse insouciance de ses vingt ans. Pourrait-il vivre, dans le dernier chapitre de sa vie, comme s'il était immortel, comme si la mort ne le guettait pas à chaque tournant ? Au lieu d'être obsédé par le temps qui passe, par l'idée d'agir, de faire, d'accomplir ; au lieu d'être conscient, aussi, et jusqu'à la moelle, de la fosse qui bée sous ses pas ?

Il y a cette Terre qui tourne, aussi, de plus en plus vite, cette impression déconcertante que le temps accélère, entraîné dans sa course par une planète en dérive. L'Univers, se dit-il, se dilate. Et dans sa sénescence, il se précipite vers la fin, aiguillonné par le désir du néant.

Le verre vide, maintenant, le sang réchauffé, Yvan observe par les lattes des persiennes la silhouette noire des arbres agitée par le vent. C'est un balancement gracieux, une danse inspirée, et il a le goût d'y rester, là, sur sa banquette de roulotte, jusqu'à l'aube, s'il le faut, perdu dans la contemplation. Mais il sait que, dans un quart d'heure, ses membres ankylosés se fatigueront, et il se dira qu'il perd son temps. Qu'il a besoin de sommeil, qu'il ferait mieux d'aller se coucher.

Pourtant, à vingt ans, il en a passé, des nuits blanches. À discuter avec les copains, à écouter de la musique, à guetter le lever du soleil sur un escarpement de roc dans la forêt boréale. Et, bien loin de perdre son temps, il a été – Yvan l'admet volontiers – nourri, enrichi par la nuit.

Les arbres déjà oubliés, Yvan se lève de la banquette, se dirige vers la chambre à coucher. Le lit est défait, la couette repoussée, la fraîcheur de la brise coule sur les draps emmêlés. Sans une seule pensée pour Claudia, sans perdre une seconde à chercher son parfum, il s'étend, ferme les yeux, se laisse emporter par le souvenir des nuits, de la nuit, de la plus riche des nuits.

Il se sent fort. Les muscles bien définis de ses quadriceps, meurtris, à l'aube, se détendent au fil des kilomètres, et il a l'impression de voler, le vélo comme ailé, malgré le vent et les collines. Il s'arrête le long de la route pour manger une mangue tombée de l'arbre, pour boire une *cerveza* froide dans une *cantina*, pour observer, sur la place d'un village, un match de soccer impromptu. Son espagnol s'améliore, il peut jaser avec les garçons des auberges, avec les *muchachas* qu'il rencontre dans les bars des hôtels. Un soir, sur la plage de la côte du Pacifique, il s'entretient avec des pêcheurs qui s'équipent pour la nuit. Pieds nus dans le sable, il les observe plier leurs filets, organiser leurs cannes à pêche, mettre au frais leurs appâts. Au moment de mettre leur chaloupe à l'eau, Yvan a déjà la main levée en signe d'adieu quand ils l'invitent à bord pour passer avec eux une nuit de pêche sous les étoiles.

Souvenir indélébile : de béatitude, de transcendance, de douleur exquise des sens écorchés.

Il croit avoir vécu là, dans le noir des vagues et du ciel tropical, la nuit entre toutes les nuits. Mais il ne sait pas que la plage d'Uvita l'attend.

Sur la baie de Coronado, il découvre La Ballena, une auberge composée de huttes détachées. Il arrive en fin d'après-midi, poussant son vélo sur les pistes de gravier, impatient de se laver du gosier la poussière des chemins.

Personne sur le terre-plein ; seul, sous un toit de palmes, un groupe qu'il prend aussitôt pour des Américains. Un homme en kaki est debout devant un tableau noir et les jeunes attablés autour de lui l'écoutent sagement, le visage levé vers lui. Yvan est étonné d'entendre quelques bribes d'anglais, si incongru dans ce coin perdu du monde latin.

À l'heure du souper, il se trouve entouré par les jeunes Américains. Il découvre, d'abord, que ce sont des Canadiens et, ensuite, qu'ils sont étudiants en anthropologie culturelle, en séance de débriefing, ici, à Uvita, au bout d'un séjour d'un mois dans les villages isolés de la jungle du Corcovado.

Ils sont maigres, épuisés, brûlés par le soleil, couverts, aussi, de piqûres d'insectes. L'expérience, lui avouent-ils, a été brutale.

Yvan essaie de les rassurer, leur dit qu'après une bonne nuit de sommeil, ils verront tout d'un autre œil, quand il sent sur lui la chaleur d'un regard.

Une jeune femme qui, jusque-là, s'est tenue coite a les yeux rivés sur son visage et, à l'éclat qui les anime, Yvan comprend que, pour elle, l'expérience a été tout autre. À l'inverse de ses collègues, elle est resplendissante de santé, sa peau bronzée ajustée à sa chair comme l'écorce à la pulpe d'un fruit. Le brun de ses yeux est semé de taches fauves, ses cheveux sont tout pleins de la folie des mèches d'or. Le regard toujours soudé au sien, elle lui sourit largement puis, balançant doucement la tête d'une épaule à l'autre, elle fait non, elle dit non, elle répète non : il ne faut pas les écouter – ils n'ont rien compris.

Yvan, qui, lui, a tout compris, se lève alors, lui expédie un clin d'œil. Puis, rentrant à son cabanon, il se dit : Elle me plaît, cette petite. Il faudrait songer à remettre le départ… Enfilant son maillot de bain, il prend sa serviette et ses sandales et se dirige vers la plage. Épris, depuis sa nuit de pêche, de la mer sous les étoiles, il y retourne, comme dans les bras de sa maîtresse.

Au moment de pénétrer sous la ligne de palmiers qui délimitent le terrain de l'auberge, Yvan aperçoit quelques étudiants au resto-bar, installés devant leur verre dans la tiédeur du soir. La petite y est. Leurs regards se croisent, il lui fait signe de le suivre, indique, d'un hochement de tête, le chemin de la plage.

La mer est calme ce soir, soulevée, seulement, par de longues lames lourdes qui viennent se briser sur la grève en murmurant. Yvan n'hésite pas. Laissant là sandales et serviette, il avance dans l'écume des vagues épuisées, sent sur ses chevilles l'étreinte chaude de l'eau, tient bon contre le tangage de la houle paresseuse. Il plonge, se laisse avaler par les profondeurs, sent aussitôt la morsure du sel dans les yeux et aux commissures des lèvres. Puis, refaisant surface, il nage un crawl lent, épousant de son corps la courbe de l'onde, cette mer entière qui le soulève et qui passe.

Avant de plonger de nouveau vers la plage, il s'arrête, se met debout, cherche du regard la ligne des eaux. Là, sur la grève, où la mer vient se noyer dans le sable, une femme marche, pieds nus, les sandales accrochées au bout de ses doigts.

Debout dans l'eau, bercé par son lent roulis, Yvan la contemple. Une brise s'est emparée de ses cheveux, les soulève et les emmêle, et, au geste que fait la femme pour les dégager de son front, Yvan reconnaît la petite Canadienne. Son cœur se serre à la pensée du remugle sauvage de la terre, de l'haleine animale de la jungle, de la peur qu'elle a matée pour venir jusqu'à lui et, étonné, chaviré, il pousse un cri, un bruit arraché au silence de la nuit.

Adrienne le voit, l'homme debout dans la mer : il a les bras levés vers le ciel, et son corps, au clair de lune, est une ombre touchée d'argent. Elle laisse tomber ses sandales sur le sable et, d'une secousse de ses épaules, se dégage de ses vêtements. Puis, pénétrant dans la

150

mer, elle est saisie à son tour par le lourd tangage des vagues. Elle s'arrête, se cramponne au sable du fond. Mais, dans un vaste soupir, la mer oscille. Un remous, plus fort que les autres, la déséquilibre. Elle perd pied, elle s'écroule et, sans un murmure, se laisse emporter.

V

Jeudi 30 juin 2011

Le volapük de la taïga, l'espéranto du Nouveau Monde : la langue du peuple du loup – nuniye dans la langue déné, plutôt que mistahihkan – est un mélange déroutant des langues athapascanes septentrionales et des langues de la famille linguistique algonquienne. Du chipewyan (cri : peaux en pointe), je reconnais quelques-unes des trente-neuf consonnes, dix-huit voyelles phonémiques et neuf diphtongues orales et nasales. De la langue crie (français, si je ne m'abuse, dérivé de *Kiristinons*), j'entends des emprunts du dialecte en ô des Cris des bois et du dialecte en n des Cris des marécages. Il y a aussi des échos des langues eskimo-aléoutes et de l'ojibwé.

Le lexique que j'ai pu compiler grâce à Thomas s'élargit de jour en jour. Les membres du clan cachent leur sourire quand ils me voient arriver avec mon calepin et mon stylo, mais tous me répondent sérieusement quand je leur pose des questions. Ce matin, les hommes réparaient les filets qu'ils utilisent pour attraper les oies. Thomas m'a dit qu'on les chasse, bien sûr, à l'arc, mais pour en attraper le plus grand nombre, c'est sur la nasse, sur la pantière, qu'on compte. Alors, assise près du feu de bois vert qu'on avait allumé au milieu du terre-plein, je pointais du bout du stylo la babiche du filet que les hommes avaient déployé sur leurs genoux, leurs outils, leurs nœuds, leurs doigts, leurs mains, puis, en énonçant clairement, comme des écoliers soumis, ils m'en donnaient le mot chip-ojicri-innu. Mais quand, cherchant le vocable pour oie, j'ai indiqué le ciel, ils m'ont donné les mots pour bleu, pour nuage, pour jour, pour soleil, mais pas pour outarde. J'ai donc posé mon calepin et mon stylo par terre, j'ai étendu les bras en guise d'ailes et, d'un cri étonnant de force et de volume, j'ai cacardé comme l'oie. L'alène soudain immobile dans leurs mains, les hommes se sont figés, se sont regardés, ont enfin tourné vers moi un regard ahuri. Silence complet (à part le vent, bien sûr). J'ai continué un court moment à battre des ailes jusqu'à ce que, enfin, un des plus jeunes se mît lui aussi à pousser le cri de l'oie. Alors, on a ri. Et, tous ensemble, on a imité à qui mieux mieux le cri de tous les oiseaux du Grand Nord. Ils sont fins imitateurs, ces chasseurs de la taïga, et j'ai aisément reconnu le huard, le hibou, l'aigle, le corbeau et le lagopède. Et j'ai récolté, aussi, dans la langue du peuple nuniye, la traduction de tous ces beaux mots.

Je les appelle ainsi – *Nuniye* – à la façon de Thomas, mais je sais, maintenant, qu'ils s'appellent, comme la plupart des autochtones, simplement *Déné* : le peuple. Je commence à voir, également, qu'aussi important que puisse être le loup dans la culture de ce peuple, il y a un autre élément qui l'emporte sur lui. Un pressentiment que je chercherai à confirmer aussitôt que j'aurai acquis le vocabulaire nécessaire.

Ce que j'ai pu confirmer, par contre, c'est la logique de leurs groupements. C'est la fonctionnalité, déterminée bien sûr par le sexe et par l'âge, qui gouverne la composition de cette société. Donc, les aînées vivent ensemble, avec la matriarche, et s'occupent, surtout, de la confection des vêtements. Elles travaillent les peaux, la fourrure, la babiche des mocassins. Elles les ornent, aussi, perçant le cuir de leur poinçon, pour y insérer des plumes, des pépites de minerai, des os, des crocs et des griffes. Les aînés, pour leur part, s'occupent de la viande. Quand les chasseurs rapportent la chair plumée, dépiautée et désossée, ce sont les vieillards qui la coupent en lanières et la mettent à sécher. Ils entretiennent aussi les grands treillis à claire-voie, faits de troncs d'épinettes et de mélèzes, sur lesquels ils couchent les filets de poissons, les poitrines d'oies et les tranches de caribous. J'ai remarqué qu'autour du feu, ils s'occupent, surtout, à aiguiser les lames sur des pierres à affûter.

D'après ce que j'ai observé, les adolescentes, les mères et les femmes enceintes se partagent la cuisson et la garde des enfants. Les petits sont élevés ensemble dans une même grotte, mais, comme les loups, ils ont droit de cité partout. La petite loutre qui m'a adoptée la première nuit vient encore souvent se coucher avec moi. Et je vois les autres, aussi, le matin, les cheveux en broussaille et les petits poings dans les yeux, titubant à la bouche de la grotte des grands-mères, par exemple, ou encore celle des grands-pères.

Et puis, bien entendu, il y a le repaire des chasseurs. Les jeunes maris, les jeunes pères, bref, les hommes faits, se regroupent dans la plus grosse des grottes, entourés des harpons et des arcs de leur métier. Ils consacrent leur temps libre à la fabrication de leurs engins et à l'entraînement des louveteaux qu'ils nourrissent – je m'en suis enfin rendu compte – exclusivement de poisson. Leur gueule n'est donc pas formée au goût de la viande de caribou, ce qui explique, en partie, leur impressionnante discipline au moment de la chasse.

Il y a, un peu à l'écart de ces grottes principales, celle du chaman ainsi que deux autres, mises à part, si j'ai bien deviné, pour l'accouplement. Ils sont discrets, les jeunes amants, et je n'ai pu observer encore ni leurs allers ni leurs retours, ne sais pas si le moment de leur union est aléatoire, ou déterminé – qui sait – par la disposition des astres ou par le hurlement des loups. Je n'ai pas encore découvert, non plus, les rituels qui entourent les premières menstrues, l'accouchement, les épreuves initiatiques ou le décès.

Le souhait sacrilège de l'anthropologue – être témoin dans une seule saison des métamorphoses d'une vie entière.

Un moment léger dans tout le sérieux de nos échanges. Le jour du départ de Thomas et de Kadéwa, le clan au grand complet était présent pour leur dire adieu. Les aînés les saluaient depuis la berge de la rivière, les plus jeunes, pieds nus dans l'eau, s'occupaient à flotter le *ciman*. Quand le couple, séparé par un monceau de bagages, fut installé dans le canot, on le poussa d'un mouvement égal dans le plus fort du courant. Thomas se mit à pagayer et gagna vite le milieu du cours d'eau. Sur le rivage, les hommes ont levé la main comme pour les bénir, tandis que les femmes hululantes versaient sur eux, je me plais à le croire, souhaits et vœux de bonheur.

Quand le dos de Thomas disparut enfin dans une courbe de la rivière, on s'est rendu compte, soudain, de ma présence. J'ai pu lire dans le velours de leurs yeux l'alarme qui les secouait. Aussitôt, branle-bas prodigieux – deux costauds mirent à l'eau une des pirogues du clan, pendant que deux autres couraient à ma grotte rassembler mes effets. Dans le temps de le dire, ils étaient revenus, avaient chargé le canot de mes sacs et s'y étaient installés, pagaies à la main, prêts à se lancer à la poursuite de Thomas et de Kadéwa. Consternation générale quand je leur ai fait comprendre que je ne voulais ni m'embarquer, ni rattraper Thomas. Sans me déchausser, je me suis glissée dans l'eau, j'ai repris mes sacs du fond du canot et les ai rapportés sur le gravier de la berge. Et là, devant leur regard ébahi, j'ai sorti mon attirail de recherche, mon ordi, mon capteur solaire, mes stylos, mes magnétophones et mes dictionnaires et je les ai fait circuler parmi les membres du clan. (Pendant que je m'occupais ainsi à distribuer mes outils de travail, deux gamins s'étaient emparés de mes sacs et avaient vite fait de les vider. Du coin de l'œil, je voyais s'envoler mes chaussettes, mes slips et mes chandails, passés d'une main à l'autre au milieu d'exclamations étouffées.) Certains se sont amusés à faire cliquer les Bic, d'autres, plus hardis, ayant enlevé le capuchon des Sharpie, les ont essayés sur eux-mêmes, dessinant des traits rouges et noirs sur la peau brune de leurs bras. Mon écriture dans les pages de mon carnet les a étonnés, le papier bible des dictionnaires les a émerveillés. Les ouvrant tout grand au soleil, ils ont été ébahis de constater sa finesse, sa transparence. Comme une écaille de poisson, me suis-je dit, comme un éclat de cristal de roche. Mais c'est bien sûr l'ordi et le magnéto qui les ont le plus impressionnés.

C'est ma voix, d'abord, que j'ai enregistrée sur le magnéto et, quand je l'ai rejouée, ils ont fixé ma bouche des yeux. J'ai parlé de nouveau dans le micro, j'ai rembobiné et, quand ils ont entendu ma voix, ont vu que je parlais sans remuer les lèvres, ils ont enfin fixé la machine des yeux. Il a fallu que je recommence, trois fois, quatre fois, dix fois. Trop étonnés, d'abord, par la magie de la machine, ensuite, par l'étrangeté de mes paroles, personne n'a soufflé mot. Mais quand, tout doucement, sans la brusquer ou lui faire peur, j'ai enfin invité une femme à s'approcher du micro, sa voix, comme un écho porté impeccablement par le vent des grands espaces, a rassuré tous les esprits.

Et puis, après, bien entendu, il a fallu que l'appareil fasse le tour de la tribu. On a passé ce qui restait de l'après-midi à rire et à s'écouter parler. Quant à moi, j'aurais pu y rester jusqu'à ce que le soleil et la lune s'immobilisent à l'horizon. Pendant que petits et grands expérimentaient, moi, je recueillais un premier échantillonnage de la souplesse incantatoire de leur langue.

* * *

Queen Street, Toronto, seize heures de l'après-midi. Il fait terriblement chaud et Miguel s'inquiète pour Justine. Déjà accablée par le voyage, elle sera sûrement terrassée par l'humidité.

Quelle est donc sa surprise quand, la VUS à peine garée, Justine s'élance de la voiture et court s'écraser dans les bras du grand échalas qui vient de sortir sur le pas de sa porte. L'étreinte est longue, le gars a le temps de respirer les cheveux de Justine (y chercher quoi, Miguel se le demande, un relent de jeunesse, un remugle des placards de môman?) et de lui frotter le dos de haut en bas d'un mouvement compulsif. Il lui parle dans l'oreille, aussi, tout le temps, il lui touche la joue et – Miguel s'en rend compte le cœur bouillonnant de jalousie – il essuie ses larmes.

Bon, bon, ça suffit comme ça. À son grand étonnement, il découvre qu'il a parlé tout haut. Toujours dans les bras de Justine, Tristan lève la tête, le foudroie du regard. Miguel en reste tout retourné. Le type a les mêmes yeux que Justine, le bleu glacial des mers polaires, et le sang de Miguel se fige dans ses veines.

Bon, se dit-il, me voilà obligé de me taper des vacances avec un mec qui me déteste. Debout sur le bord du trottoir, il essaie de se donner une contenance, il enlève ses lunettes de soleil, les fait tourner par une branche, les fourre dans ses cheveux, se les remet sur le

158

nez, se dit qu'il a l'air d'un con, là, à observer les ébats de sa femme dans les bras d'un étranger. Se tourne vers la voiture, ouvre le hayon, fait mine de chercher quelque chose dans les valises.

L'étranger est beau, fluet comme un danseur, tout noir où sa sœur est toute blonde. Il porte un jean très serré et un chemisier très ajusté, aussi, blanc à raies bleues, qui fait marin, qui fait Français, qui fait, Miguel ne saurait dire pourquoi, un brin lopette. Il suit Tristan dans l'escalier qui mène à l'appartement de l'étage et, ayant devant les yeux son beau petit cul, il se dit d'oublier ça, il invente, Justine le lui aurait certainement dit si son frère était pédé.

Dans la rue, ils se sont enfin salués d'un hochement sec de la tête, d'une poignée de main sèche, aussi, et curieusement froide étant donné la chaleur du jour. Pourtant, Miguel a à peine résisté à l'envie de s'essuyer la main sur son pantalon. En haut, chez Tristan, ils ne se parlent pas, évitent de se regarder et, pendant que Justine visite l'appartement, Miguel s'installe dans un fauteuil du salon et étudie le décor.

Il y a plein de livres sur les étagères – en ordre alphabétique, s'il vous plaît –, des fleurs coupées, arrangées n'importe comment dans des cubes de porcelaine noire, un canapé et une causeuse très IKEA, recouverts de housses de mousseline écrue et, partout sur les murs, d'anciennes affiches de cinéma. Leurs couleurs sont délavées, leurs bords sont déchirés, et elles évoquent toutes, dans l'esprit de Miguel, des mondes curieusement ambigus.

Les vitres de l'appartement sont découpées en losanges biseautés, et le soleil de fin d'après-midi s'éparpille sur le sol en prismes irisés. Il fait très chaud dans la pièce, toutes ces fenêtres, hostie, et pas d'air conditionné, et Miguel finit par s'assoupir. Quand Tristan et Justine reviennent au salon, il ronfle, le cou plié sur le dos du fauteuil, ses lunettes de soleil de guingois sur sa tête. Tristan l'observe, sourit malgré lui, montre du doigt la joue de Miguel : un fragment d'arc-en-ciel lui balafre le visage.

C'est le rire de Justine qui le réveille. Accrochée au bras de son frère, elle lui dit : Viens, gros bêta. On t'attend pour aller dîner. Pendant que tu roupilles, nous autres, on crève de faim.

Tristan les emmène dans un restaurant espagnol. Tapas et sangria. Que des bouchées dérisoires de légumes, de poisson et de crustacés. Lui qui rêvait d'un bifteck bien saignant. De la bouffe pour femmes, se dit Miguel, des tapas pour tapettes. Il rit intérieurement de la petite blague, cache son sourire derrière son verre de sangria. Ça non plus, il n'aime pas. Il finit toujours par avoir des filaments de fruits pris dans les dents.

Justine et Tristan n'en finissent plus de ressasser des souvenirs d'enfance. Miguel les écoute parler un moment : il est question maintenant du chien que leur père leur avait offert un jour, un labrador jaune appelé Rusty, qui, tous les après-midis après l'école, allait seul à leur rencontre. Ça doit finir mal, cette histoire-là, se dit Miguel, le chien perdu, volé, écrasé par une voiture, et il porte ailleurs son attention.

Sur la terrasse, la faune torontoise picore dans les assiettes. Les femmes sont habillées pour séduire, aussi légèrement que le soir d'été : leurs robes sont diaphanes, éclatantes, dénudées. La chaleur taquine leurs parfums et, d'une main lente, indolente, elle défait les mèches de leur chignon. Sur les nuques moites, dans le creux des cous blancs, ces adorables torsades de cheveux fous. Miguel les contemple, est en train de se dire que, tout compte fait, c'est la partie du corps féminin qu'il préfère, la nuque, cette finesse, cette faiblesse, cachées comme un secret sous le poids de la chevelure, quand Tristan le fixe, soudain, de son regard insolite. Il indique les petits plats d'un geste étudié de la main.

Tu aimes bien les mets espagnols? Tu sais que c'est toi qui m'as inspiré. Quand Justine t'a présenté, je me suis dit, ah, ça y est, ce soir on mange chez Segovia.

Puis il se retourne aussitôt vers Justine.

Ah! se dit Miguel à son tour. Ça y est. Encore une fois, ce putain de nom. Il veut expliquer l'ambassadeur argentin, il veut dire que pendant la grossesse d'Adrienne… mais Tristan baigne déjà dans les flots du souvenir. Justine parle, cette fois, d'une croisière dans les Antilles où elle et Tristan avaient nagé avec les raies. Une anecdote qu'elle a négligé de raconter à Miguel, et il écoute, un moment, moyennement intéressé. Mais il se lasse vite, ces rires entendus, ces glapissements d'écoliers, et se remet à étudier, sous les tables de la terrasse, les sandales des femmes, leurs pieds, leurs chevilles, le vernis rouge de leurs ongles d'orteil. Et il songe à ces mignons doigts de pied, avec, entre eux, leur tendre échancrure, quand Tristan l'interpelle, de nouveau, de son regard ineffable.

Justine me dit que t'es vendeur chez Chevrolet. Les temps sont durs, hein, pour la bagnole. On saigne la planète aux quatre veines pour lui trouver de quoi boire. Il est grand temps, tu trouves pas, qu'on invente autre chose.

Puis il se retourne aussitôt vers Justine.

Miguel veut lui décrire les nouveaux modèles qui sortiront cet automne chez Chevrolet, les hybrides, les électriques, il en a, sur le bout des doigts, les caractéristiques techniques du cahier de charges, mais Justine s'est rappelé un voyage de ski dans les Rocheuses et un jeune Tristan casse-cou qui s'était amoché un poignet en faisant de la planche à neige…

Miguel en a ras le cul. Il repousse sa chaise, leur tourne le dos, quitte la terrasse et entre au restaurant.

En revenant des toilettes, il aperçoit le bar, tout frais, tout serein, dans sa pénombre. Dans un coin de la pièce, un écran géant diffuse un match de soccer européen. Il s'installe au bar, commande un Johnny Walker, se perd dans la télé, histoire de voir qui, du Real Madrid ou de Valence, sera favorisé par la fortune.

Miguel en est à son troisième verre quand Tristan entre en catastrophe dans le bar.

Mais qu'est-ce que tu fous là, Miguel! Ça fait une heure qu'on t'attend! Justine est crevée, et toi, tu fais la foire. Elle est pâle, elle a mal à la tête, il faut rentrer la coucher tout de suite!

* * *

À la première heure, il quitte le chantier.

Il a été nerveux, ces derniers jours, levant la tête comme un chevreuil effaré chaque fois qu'une voiture passait sur le chemin. Il se dit qu'il est temps, de toute façon, qu'il rentre en ville. Il fera un tour à l'université, puis, vers midi, il emmènera Magali au restaurant. Il veut savoir ce qu'elle sait, veut savoir ce que Miguel a pu lui dire avant de partir en voyage. Mais Yvan hoche la tête, déjà découragé. Il reconnaît qu'il y a très peu de chances que Miguel n'ait rien dit à sa sœur. Ils se textent sans cesse, ces deux-là.

Le campus est déserté à cette heure-ci. Yvan ne croise personne en se rendant à son bureau. La porte fermée et verrouillée derrière lui, il s'y appuie un moment, embrasse d'un regard le dénuement de la petite pièce. Les étagères sont à moitié vides, il n'y a plus qu'un seul fauteuil, il y a, sur le mur, là où naguère étaient accrochés ses diplômes, des rectangles blancs qui détonnent dans le terne de la peinture défraîchie.

Yvan dispose des lieux pour encore une année. Il n'enseigne plus depuis la fin avril, mais il travaille encore à quelques projets de recherche, il est le directeur de thèse de trois doctorants et il siège toujours à un ou deux conseils. En comparaison des responsabilités qu'il cumulait autrefois, ce sont des tâches dérisoires. Et par moments, ce travail immense lui manque et il prend en grippe sa nouvelle oisiveté. Aujourd'hui, par exemple, il aurait le goût de s'asseoir à son bureau, d'allumer son ordi et de s'anéantir dans la besogne. Depuis la dernière fois qu'il a regardé ses courriels, il doit y en avoir une centaine de nouveaux. Mais il sait, dès qu'il cherche le mot de passe qui lui a momentanément échappé, que c'est peine perdue. Il sera distrait, préoccupé, inutile.

La matinée s'écoule sans incidents. Par deux fois, on est venu cogner à sa porte, mais il a refusé d'ouvrir. De l'autre côté, dans la flaque de clarté versée sous la porte, il pouvait voir l'ombre des pieds, pouvait entendre, aussi, les soupirs d'impatience. Lui, figé au clavier, attendait sans respirer. Quand le bruit des pas contre les dalles du couloir s'était enfin éloigné, alors là, seulement, il s'était permis de souffler.

Et enfin, midi a sonné.

La veille, il avait joint Magali au téléphone, et ils avaient convenu de se rencontrer chez Fazzo à l'heure du lunch. Ils s'étaient découvert, tous les deux, un faible pour leurs sandwichs au poulet sur focaccia, avec bacon et avocat. Et ils aimaient partager, aussi, dans le secret, une assiette de frites de patates douces avec aïoli.

Il voulait qu'elle arrive avant lui, pour qu'il puisse l'observer à son insu. Il ne sait pas ce qu'il pourra deviner dans l'expression de son visage, puisqu'elle n'aura sûrement aucune pensée pour lui, accaparée comme elle l'est toujours par l'écran de son portable. Effectivement. Quand il l'aperçoit, elle est installée à une table sur la terrasse, penchée sur son iPhone. Ses longues tresses, aujourd'hui d'une riche teinte acajou, lui encadrent le visage et lui cachent les yeux.

Yvan se penche pour lui embrasser la joue, s'assoit en face d'elle. Elle lui sourit distraitement, finit de composer son texto. Quand, enfin, elle éteint l'appareil et le fourre dans son sac, elle hausse l'épaule, fait la moue, dit, en guise d'excuse : Je parlais à un ami.

Chaque fois qu'il revoit sa fille, Yvan a le cœur tout retourné. Il oublie, quand ils ne se sont pas vus depuis un moment, la finesse saisissante des traits de son visage. C'est sa jeunesse, bien sûr, qui ébahit, c'est son teint frais, ses yeux ardents, la ligne impeccable de ses lèvres. Et, chaque fois qu'il la revoit, aussi, chaque fois qu'il constate à nouveau son étonnante beauté, il a une pensée pour les jeunes hommes qu'elle croise au cours de sa journée, cibles impuissantes dans le cran de mire de son regard.

Yvan n'ose plus poser de questions aux sujets des hommes dans la vie de Magali. Il y en a tant qu'Yvan n'arrive plus à démêler leurs noms, et la relation qu'elle entretient avec chacun est si imprécise, dans l'esprit de son père, si ambiguë, qu'il renonce à toute tentative de déterminer celle qui occupe la première place dans le cœur de sa fille.

Au début, lui et Adrienne cherchaient à connaître ces jeunes hommes et, entre eux, pariaient sur l'un ou l'autre prétendant. Ils étaient curieux de savoir quelle qualité retiendrait l'attention de leur fille – est-ce l'argent qui l'attirerait, la beauté physique, la profession choisie, le charme, la sociabilité, la renommée ou le talent ? Mais quand ils se sont aperçus qu'elle demeurait indifférente aux meilleurs partis – des hommes bien, quant à eux, qui rassemblaient en leur personne les attributs les plus désirables, les plus aptes à plaire à leur exigeante Magali –, ils ont baissé les bras, reculant devant l'impossibilité de comprendre quel système était le sien.

Au cours d'une visite à la maison, elle leur parlait de celui-ci ou de celui-là, des garçons qu'elle avait connus il y avait de cela cinq ou six années et, quand Yvan ou Adrienne admettait que le nom ne leur disait rien, elle s'écriait : Bien sûr que vous le connaissez, c'est celui que j'ai rencontré à Barcelone, c'est celui avec qui j'ai travaillé à Montréal, c'est celui avec qui j'ai composé *Impardonnable*. Ce qu'ils trouvaient le plus étonnant, c'est qu'elle continuait à communiquer avec tous ces garçons, était au courant de tout ce qui se tramait dans leur vie, parlait d'eux comme d'amis intimes. De toute évidence, ces anciens soupirants, encore entichés, avaient ravalé leur colère et leur fierté, avaient préféré renoncer à son amour plutôt qu'à son amitié.

Tous ces garçons, se disaient Adrienne et Yvan en hochant la tête, autant de chocolats auxquels leur fille aurait goûté puis tout gentiment replacés dans la boîte, les ayant trouvés pas tout à fait à son goût. Les laissant entamés, abîmés, pour celles qui viendraient après... En secret, Adrienne et Yvan redoutaient l'amoureux bafoué qui chercherait à se venger.

Yvan lui a demandé, un jour, si elle allait finir par choisir. Elle a ri, haussé les épaules, répliqué : Ben, voyons, Papa. Je choisis tous les jours.

Patient, il s'est repris. Pour la vie, Magali. Choisir un homme, *un seul*, pour la vie.

Tu crois que je veux me marier? a-t-elle dit, les yeux ronds d'incrédulité.

C'est une notion un peu démodée, j'avoue. Mais je suis sûr que ça se pratique toujours. Il arrive même qu'on décide de faire un enfant ensemble. Aussi barbare que cela puisse paraître.

Elle s'était redressée, l'avait regardé dans le blanc des yeux. Pourquoi s'embarquer dans une aventure qui a toutes les chances de foirer? On est pas des chiens, Papa, fidèles à toute épreuve. Et le mariage, d'ailleurs, ça veut plus rien dire. Quand mes amies ont envie d'un mec, elles se foutent carrément s'il est marié ou pas. Et tant pis pour la meuf et les mioches qui l'attendent à la maison.

Alors, c'est ça, ta vie sentimentale? Une suite de conquêtes, une suite de cœurs brisés?

Elle a croisé les bras d'un geste sec, fait revoler sa crinière d'un mouvement de la tête. Puis, patiente, à son tour, elle a expliqué. Ça m'arrive des fois, quand je m'ennuie, d'acheter des livrels sur mon iPad, les nouveautés, tu sais, les bestsellers américains. Et t'imagines, Papa? On écrit encore des livres entiers sur l'amour. Sur des femmes qui cherchent l'amour, qui n'attendent que l'amour, qui se font piétiner par l'amour. L'histoire de la femme, Papa, c'est l'histoire d'un esclavage. D'une idée que le monde entier nous a fourrée dans la tête : qu'on est rien, comme femme, à moins d'avoir un homme. Peu importe s'il nous en fait baver.

Bien sûr, chérie, s'est dit Yvan. L'idée n'est pas nouvelle. Si tu t'étais donné la peine, aussi, de lire Steinem, Beauvoir et les autres... Tout haut, il a continué : Alors, toi, si tu accumules les amoureux, si tu leur crèves le cœur, c'est pour venger ton sexe?

L'expression empreinte d'un vague dégoût, elle a répondu : Mais pas du tout, Papa. Moi, je m'en fous des autres femmes. Tant pis pour elles si elles se font avoir.

Puis un sourire espiègle lui a illuminé le visage. Moi, ce qui m'intéresse, ce sont les cas durs. C'est de faire tomber de haut. C'est de prendre celui qui jamais ne se laisse prendre.

Yvan aurait pu rappeler à sa fille la fable d'un certain monsieur La Fontaine, mais ça non plus, elle ne l'a pas lu...

* * *

Il la courtise avec assiduité. Atteint au vif, il ne cherche même plus à dissimuler son cœur meurtri. Il se trahit chaque fois qu'il la regarde, chaque fois qu'il s'approche d'elle, a oublié qu'il s'agit d'un jeu. Dans ses yeux, donc, la marque visible de sa douleur; dans ses caresses, la chaleur du feu qui le consomme. Il a son parfum sur les doigts, sa musique dans la tête, le goût de ses lèvres sur ses lèvres. Il s'est abandonné à son désir, ne se reconnaît pas, ne se possède plus. Dix fois par jour, il veut entendre sa voix, veut sentir en lui, au son de son rire, le monde qui se dilate, son cœur qui cède, qui s'ouvre, qui s'anéantit. Elle est sa soif infinie, sa douleur insatiable, son espoir sauvage. Et tous les instants de son existence convergent comme des ruisseaux sur la mer lumineuse de sa présence.

C'est son inviolabilité qui l'attire, son affolante suffisance. Magali s'appartient si entièrement qu'elle déconcerte. Elle déséquilibre. Elle éveille dans le cœur mâle l'envie de monter à l'assaut et de battre en brèche, pour toucher, enfin, pour pénétrer dans cette conscience, si sûre d'elle-même, si possédante. Alexandre ne compte plus les richesses qu'elle recèle dans le plus secret de son être. Sa profonde liberté, sa souveraineté qui n'attendent ni rien ni personne pour s'affirmer. Sa maîtrise de la solitude. Sa conquête du silence. Son mépris de l'opinion. Quand elle s'enferme dans le son, quand elle n'est plus qu'onde et oscillation, il languit d'ennui, dans son exil, et creuse son amour. Et il n'en revient pas de tant aimer. Les femmes belles, il en a eu, les femmes d'esprit, il en a connu, mais une femme comme Magali, complète, entière en elle-même, est d'un ordre, d'une espèce tout à fait autre. Il ne cesse de lui dire, aussi, que s'il l'aime, s'il l'adore, c'est pour la sensualité de son détachement, pour l'érotisme de sa superbe.

Magali, quant à elle, se désintéresse de lui petit à petit. Elle oublie de répondre aux textos d'Alexandre, trouve des prétextes pour annuler leurs rendez-vous, s'absente du loft aux heures où il a l'habitude de se pointer.

Dany a enfin dit à Magali : Bon, toi, tu peux t'en flatter, tu as maté le beau héros, mais à Sétaré et à moi, franchement, il nous les casse. Tâche d'être ici quand ton mec rapplique.

Le voilà qui arrive, justement, dans son petit camion noir, la benne débordante de bâches, d'escabeaux et de pots de peinture. L'été, pour payer ses cours, Alexandre s'improvise peintre en bâtiments. C'est un travail pur qui lui plaît, propre, physique et immédiat, qui lui permet, aussi, d'assister en voyeur à l'intimité des autres. Mais, pour tout dire, c'est à l'extérieur qu'il préfère travailler, seul sur son échelle, le torse nu au ciel.

Au départ, Magali goûtait avec plaisir à l'odeur du soleil et du grand air sur la peau d'Alexandre. Mais il lui semble, maintenant, que ce qu'elle goûte surtout sur sa peau, c'est la sueur et les vapeurs âcres de la térébenthine. Et son nez se plisse de dégoût.

Il a pris l'habitude, quand Magali travaille au bureau plutôt qu'en région, de passer la prendre en fin de journée. Si elle est disponible, s'il n'y a aucun air, aucune chanson qui la taraude, il l'emmène sur le toit du musée d'art, dans les ruines du monastère, dans le parc sous les ormes, écouter du jazz, voir du théâtre ou du ballet. Il a la tête pleine de projets, Alexandre, il a l'été dans le sang et le cœur sur la main, et quand elle plaide la fatigue, disant non, non, pas ce soir, Alex, il fait fi de sa tiédeur, il la cajole et il l'embrasse, il cherche sur ses lèvres la chaleur même de son âme.

Mais, ce soir, il boude, parce qu'elle le plante là ; ce soir, elle lui préfère la compagnie de sa grand-mère. Alexandre a insisté, tout de même, pour la conduire à la grande maison dans la courbe de la rivière.

Magali monte donc à côté de lui, lui expédie un petit baiser, se plonge aussitôt dans l'écran de son portable.

Dany m'a envoyé des textos toute la journée. Écoute ça, un peu. Et elle lit tout haut les messages qu'elle a stockés. Alex la regarde, sidéré.

Jonathan l'a suivie à Los Angeles !

Et il l'embête, apparemment. L'avocat de Caro fait savoir que Jonathan doit se désister immédiatement, sous peine d'amende ou d'injonction.

Mais il est toqué, le bonhomme.

Personne a pigé, encore, que s'il l'a relancée jusqu'en Californie, s'il l'a poursuivie jusque dans son appartement de Santa Monica (ses collines et ses pinèdes, ses plages blanches, son Pacifique), c'est pas par amour de l'argent, mais bien par amour tout court.

Alexandre roucoule de satisfaction. Il me fait chaud au cœur, ce mec. Tu veux aller, dis, tu veux qu'on aille le chercher, toi et moi, ce chevalier, ce champion ? Le rapatrier avant qu'il se casse la gueule ?

Magali lui décoche un sourire espiègle. Attendons, lui dit-elle, attendons de voir la suite des couillonnades.

Arrivés devant chez madame Coulonges, Alexandre tente de la retenir. Il l'embrasse sur les paupières, il embrasse sa gorge, il embrasse ses mains, la peau diaphane de ses attaches bleutées.

Quand elle parvient à se dégager, elle lève les yeux vers la maison, voit, du coin de l'œil, un pan de rideau qui retombe en place. Magali rit, rougit de gêne – un vieux réflexe de son adolescence. Depuis les grandes fenêtres de sa demeure imposante, sa grand-mère a tout observé.

169

Madame Coulonges l'attend dans la cuisine et, sur la table devant elle, il y a un panier recouvert d'une nappe pliée. Quand Magali pénètre dans la pièce, le visage raviné de sa grand-mère est transfiguré, soudain, rajeuni, par le sourire.

Dis donc, ma puce, il t'aime fort, ton beau cavalier.

Oh, Mamie, comment on fait pour se débarrasser d'un homme qui aime trop?

Elle prend l'anse du panier sur un bras, sa grand-mère sous l'autre bras. Celle-ci se cramponne à sa petite-fille, pose sa tête dans le creux de son épaule. Elle est mignonne, madame Coulonges, avec son nuage de cheveux blancs, son petit costume bleu marine, son rouge à lèvres et son vernis à ongles parfaitement assortis, et Magali a l'impression d'accompagner une enfant en excursion.

Madame Coulonges tient à son confort automobile. Magali l'emmènera donc voir la maison d'Yvan dans la grosse Cadillac que sa grand-mère a voulu garder après la mort de son mari, même si la voiture ne sert plus, même si, lentement, elle rouille dans le fond du garage. Gonzague l'a lavée ce matin en prévision de la promenade au chantier, et il rutile au soleil, ce vieux dinosaure bourgogne, ses plaques blindées aveuglantes de reflets.

Tu y vois des inconvénients, toi, à un homme qui aime trop?

Blottie dans son siège capitonné, l'énorme volant entre les mains, Magali regarde sa grand-mère, lève haut les sourcils. Disons, Mamie, que ça étouffe.

Madame Coulonges étend un bras chétif, serre dans ses griffes limées la main de Magali. Vaut mieux mourir étouffée, ma puce, que transie de froid.

Samedi 2 juillet

C'est plus tard qu'est survenu le dilemme amusant. Le premier soir, on m'avait accordé comme lit une pile de peaux de caribous dans une grotte un peu à l'écart, là où il y avait le feu et où l'on travaillait, mais où personne, à part ma petite loutre, ne couchait. Sorte de gîte pour voyageurs, peut-être, ou logement pour l'accueil des fiancés venus d'ailleurs. Mais maintenant qu'il était clair que je comptais rester parmi eux, il fallait me caser selon mon sexe et selon mon âge. Pour le sexe, ça allait de soi. Mais pour l'âge, c'était tout autre chose. Les femmes ont commencé par étudier mon visage – les rides, sans doute, l'opacité de mes yeux, l'usure, aussi, de mes dents. Elles ne se sont pas gênées pour me mettre les doigts dans la bouche, comme on fait avec un cheval pour déterminer l'état de sa dentition. Elles se sont permis, aussi, de défaire mon chignon – quel mystère, en passant, cette bande élastique, ces épingles à cheveux – pour juger de l'état de ma chevelure. Leur exploration m'a remplie de gêne. Je ne m'étais pas lavé la tête depuis le départ du lac Nueltin, mes cheveux étaient gras, ternes, dépeignés. Mais cette analyse étant, elle aussi, moins que concluante, les femmes se sont ensuite penchées sur mes mains.

Les miennes, brunies par le temps et par le soleil, rompues au travail et couvertes de taches, ont l'air vieilles, fatiguées, androgynes. Les veines qui les tissent sont grosses comme des cordes et leurs ongles coupés ras, comme ceux d'un homme, n'ont connu ni vernis, ni polissoir. On a hoché la tête en voyant mes mains, et je croyais mon sort décidé (la grotte des *kookums* – en cri – aurait bien fait mon affaire). Mais non, on voulait voir mon ventre.

Il a fallu que j'enlève ma chemise et que je remonte ma camisole. Les femmes ont aussi insisté

171

pour que je descende le zip de ma braguette. Et là, devant tout le monde, elles ont exposé mon ventre. Il est petit, mon ventre, pas trop bombé, et ne porte nulle part la trace de mes deux grossesses. Consternation générale. Est-ce que j'étais encore fertile, admissible, donc, à la grotte des femmes nubiles, ou vieille, déjà, vide, flétrie, mes aventures reproductives enfin terminées? Certaines femmes montraient du doigt la peau lisse de mon ventre et de mes seins, redressés dans leurs dessous, tandis que d'autres me tapotaient les mains avec désapprobation ou faisaient revoler une mèche grisonnante de mes cheveux, le geste signifiant clairement que je n'étais bonne que pour l'asile des vieilles.

Pendant qu'on causait, mes effets, petit à petit, disparaissaient. D'un côté, les jeunes femmes partaient vers leur grotte, emportant avec elle mes vêtements, ma brosse à cheveux et ma trousse de toilette, tandis que du côté des aînées, on s'appropriait mon ordi et mes livres. Les enfants, pour leur part, se partageaient avec joie un butin fait de flacons de crème solaire, de lampes de poche et de sparadraps. Je savais que même au bout des deux mois que je passerais avec eux, je ne réussirais pas à récupérer tout ce qui m'appartient.

La dispute allait en croissant quand, du milieu de la petite foule, une voix s'est levée, ni féminine, ni masculine, mais grondante de déplaisir et d'autorité. Je crus un moment que la matriarche, fatiguée par nos conciliabules interminables, venait trancher la question d'un jugement que je souhaitais aussi pratique qu'irrécusable. Mais quand j'ai levé les yeux, j'ai vu que c'était le chaman, secondé par ses loups, qui fendait la petite foule pour venir jusqu'à moi. Le visage caché par son capuchon en fourrure de lapin, je n'ai pu voir que son menton et le rictus de sa bouche, tordue par un mélange de colère et d'impatience. D'un geste brusque, il a arraché ma blouse des mains d'une fillette et me l'a rendue, puis, d'un long doigt rachitique, il a indiqué ma braguette que j'ai rezippée avec célérité et reconnaissance.

La décision était prise. C'était avec le chaman que j'habiterais. En le suivant à la grotte, je l'ai entendu apostropher les femmes et les enfants, les sommant de me remettre ce qu'ils s'étaient appropriés. J'ai remarqué qu'il se souciait peu de mes effets personnels, laissant sous-vêtements, peignes et gants de toilette entre les mains de ceux et celles qui les avaient pris, mais qu'il insistait pour qu'on me remette tout de suite mon ordinateur, mon panneau solaire, mes magnétophones et tous mes livres.

Un cortège, donc, s'est formé derrière nous, les femmes portant haut dans les bras ces trophées curieux d'une civilisation déchue, mais, à la porte de la grotte, elles ont tout déposé avant de s'enfuir. Le chaman s'est occupé alors à tout mettre à l'abri, plaçant les machines sur des peaux de caribous comme on dispose sur l'autel le calice et le ciboire du sacrement.

J'ai reconnu le trépied en cuir : c'était le siège où on m'avait installée la nuit de la cure. J'ai reconnu, aussi, l'odeur fétide des loups. Ils suivent à la trace le chaman, entourent de leur chaleur le corps émacié du vieux prêtre. Ils lui offrent appui, aussi, quand il marche, épousant de leurs flancs la ligne fléchie de ses jambes.

(Petit à petit, je m'habitue aux loups. Je m'y habituerai. En ce moment, ils rôdent encore dans la grotte, dérangés par ma présence, par la flottille d'odeurs qui m'accompagne. Ils s'installeront bientôt pour la nuit et, moi aussi, je dormirai tranquille, un de leurs petits blotti dans mes bras.)

J'écris avec mon dernier stylo, à la lumière de la seule lampe de poche qu'ils m'ont laissée. Je n'ai ni peigne, ni élastique pour attacher mes cheveux gras, et je supporte mal leur poids sur ma nuque poisseuse. Sans crème nettoyante, sans gant de toilette, je me suis lavée tant bien que mal dans l'eau très fraîche de la rivière et me suis vêtue pour la nuit du tee-shirt et du short que, par miracle, j'ai trouvés enroulés dans une poche de mon havresac. (Mon pyjama a dû faire plaisir à quelqu'un, mon sac de couchage aussi.) Et maintenant, j'observe le vieux guérisseur, qui va et qui vient dans la grotte, courbé sous ses peaux comme ses démons familiers. Bien que le sommeil me guette, je ne veux pas fermer l'œil avant de le voir s'approcher de mes machines. Je veux observer sa crainte, sa prudence, je veux être témoin de sa curiosité, de la fixité de son attention.

Mais laissant là l'ordi et les magnétophones, il s'approche plutôt de mes effets, fouille parmi les quelques petites choses qu'on m'a laissées – les vêtements que j'avais sur le dos, mes mouchoirs, mes sacs vides. Je me demande bien ce qui a pu piquer sa curiosité. Ce sont les poches de mon havresac, me dis-je, innombrables, sur ce modèle, et astucieusement dissimulées. Ou bien c'est le tissu du sac, sa légèreté, sa couleur, son étanchéité. Mais dans la faible lumière du feu, je me rends compte, soudain, que c'est de mon pantalon que le chaman s'est emparé.

Assis sur son trépied, il tripote la marchandise. Mettant en boule le pantalon, il le serre entre ses doigts, se rend compte, sûrement, que les poches en sont bourrées. Effectivement. S'il prend le temps de les déboutonner, il mettra la main sur mon canif, sur une mini trousse de premiers soins, sur mes produits insectifuges. Mais il ne porte attention ni aux poches, ni à leur contenu. Secouant le pantalon, le dépliant, il l'étend plutôt sur ses genoux, allongeant d'abord une jambe et puis l'autre. Puis, l'attrapant par la braguette, il l'oriente vers le feu, et, lentement, amoureusement, il monte et il descend la fermeture éclair, étudiant avec une attention toute dévote l'enclenchement de ses petites dents.

* * *

Ils sont venus à pied, il faut rentrer en taxi. Sur la banquette arrière, Justine se cramponne à son frère et grelotte dans ses bras. Miguel, de sa place à côté du chauffeur, la contemple de loin, d'une très grande distance, et n'arrive pas à la reconnaître. Il sait, dans sa tête, qu'il s'agit de sa femme, il sait que c'est Justine, mais, dans son cœur, il la répudie. Ce cirque, se dit-il, ce cinéma, joué pour le compte du grand frère. Les traits déformés par la douleur, le visage refermé sur lui-même, elle a l'air d'une enfant rendue malade par un excès de bonbons un jour de kermesse.

Il ne regimbe pas, donc, quand Tristan insiste pour la coucher dans son lit. Lui-même passera la nuit sur le canapé. Ne t'inquiète pas, dit-il à Miguel, je m'occuperai d'elle.

Miguel ira donc seul à l'hôtel. Au moment de partir, il hésite, s'attarde à la porte, se demande tout haut s'il ferait peut-être mieux d'oublier Montréal et de rentrer immédiatement à la maison. Tristan hoche tristement la tête, avoue qu'il n'en sait rien.

C'est peut-être la fatigue, dit-il. C'est peut-être le début de la fin. Attendons de voir ce que la nuit amène.

Tristan a le regard brouillé d'inquiétude, le sourcil froncé, la mâchoire nouée. Il a l'air épuisé, lui aussi, et Miguel s'en veut de le retenir. Mais c'est plus fort que lui. Il a envie de fermer la porte derrière lui, d'accompagner Tristan au salon et de s'installer en face de lui parmi ses livres, ses fleurs, ses affiches de cinéma. Il lui est impossible d'expliquer pourquoi.

175

Se secouant de sa léthargie, il dit à Tristan qu'il rappliquera à la première heure, il lui souhaite une nuit sans incidents, puis il part.

Son GPS le conduit directement sous le portique du Radisson. Il retient une chambre, gare la voiture, prend une douche, s'habille de propre. Puis il va marcher dans les rues de la nuit.

Au premier fast food qu'il croise, il s'achète un hamburger et des frites, les avale d'un trait, commande un café à emporter, sort de nouveau dans la nuit. Sa faim enfin assouvie, il se sent assez d'attaque pour envisager ce qui l'attend. Tout en sirotant son très mauvais café, il déambule et il énumère : *Primo* – Justine se lève du bon pied demain et on repart mine de rien. *Secundo* – son état s'est détérioré pendant la nuit et on doit la transporter d'urgence à l'hôpital. *Tertio* – elle se sent un peu mieux, mais pas assez pour continuer le voyage. On passe encore un jour ou deux avec le frangin, puis on rebrousse chemin.

Tout compte fait, c'est ce dernier scénario que Miguel préfère. Lui, ce qu'il aime, c'est rouler. Une belle femme à ses côtés, la musique à tue-tête, les glaces baissées et, devant lui, le long déferlement de la grand-route. Oui, c'est sûr, un aller-retour express Winnipeg-Toronto a tout pour lui plaire.

Au moment de s'engager dans une rue illuminée aux néons, il songe à ce qui l'attend chez lui, se rappelle son verger et ses beaux petits fruits verts, ronds et replets de promesse, et le mal du pays lui étreint le cœur.

À la porte d'un bar, il se fait happer par un groupe de fêtards. À leur tenue, à leurs jurons forcés, aussi, Miguel devine que ce sont des fils de bonne famille, des premiers-nés de Rosedale, venus s'encanailler rue Yonge le temps d'une veillée. Ils fêtent la majorité du plus jeune, un petit blond déjà schlass, et viennent clore la soirée chez les danseuses exotiques.

Miguel voit les yeux bigles du garçon, il voit que la tête lui tourne déjà, et il se dit que c'est dommage : il va louper son premier striptease. Un rite initiatique essentiel, estime Miguel, qui habille l'imagination masculine, et la déshabille, qui pénètre au cœur même du mystère érotique. Il se rappelle encore l'émotion qui lui a noué la gorge la première fois qu'on l'a entraîné dans un club de danseuses – un de ces cabarets minables qu'on retrouve partout sur la frange poisseuse des zones industrielles – rempli de réparateurs de frigo et de garagistes aux mains grasses. L'air de la pièce était vicié, un mélange insalubre de fumée, de sueur et de bière pisseuse. Les serveuses étaient usées, démolies par les longues nuits et, dans leurs cheveux peroxydés, le gris l'emportait sur le noir.

Avec ses copains, il a pris place à une table devant un rideau en velours pourpre et a attendu, les mains moites, le souffle saccadé, les premiers accords de musique. Bossa nova, lambada, samba, il ne savait pas, il ne savait pas, mais c'était doux, insinuant, se lovait dans son cœur, se glissait dans son sang. Un long intervalle s'est étiré dans la salle, gonflé par le rythme de la danse brésilienne et, d'un même accord, soulevés par le vent d'une même ardeur, les ouvriers se sont mis à battre les tables de leurs grosses mains d'hommes.

Le rideau s'est enfin levé sur Juanita, la paonne latine, et Miguel n'avait d'abord vu que des plumes. Dédaignant l'habit terne de l'oiselle, Juanita s'était parée, plutôt, de la livrée chatoyante du mâle et, redressant sa queue superbe, elle la déployait en la faisant vibrer. Androgynie délicieuse, travestisme déroutant, et Miguel, doublement interpellé, résonnait de toutes les cordes de son cœur. Avant même que la femme ne se révèle, avant même qu'il ne l'aperçoive, il était rompu, s'était rendu, obéissance et soumission faites chair.

A suivi un jeu d'œillades ensorcelant. Les regards se sont croisés, ceux des hommes, avides, ceux de Miguel, chavirés, ceux de Juanita et de ses plumes ocellées. Au milieu de tous ses yeux, Miguel a enfin découvert la prunelle satinée de Juanita, la peau juteuse de soleil de Juanita, puis, petit à petit, au cours d'un lent effeuillement infiniment cruel, l'envoûtante promesse des chairs cachées de Juanita.

Pour Miguel, Juanita a marqué le début d'un long culte à la grâce. Dans ses relations érotiques, il s'est fait disponibilité entière, attendant, le cœur ouvert, que la faveur divine s'incline à nouveau. Force était de constater qu'elle s'était souvent abstenue. Haussant une épaule métaphorique, Miguel n'avait pas protesté. Renonçant désormais à l'extase mystique, il s'est accommodé d'un plaisir tout humain. La baise, comme une pomme dans la main avec, sur la peau, un petit goût brésilien.

Pas question, certes, dans cette foire d'empoigne, que le mecton éméché à la table voisine soit touché, ce soir, par la révélation. Miguel contemple un moment la fille nue qui se trémousse devant lui, cherche ses yeux derrière le regard vitreux, découvre, le cœur serré, qu'il est du même bleu glacial que ceux de Tristan. Et de Justine, aussi, bien sûr. Mais c'est à Tristan qu'il pense, ce soir. Ce Tristan aux hanches étroites, aux jambes élancées, au nœud chaud qui bat dans le pli de sa gorge. Et il se dit que s'il pense à lui, c'est parce que le frère ressemble tant à la sœur, parce qu'il possède, Tristan, la même désinvolture que Justine, la même élégance gamine.

La fille devant lui est pansue comme une chatte, ses cuisses s'affaissent sous le poids de leur chair. Écœuré, Miguel vide son verre d'un trait, jette son argent sur la table, se fraie un chemin dans la cohue. Dehors, la paume moite de la nuit se plaque contre son visage, et il découvre, avec horreur, qu'il a le goût de pleurer.

Cette ville laide, qu'il se dit, Justine malade, ce bar sordide.

Il suit le trottoir, ne sait pas où il va, clignote dans la lumière crue des néons. Il n'a pas l'habitude d'être seul, non plus, n'aime pas voyager, n'aime pas les hôtels, leurs lits suspects, leurs salles de bain douteuses. Il aime sa routine, il aime ses femmes, il aime la femme. Mais soudain, il voit, il comprend et il avoue ce qui le bouleverse tant. Il sait d'un savoir qui le glace jusqu'à l'os que c'est Tristan qui le déséquilibre, Tristan et le désir équivoque qu'il éveille en lui.

* * *

C'est la fin de semaine du Folk Festival au parc Birds Hill. Magali doit y travailler, bien sûr, mais quand sa journée sera faite, elle pourra rejoindre ses amis et assister aux concerts et aux séances d'improvisation après les heures. C'est crevant, dit-elle à son père, mais je reviens toujours de ce week-end la tête pleine de nouveaux rythmes.

Tu travailles à quelque chose ?

Oh, moi et Sétaré, on fignole une nouvelle chanson. On a déjà le titre, donc, c'est à moitié fait. Et elle lui fait part brièvement des développements dans le procès contre Caro.

Pendant qu'elle parle, Yvan étudie ses yeux, ses gestes, ses silences. Il ne décèle aucune froideur, aucune réticence. Intérieurement, il pousse un soupir de soulagement. Et, pleinement conscient du risque qu'il prend, il ose demander :

T'as su pour Justine ?

Elle fait la grimace. C'est pour bientôt, tu crois ?

On ne sait jamais avec cette saloperie de maladie. J'espère, du moins, qu'elle attendra Adrienne avant de nous quitter. Je suis sûr que Maman voudra la revoir une dernière fois.

Magali fait la moue. Oh, tu sais, Yvan, Justine et Maman…

Oui, oui, je sais. Mais c'est surtout pour Miguel qu'on veut être là. Nous trois, on pourra l'aider à veiller Justine dans les derniers jours. Puis, après…

Oh, après… Miguel s'en remettra vite. Il a ses amis, ses femmes…

Ça y est, se dit Yvan, le cœur serré. Nous y voilà. Et il scrute le visage de sa fille pour y repérer une trace de reproche. Mais ses yeux sont clairs, son sourire, innocent.

L'écueil évité, il a le temps de songer à ses enfants, à la singularité de leurs rapports. Si prompts à critiquer les autres, ils font preuve, l'un pour l'autre, d'une patience, d'une tolérance qui ne cessent de l'émerveiller. Miguel pardonne tout à sa sœur, et elle lui accorde la même faveur. Quand Yvan condamne le libertinage de Miguel – sa duplicité, ses mensonges, ses femmes en série –, Magali défend son frère, disant que c'est la faute des nanas, trop sottes pour lui résister. Quand, d'autre part, il déplore l'insensibilité de Magali, le détachement cynique qui lui permet de tourner en chanson les déboires du cœur humain, Miguel prend parti pour elle, insistant pour dire qu'ils n'y comprennent rien, Yvan et Adrienne, que sa sœur est unique, qu'elle est essentiellement et indubitablement *artiste*.

Avant tout le reste, dans la vie de Miguel, il y avait une seule personne et un seul endroit : Magali et le monde imaginaire qu'à deux ils habitaient. Instantanément, sans tâtonner ou hésiter, Yvan peut replonger dans le sentiment trouble qui l'a taraudé à cette époque. Devant le secret des conciliabules entre ses enfants, devant leurs silences et leurs rires explosifs, devant la porte close de leur univers clos, il s'est senti exclu et exilé. Ses enfants ont été, l'un pour l'autre, tout le monde dont ils avaient besoin. Lui et Adrienne ont été excédentaires, des êtres nébuleux, relégués au périmètre de leur royaume enchanté.

Si le temps a fini par amortir leur affection, il n'a su, pour autant, diminuer la force de leur allégeance. Personne, ni Yvan ni Adrienne, n'a réussi à ouvrir une brèche dans le front uni qu'ils présentaient au monde.

Yvan pousse un soupir. Pas la peine, donc, de s'éterniser sur les péchés véniels de Miguel. Mais il n'est pas sûr, encore, de ce que Magali sait, veut s'assurer qu'elle ne lui cache rien. Pour en avoir le cœur net, il se jette de nouveau dans des eaux périlleuses.

Il t'a dit, Miguel, quand il compte revenir?

Une ombre passe dans ses yeux, mais elle lève sur son père un regard clair.

Non. Il y a le frérot, là-bas, puis la foire après, à Montréal. Magali penche la tête, bat des paupières. Je trouve ça franchement moche, ce voyage. Il est peut-être con, des fois, Miguel, mais là, je trouve qu'il se dépasse.

Un commentaire ambivalent – c'est dans la connerie que Miguel se dépasse, ou dans la grandeur d'âme? – qu'Yvan choisit de ne pas relever.

L'heure avance, le garçon s'approche. Yvan règle la note, Magali rassemble ses effets, chausse ses lunettes de soleil, quitte la terrasse. Sur le trottoir, au moment de quitter son père, elle se met sur la pointe des pieds, l'embrasse sur la joue. Il la serre un moment dans ses bras, sent son cœur gonfler d'allégresse. Miguel n'a rien dit; elle ne sait pas.

Il se dirige vers son auto, Magali se met en route vers le bureau. À la dernière seconde, elle se retourne, retient son père d'une main sur son bras. Le souffle d'Yvan s'étrangle dans sa gorge.

D'excellentes nouvelles, Yvan : on a obtenu le contrat de la cathédrale !

Ouf! Il prend une grande respiration, l'avale avec volupté. Ah bon, réussit-il à dire enfin. Liesse, donc, dans les bureaux d'Assonance.

Ayant retrouvé son aplomb, il fronce le sourcil, se permet d'ajouter, Mais dis, Magali. Tu ne vas pas te mêler à ce scandale.

Magali enlève ses lunettes de soleil, le regarde de travers. Franchement, Yvan. On est plus au Moyen Âge... Il s'agit d'un tas de pierres. Point à la ligne.

Au moment de repartir, elle s'arrête de nouveau, se mord la lèvre, lève les yeux sur son père. À propos, Papa, dit-elle, sans un soupçon de sourire. Miguel m'a dit pour la fille. Une pause. C'est pas beau, ce que tu fais là, Yvan. Elle mérite mieux que ça, Adrienne... Puis elle lui tourne le dos.

Tout, en Yvan, s'effondre.

Il a si peur de rentrer chez lui, si peur de retrouver ses petites bottes rouges sur son perron, qu'il invente mille excuses pour rester en ville. Il visite la quincaillerie, le supermarché, la librairie, s'achète toutes sortes de choses inutiles, finit par échouer chez sa mère. Il la trouve assise sur son patio, devant sa tasse de thé, dans le frais des grands ormes de son parterre.

Il s'assoit en face d'elle, sur la chaise longue du jardin, et il l'écoute lui raconter sa semaine. Ses parties de cartes, sa visite chez la coiffeuse, sa sortie avec une nièce, sa messe du dimanche. La voix de sa mère est encore claire, ses mains sont encore belles, ses yeux, bien que plus pâles qu'autrefois, pétillent encore du même feu. Et les pierres de la maison qui s'élève derrière elle sont aussi solides qu'autrefois et la rivière qui coule au pied du jardin, tout aussi sereine.

Ce n'est que devant cette constance, cette illusion de permanence que le cœur d'Yvan enfin se calme.

Marie, lui dit sa mère, m'a préparé une salade d'endive tiède. Il y en a assez pour deux.

C'est donc avec un soupir de soulagement qu'il prend place à la table de sa mère, qu'il partage son pain et boit son chablis. Après le dessert et le café, il la prend par le bras et, ensemble, ils vont marcher dans les rues tranquilles du quartier.

Il est tard quand il la confie aux bons soins de Marie. Trop tard, même, pour la plus importune des visites.

Il roule lentement vers sa prairie, dans le bleu cendré du crépuscule. Tout, en lui, est paisible. Il a goûté, ce soir, auprès de sa mère, au pardon infini du monde.

Arrivé chez lui, il amorce le virage lent qui l'amène dans la cour du chantier et aperçoit, à la lumière des phares, un paquet posé sur la marche du perron. Il sait tout de suite de quoi il s'agit.

Il prend le temps, dans le noir absolu de la campagne, de regarder les étoiles. Il prend le temps de respirer le sumac en fleur et d'écouter, au loin, le hululement de l'hibou. Puis, rendu à la roulotte, il rentre tranquillement allumer.

Il y a, dans le paquet, sa chemise en jean, bien repassée, et les leggings noirs d'Adrienne. Il y a aussi une note, une page de garde, croit-il, déchirée d'un manuel quelconque. De sa main d'écolière, Claudia a écrit *Je reviendrai.*

Les vêtements sous le bras, Yvan froisse la note entre ses doigts et pénètre de nouveau dans la nuit. Il regarde le ciel et il sourit.

Claudia revient, se dit-il, et moi, je l'attends de cœur ferme.

Bien qu'elle soit toujours ravie de revoir sa petite-fille, madame Coulonges avoue volontiers que la vie de Magali demeure, pour elle, un mystère complet. Il y a tant de choses, dans le comportement, le langage, les enthousiasmes de sa petite-fille, qui la plongent dans la plus grande perplexité. Elle ne comprend pas, non plus, pourquoi Magali se plaît, aussi, à tout lui raconter, jusque dans les détails les plus gênants. C'est comme si on avait négligé de lui apprendre la plus fondamentale des convenances, comme si le plus ancré des narcissismes l'aveuglait à la réalité – à la pudeur, à la dignité – de sa très ancienne grand-maman. Madame Coulonges avait beau se froisser devant, oh, qui sait?, une blouse transparente, une jupe trop courte, un mot grossier, une langue percée, un pied tatoué, une mutilation, une violence, un blasphème, Magali ne s'excusait pas, ne rougissait point. Elle lisait les messages sur son iPhone au nez de sa grand-mère, lui parlait des habitudes nocturnes des hommes avec qui elle couchait, lui chantait à tue-tête ses folles chansons, truffées de barbarismes, de dissonances et d'obscénités. Madame Coulonges écoutait, regardait et frémissait d'horreur.

Aujourd'hui, Magali lui parle d'Assonance.

Elle dit à sa grand-mère qu'elle travaillera, cet automne, au sein d'une grande entreprise chinoise qui achète des églises vides partout au monde pour les transformer en boîtes de nuit. Tout récemment, confie-t-elle à sa grand-mère, ils se sont procuré la cathédrale ici à Winnipeg et commenceront, dès septembre, à la rénover.

Des profondeurs de son siège capitonné, madame Coulonges tourne vers sa petite-fille un visage boule-versé. La cathédrale? répète-t-elle. En boîte de nuit?

Magali hausse une épaule, dit en riant : Puisqu'elle ne sert plus, aussi bien en faire quelque chose de rentable. Puis elle continue, la voix triomphante : On vient d'apprendre cette semaine que c'est Assonance qui a décroché le contrat pour l'aménagement acoustique !

Toute à son enthousiasme, elle parle des changements qu'il faudra effectuer à l'intérieur de l'église – la piste de danse dans l'abside, les nombreux bars dans la nef, les multiples enceintes de son dans le jubé – et des défis acoustiques énormes que cela représente. Et bien qu'elle sache parfaitement que sa grand-mère frémit à la seule idée de ce sacrilège, Magali prend un plaisir pervers à lui raconter par le menu tous les détails de la transformation.

Cet entêtement dans l'outrance, elle le reconnaît volontiers, est né du désir de choquer sa grand-mère, bien sûr, de la scandaliser, mais aussi, et surtout, de donner le change à la vieillesse. Le trajet au chantier de son père est long et elle refuse d'écouter les anecdotes sur le naufrage de l'esprit, sur la décrépitude du corps – ces doigts tordus par l'arthrite, cette vue qui baisse, ces dents qui branlent, ce cœur qui, seul dans sa cage, palpite comme un oiseau.

C'est donc avec un profond soupir de soulagement – qu'elle ne cherche même pas à dissimuler – que Magali arrive enfin à destination. Elle descend de la voiture et, laissant là grand-mère et Cadillac, elle se dirige tout de suite vers la rivière. En chemin, elle croise son père, elle l'embrasse sur les deux joues, puis reprend aussitôt sa promenade.

Le cœur rassuré, Yvan la suit des yeux un moment et pousse, lui aussi, un grand soupir de soulagement : de toute évidence, Magali ne lui en veut pas.

Prisonnière de la grosse automobile, madame Coulonges se débat vaillamment avec la lourde portière jusqu'à ce que son fils vienne la délivrer. Puis, avec mille précautions, il lui fait visiter la maison.

Elle ne voit rien, en fin de compte, tant ses yeux sont opaques, ni l'intérieur de la maison, ni l'extérieur, pourtant si émouvant, avec, d'un côté, la coulée verte des champs de blé et, de l'autre, le sillon argenté de la rivière. Mais à la fin de la visite, elle déclare, d'une voix épaissie par l'émotion, que tout est beau, que son fils est brillant et sa belle-fille, gâtée.

Yvan a fait griller un saumon entier. Il a préparé, aussi, du riz au citron, des asperges et une salade de fraises; madame Coulonges, quant à elle, a apporté une tarte aux bleuets pour le dessert. Ils prennent place, tous les trois, à la table de jardin installée sur la terrasse de la maison et, ensemble, ils trinquent au vin blanc. Occupés à manger, ils se parlent peu, se regardent en souriant, hument avec délice l'air fleuri du soir d'été. Et c'est à la fin du repas qu'arrive le malheur.

Madame Coulonges était seule. Magali et son père étaient rentrés à la roulotte, les bras chargés de plats, et, mue par le désir, peut-être, de voir de plus près les campanules de la rive, elle a voulu se lever de sa chaise. Elle l'a repoussée tant bien que mal, les pieds de la chaise étant coincés entre les planches de la terrasse, mais n'a pas réussi à l'éloigner suffisamment de la table. En tentant de s'en dégager, elle s'est empêtrée, a trébuché, a fini par tomber de tout son long sur le bois dur de la terrasse. Quand Yvan et Magali sont venus la rejoindre, ils l'ont trouvée allongée comme pour un somme, les yeux fermés, la joue contre une planche.

Poussant des cris d'alarme et de détresse, Magali et son père ont retourné le corps inerte et, ayant découvert dans le pli du cou un pouls faible mais tenace, l'ont lentement, tendrement, replacé dans une chaise. Madame Coulonges a ouvert des yeux étonnés, les a regardés tour à tour, a dit, d'une voix éteinte : Je ne sais vraiment pas comment j'ai fait mon compte. Puis, se tâtant la figure, les bras, les jambes, elle s'est déclarée entière et indemne. Mais Yvan a remarqué l'angle curieux de son pied gauche, a tout de suite su que la hanche était cassée. Prenant comme une enfant sa petite maman dans ses bras, il l'a portée jusqu'à la Cadillac, l'a installée confortablement dans le siège arrière, a demandé à Magali de le suivre jusqu'à l'hôpital dans la Prius.

Magali a embrassé sa grand-mère, a doucement refermé sur elle la grosse portière de la voiture. Derrière la glace, sa mamie avait l'air d'une poupée en porcelaine – le rouge fiévreux de ses joues, ses yeux bleus tout ronds d'effroi, la soie ébouriffée de ses cheveux blancs. Magali s'est demandé distraitement si c'était là la tête qu'elle ferait dans son cercueil.

Puis elle a attendu que la Cadillac disparaisse dans un virage avant de se tourner vers la roulotte et sa pile de vaisselle sale.

En fin de compte, elle se contente de ranger les restes du souper dans le mini-réfrigérateur. Faire la vaisselle dans la roulotte lui paraît si compliqué. Il faut puiser de l'eau dans la rivière, la faire chauffer, puis laver une assiette, un verre, à la fois dans le minuscule évier. Elle estime, d'ailleurs, qu'en rentrant de l'hôpital, son père sera content de pouvoir s'occuper à quelque chose.

Elle est en train de chercher les clés de la Prius quand le téléphone sonne. Dans sa hâte, Yvan a oublié son portable, et Magali le trouve, maintenant, sur la table de chevet de la chambre à coucher. À sa grande surprise, c'est Adrienne qui appelle. Elle a apporté avec elle dans le nord un téléphone satellitaire, en cas d'urgence, bien entendu, mais aussi, pour pouvoir donner, à l'occasion, de ses nouvelles à sa famille. Même de si loin, même des profondeurs du vide qui bée entre les étoiles, Magali entend la déception dans la voix de sa mère. Adrienne est contente, bien sûr, de jaser avec sa fille, mais c'est à son mari, à son Yvan, qu'elle voulait surtout parler.

Adrienne lui raconte brièvement ses nouveaux amis, elle lui dit qu'elle mange bien, qu'elle ne souffre pas du froid, et que, bientôt, dis-le bien à papa, je serai de nouveau parmi vous. Soudain, la communication s'interrompt et Magali croit, un instant, avoir perdu sa mère dans les brumes du néant. Il y a un bourdonnement sourd dans l'appareil, une sorte de psalmodie, de modulation, et Magali se dit que ce qu'elle entend, dans les espaces intersidéraux, c'est la musique des sphères. Mais, encore quelques crépitements, et la voix d'Adrienne lui revient.

Tu as entendu, Magali? Ce sont les loups. Et soudain, très proche, très intimement, Magali a dans l'oreille le vibrato qui sort d'une meute de gorges sauvages.

Sa peau est aussitôt parcourue de frissons et, sur sa nuque, tous les petits poils se dressent.

J'en ai un à moi tout seul, Adrienne dit-elle à sa fille. Un louveteau que j'ai baptisé Mistouk. Je le ramènerai avec moi à la fin de l'été.

Puis elle veut savoir si tout va bien à la maison. Oui, oui, dit Magali. On a dîné avec Mamie ce soir, et Papa est parti la reconduire chez elle. Miguel et Justine sont allés faire un petit voyage dans l'Est. Moi, je travaille beaucoup, c'est la saison, bien sûr, mais tout va bien avec les colocs, la musique, tout ça.

Sur ses lèvres, ces mots-là. Mais, dans sa tête, une trame sonore qui joue en boucle le même refrain, ta belle-mère s'est esquinté une hanche, ta belle-fille se meurt du cancer, ton beau mari s'envoie une étudiante, c'est la débâcle, Maman, c'est la déroute, et si je te conte des mensonges, c'est parce que la vérité, c'est comme l'espoir. Elle est sale, elle est moche, elle nous fait crever d'angoisse.

Papa va bien, Magali ? Il ne s'ennuie pas trop ?

Non, non, ne t'inquiète pas. Il est occupé, il travaille beaucoup. La maison, le jardin, tout ça.

Dis-lui, veux-tu, dis-lui… et dans la vastitude de l'abîme noir des cieux, Magali saisit la pudeur qui sous-tend les paroles de sa mère. Devant sa fille, la gêne la fait hésiter, la gêne, et la transparence du cœur.

Dis-lui, Magali, que je l'aime et que je reviens. Comme… comme… la colombe au colombier, le faucon au fauconnier…

Le billet doux de ces deux tourtereaux, le code consacré de ces pigeons voyageurs. Magali fait la grimace et se dit : Si tu savais, Adrienne, de quel oiseau il s'agit vraiment…

Les adieux faits, Magali glisse le portable dans sa poche, déniche dans le salon un morceau de papier et un stylo. Elle est distraite, elle a hâte de partir, elle écrit le message sans réfléchir. *Phoquon*, écrit-elle d'abord, avant de le biffer. Ensuite *phockon* et, enfin, *fockons*.

VI

Vendredi 8 juillet 2011

Ma fidèle compagne s'appelle Owane. Une fillette d'à peu près douze ans, elle a la peau plus pâle que celle de ses sœurs, les yeux presque verts et, noués dans les longs poils de sa robe, mille petits sifflets taillés dans le jonc. Elle était avec moi, il y a deux nuits, quand je suis montée sur un esker avec mon téléphone satellitaire pour tenter de joindre Yvan. Elle n'a pas compris un seul mot de ma conversation avec Magali, ne voyait que le reflet de mes yeux dans la pénombre du ciel arctique, et a pourtant deviné ma déception. Avant de redescendre vers les feux des grottes, elle s'est hissée sur la pointe des pieds, a appuyé son front d'enfant contre le mien. Un baiser, une caresse, dans la gestuelle du peuple nuniye.

Elle *est* louve, Owane, elle *est* louveteau, et c'est en la regardant, si sûre, si fluide, parmi les bêtes, que j'ai fini moi aussi par les apprivoiser. C'est elle qui m'a fait remarquer leur langage secret. Lorsqu'ils sentent la proie, ils accourent l'un vers l'autre et se touchent la truffe. Leur queue et leurs oreilles sont des sémaphores qui signalent menace, colère, perplexité et amitié. Leurs hurlements – contrairement à leurs descendants, les chiens, les loups n'aboient jamais – sont provoqués par le désir de communier. À la chair, à la lune, au rituel du rut.

Owane m'a aussi décrit une séance d'enseignement lupienne à laquelle elle avait assisté.

Loin du campement, un jour, au cours de la chasse, le clan a découvert un piège oublié sur la steppe boréale par une autre tribu. D'après les gestes d'Owane, d'après ses yeux exorbités, j'ai cru comprendre qu'il s'agissait d'un *ayaanjichigaadegin bakaan wanii 'ganan* – un de ces engins à mâchoires cruelles qui saisissent et retiennent la patte du gibier – un instrument en métal, précis, meurtrier, inimaginable pour les membres de la tribu, inconnu, aussi, des loups. Alors, m'a expliqué Owane, avec une mimique aussi éloquente que des paroles, le plus fort des loups, le loup alpha, a rassemblé la meute autour de lui et, d'une patte légère, a enlevé la neige qui recouvrait le piège. Puis, le menton sur les pattes, il s'est couché devant l'engin et a attendu que, l'un après l'autre, tous les loups s'en approchent, le museau tendu pour le renifler. La mémoire de l'odeur du métal inscrite dans leur cerveau, ils se sont éloignés du piège à petits pas, la queue basse et les oreilles aplaties.

J'aurais voulu expliquer à Owane que je ne mets aucunement en doute l'intelligence de ses loups, lui dire, aussi, qu'ils n'éveillent plus en moi la crainte primitive qui m'affolait les premiers jours. Ce qui ne cesse de me répugner, par contre, ce qui fait se lever mon délicat cœur blanc, c'est leur haleine sauvage et le musc épais de leurs poils drus.

Grâce à Owane, je commence à m'ouvrir à l'art et à la science de cette remarquable culture. Leur langue, que, de jour en jour, j'entends mieux, est, comme toutes les langues, une étincelle de l'intelligence, aussi divine et mystérieuse qu'une créature vivante. Elle est un écosystème entier d'idées et d'intuitions, une plaine alluviale de pensées, une forêt vierge de l'imagination. Elle est une fenêtre sur le monde, un monument à l'esprit de la culture qu'elle exprime et qui l'a engendrée.

Comme dans toutes les langues autochtones, les phénomènes naturels ont la part belle. Les Penan de Malaisie ont plus de deux mille noms pour les ruisseaux ; les Inuit, des centaines de noms pour la neige et ce peuple nuniye, autant de noms, aussi, pour le vent.

Aywâstin, pôniyotin, asteyotin, manastan, kiwetan, saskaniyôtin, misponytin…

Il y a le vent qui fait bruire les feuilles caduques, le vent qui soupire dans les branches des conifères. Il y a le vent qui fait frissonner la surface de l'eau et le vent qui retrousse le poil des loups. Celui qui joue dans les cheveux des femmes, celui qui fait chanter les pipeaux. Celui qui endiable la fumée des feux, celui qui chasse les nuages dans le ciel. Celui qui hurle, celui qui siffle, celui qui fait pencher les roseaux de la rivière. Le vent froid, le vent doux, le vent tiède, le vent des quatre saisons, le vent de la nuit, le vent du jour, le vent du crépuscule. Le mouvement de l'air, aussi précieux, aussi chargé de sens, pour ce peuple de la taïga, que les mouvements du cœur.

* * *

Les manèges le rendent malade. Même petit, il ne pouvait pas les supporter. Saisi de vertige, aussitôt, ou de nausée, il descendait en titubant des balançoires et des carrousels, la figure verte, l'estomac retourné. C'est donc Tristan qui doit accompagner Justine sur tous les tours, les montagnes russes et les grandes roues de la foire.

Miguel se mêle à la foule, il s'assoit sur les bancs installés sous les arbres, il se promène entre les jongleurs et les acrobates, sans jamais détacher son regard de Justine. Il les suit de l'œil, elle et Tristan, dans leurs montées et leurs descentes, dans leurs circuits et

193

leurs plongées, dans les chutes vertigineuses qui lui donnent le tournis. Et, de loin, il voit la bouche béante de sa femme, il s'imagine ses cris d'épouvante, il devine son bonheur. Quand elle descend des hauteurs de ces engins débiles, elle a un air épanoui qu'il ne lui connaît pas et, dans les yeux, des larmes lumineuses. Miguel a beau s'interroger sur la source de cette émotion, il ne sait toujours pas s'il s'agit de fatigue, de détresse ou d'un puéril enchantement.

Il ne comprend pas, non plus, ce qu'elle est venue chercher dans cette foire ringarde, quelques mois à peine avant sa mort. Renouer avec le frérot, ça, à la limite, il saisit. Revoir les lieux où, enfant, elle a été heureuse, ça aussi, il pige. Se perdre, s'oublier, momentanément, dans une frénésie de rire, cela, aussi, il l'approuve. Mais cette recherche de la peur, ce désir d'étourdissement, cette complaisance dans le toc et le faux, ça, ça le dépasse.

Sur le Grand 8, on prend des photos des passagers, enfermés comme des singes en cage derrière les barres de retenue de leur gondole. Justine a insisté pour qu'on achète la photo en souvenir. En la voyant, elle a aussitôt éclaté de ce rire mêlé de larmes, a dit, en hoquetant, qu'elle la garderait pour toujours. La serrant un moment contre son cœur, elle l'a enfin passée à Miguel, le priant d'y faire bien attention.

Pendant que Justine et Tristan sont partis s'époumoner sur un autre manège, Miguel s'est assis parmi les enfants et les pigeons, la tête pleine de l'odeur écœurante de la barbe à papa, et a longtemps étudié la très mauvaise photo. Contre un ciel d'été, boursouflé d'innocents nuages, Justine et Tristan, saisis d'épouvante, essaient de se rejoindre. Leurs bras étendus dans le vide, ils ne réussissent pas pour autant à diminuer l'écart et doivent subir, chacun dans sa petite tête, les effets de l'affolement. Écrasés dans leur siège, ils ont le visage déformé par les forces centrifuges et la bouche ouverte dans un hurlement. Miguel peut voir les jointures blanches de leurs mains, les cordes tendues de leur gorge, leurs yeux, petits, petits de terreur. Et, encore une fois, il ne comprend pas. Crier pour ne pas pleurer ? se demande-t-il. Filer à tombeau ouvert avant de pourrir à tombeau fermé ?

Quant à moi, se dit-il, lorsqu'on me dira que mon compte est bon, il n'y aura ni personne ni lieu que je voudrai revoir. Moi, je flotte ici-bas, je navigue sans amarres, je ne m'attache ni aux paysages ni aux passants. Quand elle viendra pour moi, la vieille harpie, avec sa faux et sa cagoule, je veux qu'elle me trouve plein comme une barrique et soûl comme un cochon dans les bras ronds d'une inconnue.

Le soir, Justine est fourbue. Le temps de manger une bouchée, et il faut tout de suite l'expédier au lit. À cause de sa fatigue, les émotions sont à fleur de peau et les conversations, par conséquent, des champs de mines. Miguel et Tristan sont dans leurs petits souliers, ils échangent souvent des coups d'œil, exécutent avec adresse des tours de passe-passe, évitent de justesse les abîmes qui béent sous leurs pas. Mais parfois, comme ce soir, s'aventurant dans l'imprévisible, ils provoquent sans le vouloir des crises de larmes éprouvantes, épuisantes, qui mettent à sec les maigres ressources de la malade.

Ils ont choisi, cette fois, un restaurant italien, avec ses nappes à carreaux, ses tableaux sombres et ses bougies. Miguel rend grâce pour la clarté mitigée de la pièce – une Justine vannée a les yeux cernés de noir, la figure bouffie, la chair blafarde, et son souffle, il s'en rend compte avec épouvante, est creux et saccadé. À côté d'elle, Tristan regorge d'une santé presque obscène. Du haut des manèges, il s'est frotté contre le jour, en a absorbé toutes les couleurs, et son corps, par conséquent, est doré de soleil, ses joues sont échauffées par le vent et ses yeux sont des éclats taillés dans le bleu du ciel. Miguel, assis en face d'eux, les regarde tour à tour, suivant les méandres de la conversation. Quand il laisse glisser son regard du visage de Tristan à celui de Justine, le contraste est si marqué, si douloureux à constater, qu'il encaisse, il flanche et il plie, comme atteint d'une balle au cœur. Révolté, jusqu'à la moelle, par l'ouvrage terrible de la mort. Cruelle, elle l'est assez, se dit-il. Faut-il aussi qu'elle soit si laide?

Tristan est cinéaste. Il tourne des documentaires sur les réfugiés – leurs tragédies personnelles, le cauchemar de leur exode, les difficultés auxquelles ils font face dans leur pays d'adoption – et rêve, un jour, de porter à l'écran le scénario qu'il mitonne depuis des années. Au cours des repas que Justine, Miguel et lui partagent en fin de journée, Tristan leur a beaucoup parlé de la misère et de la splendeur de l'aventure humaine qu'il filme depuis sept ans. C'est un sujet neutre, distant, qui émeut Justine, bien sûr, mais qui lui fait oublier momentanément son propre malheur. Tristan choisit avec soin ses anecdotes et, pour ses histoires attendrissantes, pour la distraction qu'elles offrent à Justine, Miguel lui en sait gré.

Mais ce soir, Tristan a mal mesuré la portée de son récit.

* * *

L'hospice gériatrique se trouve dans un coin de la ville qu'il connaît mal. À l'urgence de l'hôpital Saint-Boniface, on les a refusés, lui et sa mère, les acheminant plutôt vers cet autre centre, spécialisé dans les soins pour personnes âgées.

La hanche était effectivement cassée, mais madame Coulonges n'étant pas à jeun, il a fallu attendre le lendemain pour la faire opérer.

L'attente a paru extrêmement longue à Yvan. Même si sa mère ne se plaignait pas, il savait qu'elle souffrait de faim, de froid et de peur. Un si grand nombre de ses amis ont fini leurs jours en fauteuil roulant, après une fracture de la hanche. Le spectre de la dépendance l'angoissait, ce grabat de malade, cette bouffe infecte, ces corps décharnés dans les caveaux d'un mouroir.

Heureusement, elle s'est assoupie quelques fois au cours de la nuit. Incapable de dormir, Yvan l'a laissée, forme minuscule sous la couverture, est allé rôder dans la lumière blafarde des couloirs de l'hôpital. A renoué avec tout le sinistre de la maladie et de la vieillesse. A juré, pour la millième fois, qu'on ne l'y attraperait pas – qu'il mourrait dans son lit, ou dehors, sur le chantier, un outil à la main, foudroyé par un infarctus.

La chirurgie s'était bien passée ; madame Coulonges souriait dans son lit, enveloppée comme une momie dans des draps réchauffés. Planant toujours sur l'anesthésie, elle a assuré son fils qu'elle allait très bien et qu'il était temps qu'il rentre, lui, se reposer quelques heures. Lui promettant de revenir la voir le lendemain, Yvan l'a embrassée sur le front, a échangé quelques mots avec l'infirmière, a quitté l'hôpital comme chassé, le dos parcouru de frissons.

L'excellente Magali avait laissé la Prius dans l'allée de la maison. Yvan a ouvert la porte du garage, a garé la Cadillac dans l'espace étroit taillé entre les piles de ses propres meubles. C'est chez sa mère que lui et Adrienne ont entreposé leurs biens en attendant d'emménager dans la nouvelle maison. En descendant de la voiture, Yvan a pris un moment pour vérifier les boîtes et les bâches qui recouvrent ses affaires, a remarqué du coin de l'œil son canot vert, suspendu aux poutres du garage. Puis il est entré dans la maison expliquer l'accident à Marie et à Gonzague.

Désolés, les deux petits vieux ont branlé la tête, se sont tordu les mains, ont insisté pour retenir Yvan. Il a tout raconté une deuxième fois, s'attardant, pour leur faire plaisir, sur une myriade d'infimes détails. Enfin satisfaite, Marie lui a servi le petit déjeuner dans le solarium. C'est pendant qu'il buvait une seconde tasse de café que l'idée lui est venue.

Avec l'aide de Gonzague, il descend le canot des travées du garage et le pose sur le sol. Il se rappelle, avec un brin de regret, qu'il s'en est peu servi, et l'embarcation est donc presque neuve – le canevas intact, la babiche des sièges en parfait état, les lattes, les nervures et les plats-bords en cèdre, lisses et bien huilés. Yvan place les pagaies et les gilets de sauvetage dans le coffre de la voiture, puis, transportant le canot sur ses épaules, il le fixe solidement au toit. Gonzague s'inquiète : la charge est un peu lourde pour la petite voiture, et Yvan lui promet de conduire lentement pour rentrer. Une fois rendu chez lui, l'assure-t-il, le canot ne quittera plus jamais sa rivière.

Le trajet se fait sans histoires.

Il est accroupi devant la voiture, en train de défaire des nœuds, quand une Toyota noire avance dans la cour. Yvan se relève, voit Claudia au volant, lui fait signe de la main. Sous la cage de ses côtes, un oiseau rouge s'affole. Le désarroi court dans ses veines, fait palpiter son sang. Mais, d'une voix égale, il lui lance, en souriant :

Tu tombes pile, Claudia ! Viens me donner un coup de main. Je veux voir s'il tient encore bien la flotte.

Elle arrive en courant, insiste comme une enfant pour qu'il l'emmène tout de suite sur l'eau. Elle l'aide à balancer le canot sur ses épaules, puis le suit jusqu'à la rivière, les bras chargés des pagaies et des gilets. Yvan dépose le canot dans l'herbe de la rive puis, haletant un peu, il dit à Claudia :

Je monte chercher une casquette et une bouteille d'eau. Il fera chaud sur l'eau, Claudia... Tu as tes lunettes, tu veux de la crème solaire ?

Elle l'assure qu'elle a tout ce qu'il lui faut, range ses affaires dans le fond du canot.

Quand il entre dans la roulotte, il trouve la note de Magali sur la table de cuisine. Déçu, d'abord, d'avoir manqué l'appel d'Adrienne, il finit par rire des fautes d'orthographe de sa fille. *Fockons,* dit-il tout haut. Très volontiers. En évitant, cette fois, l'erreur sur la personne...

En revenant vers Claudia, il voit qu'elle s'est dévêtue. Quelle enfant sauvage ! se dit-il, amusé. Au moindre prétexte, elle se met à poil ! Pas tout à fait, quand même. La chaleur de la journée – brillante, encore, gavée de soleil, pareille à tant d'autres dans cet été incomparable – l'a poussée à enlever sa chemise et à remonter le bas de son short. Yvan voit sa gorge hâlée sous la camisole et le duvet blond sur la peau dorée de ses cuisses, et l'oiseau en lui trépigne, bat tout bêtement des ailes.

Ensemble, ils font glisser le canot dans l'herbe, le hissent par-dessus les roches du rivage, le poussent enfin dans l'eau. Yvan le maintient solidement en équilibre, le flanc contre la berge, et fait signe à Claudia de monter à bord. Il s'attend, bien sûr, à ce qu'elle s'assoie face au large sur le siège de devant. Mais, à son grand étonnement, elle s'installe face à lui. S'étant glissé le derrière dans l'espace entre le siège et la proue, elle s'empare d'un gilet de sauvetage, le place dans son dos, puis repose ses jambes sur le siège de devant. Yvan la regarde, sourit, tire sur la visière de sa casquette.

C'est un canot, ma douce, pas une felouque, et toi, tu n'es pas Cléopâtre. Assieds-toi, je te passe une rame.

Mais elle a apporté un livre, Claudia, et pendant qu'Yvan pagaie, elle va lui en lire des passages. Un ami d'Angleterre lui a envoyé un nouvel ouvrage, un manifeste radical, estime-t-elle, qui préconise un modèle ingénieux pour la gestion de la planète. Elle sort le livre de son sac, remonte sur son nez ses lunettes de soleil, cherche les pages qu'elle a écornées.

Pas la peine de bouder, dit-elle à Yvan. Les bonnes nouvelles, c'est toi qui les veux. Moi, tu le sais bien, j'écoute toujours mes professeurs. Je cours, non, je *vole*, au-devant de tous leurs désirs.

Elle lui expédie un clin d'œil lubrique et plonge dans les pages de son bouquin.

* * *

Quand elle a dit oui, ce n'était pas à Alexandre qu'elle songeait, mais bien à la journée d'été passée sur l'eau.

Julien, un copain d'Alexandre, a un voilier qu'il mouille à Silver Harbour sur le lac Winnipeg. Le plus souvent, il y passe les fins de semaine avec sa blonde, amarré au quai, se la coulant douce sur la terrasse du yacht-club. Mais quand le ciel est dégagé et que le vent vient du large, il invite ses amis à venir faire avec lui la traversée du lac. Il y a, le long de la côte est, un archipel d'îles couchées sur le sable blanc.

Je te jure, lui dit Alexandre. On se croirait dans les Antilles.

Elle n'en veut plus d'Alexandre. Lasse, indifférente, elle sait qu'elle a déjà trop remis les adieux. Mais il fait si beau, et elle a profité si peu de l'été, qu'elle se trouve incapable de refuser son invitation. L'idée du vent, des voiles, de l'éclat du soleil sur les vagues l'emporte sur tout l'ennui qu'il lui inspire.

Ils sont cinq, ce matin, à filer vers le petit port. Serge est au volant de la Passat, Alexandre à côté de lui. Magali, Renée et Jean-Philippe, quant à eux, se tassent sur la banquette arrière. Toutes les glaces sont baissées, la musique joue fort, il y a trop de bruit pour qu'on se parle. Reconnaissante, Magali rejette la tête contre le dossier, fait le plein de vent et de vitesse.

La bouffe et la boisson rangées dans la cuisine, les sacs de ses invités jetés pêle-mêle dans la cabine, Julien s'applique à quitter la rade. Assis à la barre du hors-bord, il guide le voilier entre les quais et les embarcations et, avec force gestes et directives, explique à ses amis les manœuvres de déploiement des voiles. Pendant que les hommes sont ainsi occupés, les femmes, déjà en maillot de bain, s'enduisent la peau d'écran solaire et, appuyées à la rambarde, font face au large, les pieds allongés vers l'eau. Annick remarque aussitôt le tatouage de Magali. C'est la plus belle plume de paon que j'aie jamais vue! s'écrie-t-elle. Les couleurs sont si franches, regarde-moi ce bleu, ce mauve, et les détails si précis. Elle-même s'est contentée d'un idéogramme chinois; sur le sein gauche, le signe, dit-elle, pour *respect*. Renée, quant à elle, s'est fait peindre un petit dauphin bleu sur la hanche droite.

Puis le vent enfle les voiles, la proue fend les vagues, fait gicler les embruns, frais comme une pluie. Caressées par les doigts langoureux du soleil, les femmes se couchent contre le gaillard, s'étendent de tout leur long, se remplissent les yeux du bleu caillé du ciel.

Magali a l'impression d'être sur l'eau pour la première fois de sa vie. Elle a si peu goûté aux plaisirs de la saison, cette année, que le soleil sur sa peau, l'odeur du vent et de l'eau agissent sur elle comme une ivresse. Subjuguée, elle se laisse aller comme une enfant dévergondée au délice, à la volupté érotique des sensations de l'été. La chaleur du soleil s'ajuste à son corps, lui imprègne la chair, fait jaillir sur sa lèvre le sel de la sueur.

L'eau l'éclabousse, et sa peau danse, se hérisse, sous sa léchée bleue. Et le vent, chargé de l'odeur des marais, des algues et des sapins verts des îles, joue dans ses cheveux de ses doigts d'amoureux. Magali sombre en elle-même et, le monde oblitéré, s'abandonne aux vagues de plaisir qui déferlent en elle, se livre, impudente, à la débauche de tous ses sens.

La traversée est courte, trop courte, et les voiles, trop tôt baissées. On jette l'ancre parmi les îles, et la chaleur accumulée dans la baie abritée l'atteint comme une gifle. Elle se redresse, se secoue de sa torpeur, réagit à peine quand Alexandre vient lui embrasser l'épaule.

Tu es belle, gémit-il dans son oreille. J'ai envie de toi.

Pour toute réponse, Magali se lève, étire ses membres engourdis, ajuste sur ses fesses le slip de son maillot. Il est petit, révélateur, expose aux yeux de tous le jeu de ses muscles sous la peau. Et elle fait exprès de les faire jouer. Affectant la nonchalance, elle prend des poses. Les jambes écartées, raidies, elle lève les bras pour attacher ses cheveux et tout en elle s'allonge. Elle se penche pour ramasser sa serviette, serre son petit cul et révèle sa poitrine. Elle s'approche de Julien, avance sur le pont sur la pointe des pieds, met en valeur la finesse de ses chevilles, le galbe de ses mollets. Puis, debout à côté de lui, une main posée sur le plat de son ventre, le petit doigt traînant dans le pli de l'aine, elle lui demande, en chuchotant, si on peut plonger.

Absolument, lui dit Julien en avalant dur. Il y a cinq mètres d'eau ici. Son geste est vague, son regard, embrouillé.

Magali enlève ses lunettes de soleil, les pose sur sa serviette pliée, puis, le corps tendu comme la flèche dans l'arc, elle raidit les bras et plonge. Quand elle disparaît sous l'eau, les hommes se penchent de nouveau sur leur travail, sans dire un mot – Alexandre s'occupe de l'ancrage, Serge fourre une voile dans sa housse, Jean-Philippe continue à lover les cordages. Au bout d'un moment de silence, Julien lève la voix pour dire : Je sais pas ce que vous en dites, vous autres. Mais je crois avoir vu là le plus beau tatouage de ma vie.

Alexandre lui fait un bras d'honneur. Les hommes éclatent de rire.

Magali n'entend rien. Perdue dans le scintillement blanc des vagues, elle nage lentement vers une île. Les femmes la fixent des yeux et, en silence, la détestent.

Ils cassent la croûte dans les sables chauds d'une plage. Serge et Julien ont tout apporté à la nage, sur le dos, les paniers portés à bout de bras. Jean-Philippe, pour sa part, a traîné derrière lui un filet plein de masques, de palmes et de tubas. Après le fruit et le vin, après une séance de bronzage, aussi, sous le feu de midi, ils passeront les heures brûlantes de l'après-midi à explorer les récifs sous-marins de l'archipel. Il n'y a pas de coraux dans les eaux grises du lac Winnipeg, ni raies ni requins, mais la faune poissonneuse est nombreuse et la flore, ondulante.

L'île est parsemée de reliques. Des squelettes de brochets géants, les cendres d'un feu de camp, la mue d'une couleuvre, une plume d'aigle, une autre de goéland, des éclats de mica, des cailloux de quartz, des bouteilles vides, des cannettes rouillées, des sacs en plastique. Pieds nus, les hommes n'osent pas pénétrer sous les arbres, se limitent, pour explorer, aux franges de l'île. Les femmes, quant à elles, se couchent sur le sable à la lisière de l'eau, s'abandonnent, corps et âme, à la brise, au soleil, à la tiédeur des dernières vagues.

Mardi 12 juillet 2011

Je me résigne à ne posséder, pour la durée de mon séjour, qu'un seul pantalon et un seul tricot. J'ai pu récupérer mon sac de couchage et quelques articles de toilette, mais le reste est enfoui dans le secret des cavernes.

Mes machines intéressent peu le chaman ; le vieux guérisseur a écarquillé les yeux quand il a vu que, sous mes doigts, des signes se matérialisaient sur l'écran de l'ordinateur. Il a appuyé sur quelques touches du bout d'un index curieux, a cligné des yeux devant les symboles qu'il avait créés, puis m'a aussitôt communiqué son ennui. Les livres, par contre, le passionnent. Tout – les pages, la reliure, l'odeur de colle qui s'en dégage – le fascine. Il prend un volume entre ses mains, le feuillette scrupuleusement, le tourne et le retourne, le sent, le lèche, le soupèse, pendant que lui court sur la figure l'expression fugace d'un monde d'émotions – j'y lis l'émerveillement, le chagrin, la curiosité, le désarroi. Intuitivement, il devine peut-être, le vieux prêtre-guérisseur, qu'il tient entre ses mains une source d'intelligence plus puissante encore que ses rêves et ses visions. J'ai vu qu'une nuit, il avait placé un dictionnaire sous sa tête avant de s'endormir, espérant sans doute par cette astuce en absorber le contenu de façon subliminale. Je l'ai aussi vu en transe extatique, à la suite d'une ingestion quelconque, se pencher sur les pages ouvertes d'un de mes lexiques et, comme l'imam qui récite une sourate du Coran, murmurer des formules sacrées en dodelinant de la tête.

Et pourtant. Le soir, à la clarté du feu, je contemple sa pharmacopée et je me demande quels remèdes miracles s'y trouvent, quels palliatifs, quelles panacées. La science, on le sait, n'a étudié qu'un pour cent de la flore du monde. Les peuples autochtones partout sur la planète – je pense notamment aux Haunôo qui habitent la forêt de l'île Mindoro, dans les Philippines – savent distinguer des milliers de plantes, leurs feuilles, leurs fruits, leurs bénéfices et leur toxicité, que les botanistes occidentaux, travaillant dans les mêmes terrains, ignorent toujours.

Mes livres n'offrent que signes et catégories. Les pochettes de cuir du chaman, quant à elles, recèlent peut-être le remède rêvé aux maux du monde.

Jeudi 14 juillet 2011

Le frère d'Owane est pubère et doit bientôt se soumettre au rite initiatique de son clan. D'après ce que j'ai compris, demain, nuit de pleine lune – une clarté de surcroît dans ce ciel chargé de lumière –, Sikwé devra boire une potion préparée pour lui par le chaman et passer la nuit à attendre des visions debout dans un arbre sacré. Owane m'a emmenée voir le peuplier en question, à une grande distance du campement, près d'un marais desséché. Je l'ai aperçu de loin, seul décidu dans cette forêt de conifères, un vieux tremble que la foudre a incinéré, le laissant creux et décapité. J'ai remarqué qu'on avait entaillé son écorce épaisse de fentes en biseau, comme les trous percés dans une flûte à bec. Effectivement, je pouvais entendre, même de loin, les notes de musique que jouait le vent dans ce pipeau géant. Ayant bu de la coupe du chaman, Sikwé se glissera dans le vide vivant de l'arbre mort et, en état de grâce ou d'ébriété, guettera l'avènement du mirage, de l'hallucination qui le guidera sur son chemin.

Le lendemain, à la première heure, il devra pénétrer seul dans la forêt boréale. Accompagné seulement de deux loups de la tribu, il partira à la recherche d'une nouvelle meute et tentera, par ruse et par finesse, de lui dérober quelques louveteaux. On le verra, m'a dit avec fierté Owane, revenir à l'aube, trois ou quatre jeunes loups en laisse, de jeunes créatures qui viendront renouveler le sang de la meute. Ou bien, m'a-t-elle dit, le regard ombragé d'inquiétude, on l'attendra les quatre quartiers de la lune, et encore quatre autres, et il ne reviendra pas, ne reviendra plus. Tué par les loups, perdu dans la forêt, crevé de froid, de faim ou de soif.

C'était à mon tour de la rassurer. Plaçant mon front contre le sien, j'ai fermé les yeux et récité tout bas un répons des complies du dimanche : *Custodi nos, Domine, ut pupillam oculi. Alleluja, alleluja. Sub umbra alarum tuarum protege nos. Alleluja. Salva nos.* (Combien de fois l'ai-je prononcée, cette adjuration, quand Miguel et Magali étaient petits...) Au milieu de ma prière, j'ai saisi le filet de voix d'Owane qui, ayant reconnu dans ma voix la solennité d'une invocation, avait entonné la sienne.

Jeudi soir

Au bleuissement du jour, j'ai marché parmi les arbres rabougris de la taïga, Mistouk à mes trousses. J'avais remarqué un promontoire quand je partais seule en pirogue explorer la rivière et j'avais deviné qu'au-delà d'une maigre lisière de forêt qui défendait la rive, on avait abattu des arbres pour former une clairière. Me dirigeant donc, ce soir, vers cette sorte de péninsule, je suis tombée au bout d'une demi-heure de marche sur le crématoire du peuple nuniye. Comme la clairière nuptiale que j'ai découverte la veille du départ de Kadéwa, l'endroit était festonné de pipeaux. Au centre de l'éclaircie, une sorte de haut tréteau était dressé avec, pour plateforme, les troncs calcinés de mélèzes.

De toute évidence, on place le corps défunt – vêtu comment, je me le demande, accompagné de quel *viaticum* – sur la bière de bois qui, chose intéressante, dépasse en altitude les arbres qui l'entourent. Voie directe vers le ciel, donc, proie facile, aussi, du vent.

Le clan nuniye compte moins de cinquante membres. Quand le dernier survivant s'éteindra enfin, sans la bénédiction du feu ni de l'adieu, mourront avec lui, avec elle, un fonds entier de connaissances et d'expertise, un catalogue de croyances, une littérature orale composée des souvenirs de centaines d'aînés, de chamans, de prêtres-devins, de guerriers, de fermiers, de pêcheurs, de sages-femmes, de poètes et de saints. Et c'est peut-être lui, c'est peut-être elle qui possédait la réponse à la question qui brûle toutes nos lèvres. C'est peut-être ici, dans le lointain d'une steppe perdue, qu'on a compris le sens de la vie et de la mort, qu'on a deviné que l'existence humaine n'est que le pont précaire entre deux mondes qui nous échappent, que la réalité est fuyante, aléatoire, la lubie d'un dieu volage.

En silence, j'ai pleuré la disparition de ces hommes et de ces femmes, ces sœurs et ces frères du vent qui n'auront laissé, pour toute trace, que quelques cendres éparpillées.

* * *

Tristan s'est mis à raconter un fait divers, cueilli, comme ça, dans les pages d'un quotidien, au sujet du tsunami qui a dévasté le Japon au mois de mars de cette année. On nettoyait les débris dans une zone sinistrée, leur dit-il, quand on a aperçu un amas de briques qui suggérait une forme humaine.

Parce qu'à ce moment-là, leur dit Tristan, on découvrait encore des survivants parmi les ruines, les travailleurs se sont dépêchés pour écarter les débris. Sous le fatras de poutres et de plâtre, ils ont découvert le corps d'une femme. Elle était à genoux, le dos arrondi, la face contre le sol.

Comme un conteur chevronné, Tristan raconte d'un ton égal, ne laisse pas deviner la suite, heureuse ou malheureuse, de son histoire. Miguel laisse errer son regard vers le visage de sa femme. Pendue aux lèvres de Tristan, Justine attend, les yeux écarquillés, le cœur battant, qu'il l'entraîne avec lui vers le dénouement qui saura confirmer, pour elle, l'intrinsèque bonté de la vie.

La pauvre avait pris sur le dos tout le poids des murs écroulés. Déçus, les ouvriers l'ont laissée là, sont allés avertir l'équipe chargée de dégager les cadavres.

Miguel regarde Justine, voit les ronds fiévreux de l'espoir se dessiner dans la pâleur de sa figure. Il dévisage Tristan ensuite, lui décoche un regard plein d'alarme et de remontrances. Fais gaffe, lui glisse-t-il en silence. Tu ne vois pas son cœur, là, dans ses yeux, sur ses lèvres, qui ballotte dans la balance?

Mais un des types, un gars plus sensible que les autres, peut-être, a arrêté ses collègues à mi-chemin. Il y a quelque chose, leur a-t-il dit, dans ce tableau, dans cette disposition du corps, qui me chicote. Alors, sans autre forme de procès, il est retourné sur les lieux.

Miguel voit le sang qui bat dans la gorge de Justine, il voit le sourire trémulant qui lui joue autour des lèvres. De toute évidence, elle fait confiance au conteur. Les anecdotes de Tristan, doit-elle se dire, recèlent toujours dans leur noirceur une part de merveilleux.

S'approchant de la forme prostrée de la femme, il l'a complètement dégagée des débris qui la couvraient. Puis là, sous le bouclier de son corps, derrière la rambarde de ses bras, était couché un nourrisson, encore vivant. Protégée par la volonté surhumaine de sa mère, l'enfant avait échappé à la mort.

C'est un sourire franc qui épanouit le visage de Justine. Les yeux fermés, elle se laisse crouler contre le flanc de son frère, niche sa tête dans son épaule. Miguel, lui aussi, pousse un soupir soulagé, expédie du côté de Tristan un regard reconnaissant. C'est ça, vieux, qu'il lui dit en silence, pour Justine qui finit mal, des histoires qui finissent bien.

Mais l'histoire de Tristan n'est pas terminée.

À côté du bébé, leur dit-il, les ouvriers ont trouvé un téléphone portable. Dans les secondes avant de mourir, la femme, la mère, a pu écrire un texto à sa fille. Sur l'écran de l'appareil, on pouvait lire ces mots : *Rappelle-toi que je t'aime.*

Dans la pénombre du restaurant, Justine se redresse, se couvre la bouche d'une main, ouvre tout grands les yeux. Miguel voit tout de suite les larmes qui les argentent, sent sourdre en lui une grosse colère mouillée. Il serre les poings, il grince des dents, mais ses reproches sont inutiles. Tristan sait que la gaffe est énorme. La tension et la fatigue se mettant de la partie, Justine glissera d'un seul mouvement des larmes à l'hystérie.

Le visage caché dans les mains, elle se penche sur la table du restaurant et pleure à gros sanglots, ses épaules secouées par des spasmes violents. Miguel écarte la vaisselle, sort son mouchoir, verse de l'eau, pendant que Tristan entoure Justine de son bras et, la bouche dans ses cheveux, lui chuchote *Allez, allez, Justine, prends sur toi, ma belle, tu te fatigues à tant pleurer.* Mais celle-ci continue à sangloter, et à murmurer, aussi, des mots confus. Ils se penchent sur elle, ils tendent l'oreille pour saisir ce qu'elle dit, ils finissent par déchiffrer ses syllabes saccadées. Elle dit, Justine, entre des hoquets durs qui lui soulèvent tout le corps, qu'elle aurait voulu avoir un enfant.

Les hommes se regardent, foudroyés, ne relèvent pas le commentaire. Ils se dépêchent, plutôt, de sortir Justine du restaurant, de l'acheminer au plus vite vers son lit.

Dans la chambre qu'ils ont retenue dans un couette et café d'Outremont, Miguel déshabille Justine comme une enfant, il se glisse avec elle sous la douche et la lave de la tête aux pieds. Puis, lui ayant frictionné le corps dans de grandes serviettes blanches, il lui met sa robe de nuit et la borde dans son lit. Ensuite, dans le noir, il s'assoit près d'elle un moment, attend, avant de la quitter, qu'elle se soit bien endormie.

Vient alors le meilleur moment de sa journée.

Tristan, aussi, a pris une douche et l'eau perle encore dans le fouillis de ses cheveux noirs. Il porte un jean délavé et une chemise blanche à manches courtes, ample, tissée fin, presque transparente. Miguel remarque qu'il a de beaux bras bien faits, de belles mains fortes, la charpente des os visible sous le bronze de la peau. Au salon de la maison, une pièce pleine d'objets d'art et de meubles anciens, Tristan se cale entre les joues pleines de la vieille bergère et contemple Miguel de ses yeux sauvages.

Miguel voudrait l'emmener sous les arbres du quartier, se balader avec lui dans les parcs ruisselants d'été, le promener, d'un pas soumis et égal, comme une panthère en laisse. La première nuit, il l'a invité à sortir avec lui, mais Tristan, le regard assombri par le reproche, lui a rappelé Justine. Il ne voulait pas la laisser seule dans la maison d'étrangers.

Ils ont donc pris l'habitude de passer la soirée parmi les antiquités du salon où, tout doucement, ils causent et ils boivent. Tristan n'aime pas le scotch ; sa boisson, c'est l'Appleton. Pour lui faire plaisir, donc, Miguel boit du rhum, vaguement conscient, par ce sacrifice, d'avoir irrémédiablement engagé son avenir.

Ce soir, le regard vitreux de Tristan brille de regret. Un moment d'égarement, admet-il à Miguel. Je suis allé trop loin.

Miguel fait semblant de lui en tenir rigueur. Il fronce le sourcil, ne sourit pas, se contente de raconter ce mensonge : Avoir eu le temps, je lui en aurais fait, moi, un enfant.

Tristan hoche solennellement la tête. Moi aussi, confesse-t-il, je voudrais un jour avoir un enfant.

Miguel tente de cacher son étonnement, sourit une fausse complicité.

Quant à moi, lui dit Tristan, tous les autres amours sont suspects. Ils sont calculés, périssables. Seul l'amour d'un enfant me semble sincèrement désintéressé.

L'idée est neuve pour Miguel. Il n'a jamais beaucoup pensé à l'amour. A toujours cru que l'amour était inséparable du désir. Qu'il en découlait naturellement, comme le jus du fruit pressé. Mais maintenant, il contemple Tristan, avachi parmi les coussins avec l'indolence d'un grand fauve, et se demande comment nommer ce qu'il ressent pour lui. Il m'est impossible, se dit Miguel, de distinguer les concupiscences : celle du cœur et celle du corps.

Tout à coup, il s'entend dire à Tristan une chose inouïe.

Je te promets, lui dit-il, d'aimer Justine jusqu'au bout. D'ici la fin, tu peux compter sur moi, je l'entourerai d'amour.

Tristan murmure sa reconnaissance pendant que Miguel patauge, l'esprit enlisé dans une grande confusion. Il ne sait vraiment pas ce à quoi il vient de s'engager. Et il se demande : que reste-t-il, dans le cœur humain, après la mort du désir ? De la tendresse, sans doute, une vague affection... Et il se dit que ça doit être facile, après tout, d'aimer une mourante, de s'abandonner à la douce douleur de la tristesse. Elle est faible, elle est souffrante, elle est soumise et – mérite superlatif – elle va finir par s'effacer.

* * *

Yvan écoute malgré sa distraction.

La rivière court vite le long de la berge et anime le monde submergé. Le fond sablonneux scintille au soleil, les herbes se penchent et se redressent, les vairons sont des paillettes dans les reflets glauques de l'eau. Sur le rivage, les bardanes étendent leurs grandes feuilles charnues dans la moiteur bronzée du sous-bois. Un martin-pêcheur valse, les hirondelles trissent et, haut, très haut dans le ciel, un émouchet plane.

Claudia ferme son livre, repousse sur son nez ses lunettes de soleil, penche la tête et regarde Yvan.

Qu'en dites-vous, monsieur le professeur ? La planète survivra-t-elle à l'âge des humains ? L'espèce dieu saura-t-elle créer un nouveau monde ?

Il suit de l'œil l'ourlet argenté qui frise sous sa pagaie. Il soupire, il réfléchit, il finit par dire :

J'ose l'espérer. Le réchauffement de la planète n'est pas une question de surconsommation, de moralité, d'idéologie ou de capitalisme. C'est un problème scientifique que la science saura résoudre.

Et tout en naviguant, ils parlent des neuf frontières planétaires, ils parlent d'ingénierie génétique, d'énergie solaire et nucléaire, de technologies controversées mais écologiquement saines. La rivière coule, le temps fuit, la chaleur sévit. Le poids du jour se pose comme une chape bleue sur leurs épaules.

Mais c'est à contrecœur qu'ils décident de rebrousser chemin.

Arrivés à bon port, ils traînent le canot sur la berge, partagent une dernière gorgée d'eau, cherchent d'un même accord l'ombre cuivrée d'un bosquet d'arbres. Claudia se couche dans l'herbe, Yvan s'appuie contre un bouleau, prend sa petite tête sur son genou. Ils ne disent rien, ne bougent pas. Il n'y a que la main d'Yvan qui joue dans les cheveux de Claudia.

Elle ferme les yeux, elle somnole dans la chaleur jaune de la fin d'après-midi, et quand elle se réveille, c'est pour dire à Yvan :

C'est fini, hein, Yvan ? Tu ne veux plus de moi.

Yvan sourit même si elle ne le voit pas. La main noyée dans l'écume blonde de ses cheveux, il continue à jouer, continue à sourire. Et, au bout d'un moment, il répète ses mots d'une voix rêveuse :

Tu me demandes si je te veux, Claudia ? Si, moi, je veux de toi ? Il arrête le mouvement de ses doigts dans ses cheveux, se penche sur elle, prend sa petite tête entre ses mains. Claudia, lui dit-il, sa voix une caresse, je donnerais ma vie pour pouvoir t'aimer.

Elle ouvre les yeux, étend un bras, lui touche les lèvres du bout des doigts.

Il les prend dans sa bouche, les suce, les lèche, les plie enfin contre son cœur.

Mais tu sais bien que ma vie, je l'ai déjà donnée.

Claudia, immobile dans l'herbe, ne respire plus. Puis, lentement, avec une grâce toute féline, elle se redresse, se met à genoux, approche sa bouche du visage d'Yvan et l'embrasse pour la dernière fois…

Le lendemain, il rentre tard de l'hôpital. La journée a été éprouvante et il est fatigué.

Madame Coulonges s'insurge à l'idée de rester clouée à un lit d'hôpital pendant un mois entier. Elle veut rentrer chez elle et tout de suite. Elle veut Marie, elle veut Gonzague, elle veut son lit. La chambre n'est pas privée, le personnel ne parle pas français, l'hôpital est si loin de tout que ses amis ne viendront pas lui rendre visite.

Dans l'espoir de la calmer, Yvan court chez elle rassembler quelques effets. Des robes de nuit, des peignoirs, des pantoufles, tout son attirail de soins de beauté. Puis il arrête chez le fleuriste et lui achète un bouquet de roses blanches. Quand elle le voit arriver, chargé comme un laquais, elle a des remords, elle lui demande pardon, elle se met à pleurer.

Il a fallu qu'il reste longtemps auprès d'elle, pour la consoler et la rassurer, lui répéter qu'il ne lui en voulait pas.

Dans la cour du chantier, il lève la tête, cherche les nuages. Mais le ciel est clair, ne trahit aucun signe de pluie. Il lance la génératrice, actionne la pompe, déroule les boyaux d'arrosage, les hale jusque dans l'enclos du jardin. Il en a fait plus que la moitié, il ne lui reste que les courges et les concombres, quand la Toyota noire apparaît soudain dans un tourbillon de poussière. Bon Dieu, se dit-il, le cœur au bord des lèvres. Il me semblait qu'elle avait compris.

Il pose le boyau, coupe l'eau, va d'un pas lourd la rejoindre. Claudia lui envoie la main, bondit de la voiture, ouvre tout grand la portière de derrière. À sa très grande surprise, Yvan voit une petite boule blonde sur le siège, quatre pattes, des oreilles pendantes, une queue levée. C'est un chiot, un retriever doré, qui, inquiet, la tête basse, hésite avant de sauter. Claudia le cueille dans ses mains, le lève dans les airs et l'embrasse sur la truffe. Puis elle le place dans les bras d'Yvan.

Elle est pour toi, Yvan. Parce que je ne veux pas que tu sois seul.

La petite chienne se trémousse dans ses bras, s'étire pour lui lécher le nez. Yvan rit, lui frotte les oreilles, lui flatte le petit ventre bombé.

Elle est adorable, Claudia. Tout juste ce qui me manquait, à moi et à ma maison.

Il la pose par terre, s'accroupit pour l'admirer. Il prend dans ses mains son museau aplati, il lui caresse les babines, la regarde dans les yeux.

Tu sais quel nom tu vas lui donner?

Oh, pas encore, c'est bien trop tôt. On vient de lier connaissance, elle et moi.

C'est ce qu'il dit à Claudia, même s'il sait qu'il ment. Parce que le nom du chiot, il l'a déjà choisi. Mais Claudia ne comprendra pas, et il n'a pas envie d'expliquer.

Claudia retourne à l'auto, ouvre le coffre, en sort un sac de nourriture pour chiens, un collier et une laisse, et deux écuelles en inox. Elle pose le tout par terre, revient ébouriffer les poils du chien, remonte dans l'auto, envoie un baiser du bout des doigts.

Quand la voiture disparaît dans un tournant, Yvan se lève, se dirige vers l'enclos du jardin, se retourne vers le chiot. Viens, lui dit-il. Viens, mon petit.

Il fait quelques pas, se retourne de nouveau, sourit de voir que Lolita le suit.

* * *

Dans toute cette douceur, il est facile d'oublier Alexandre. Séduite par la langueur du jour, Magali savoure, rêvasse, somnole. Quand Alexandre revient près d'elle de temps en temps, pour lui mordiller le lobe de l'oreille, pour placer sur sa peau chaude sa main froide, pour lui planter un baiser sur la bouche, elle fait mine d'être mécontente, grogne doucement, l'écarte d'un geste de son bras. Elle entend sa voix, de loin, elle entend le bruit qu'il fait dans l'eau, ses plongées, ses éclaboussements, le rythme régulier de son crawl, elle l'entend, aussi, quand il s'approche d'elle une dernière fois. Elle sait qu'il n'en peut plus. Affolé par le spectacle de son corps avachi sur le sable, excité par son indifférence, il se retient avec peine. Mais enfin, il a assez tardé, elle l'a suffisamment repoussé, le moment est venu, et il explose. Arrivant à la course, il cavale dans l'eau, bouffe les flots à grandes enjambées, est sur le point de fondre sur elle, de la prendre dans ses bras et de l'entraîner avec lui vers les profondeurs de l'eau. Il entend déjà ses cris, voit la supplication muette de ses yeux, son corps cambré, ses gestes impuissants, et la malice brille dans son regard.

Mais au moment où Alexandre se rue sur elle, un cri sauvage sur les lèvres, Magali bondit, elle s'élance, elle s'esquive, elle lui échappe des mains et, courant plus vite que lui, elle le devance dans l'eau. Plongeant à toute volée, elle disparaît un moment, puis surgit plus loin à la surface de l'eau, loin, trop loin pour qu'il la rattrape. Il essaie un moment de la rejoindre, dessine de grands moulinets de ses deux bras, mais elle, comme une loutre, comme un phoque, le laisse pantois dans son sillon.

Elle prend le large ; lui, debout seul dans les flots, la regarde s'enfuir. Puis, lentement, il revient vers la plage. Julien lui dit, en riant : C'est chiant, hein, Alex, une femme en forme. Ça vous flanque une raclée le temps de le dire.

Alexandre s'ébroue comme un chien, renifle et crache. Il s'approche de Julien, le dévisage, lui frappe l'épaule du talon de la main. Puis, toi, mecton, lui dit-il, tu veux mon poing dans la figure ? Ils s'accrochent un moment, échangent quelques baffes, finissent par rire et s'injurier. Espèce d'épais, va. Espèce de cave, et tout le monde se jette à l'eau.

Magali n'est plus qu'une lueur blanche à l'horizon. Alexandre lui tourne le dos, s'équipe de palmes et d'un tuba, se laisse glisser vers les bas-fonds du lac. Les autres le suivent un moment, les yeux écarquillés derrière la vitre des masques, puis s'éparpillent à la surface d'une eau transpercée de glaives d'or.

Le soleil a baissé quand ils rentrent, l'un après l'autre, au voilier. C'est le moment de la journée où la lumière devient granuleuse, et l'odeur sucrée de la résine est portée vers le large sur le vent. Un jaune sirupeux tache le bleu du jour, les ombres foncent et s'allongent, et tout est torpeur et somnolence.

Ils ont tout rapporté au bateau, paniers vides, palmes et masques, bouteilles et déchets. Quand tout est rangé, Renée et Annick s'enveloppent dans des serviettes, Jean-Philippe et Alexandre enfilent des tee-shirts. Julien, la main en visière, scrute l'horizon. Dans le ciel, des nuages, pansus et gris; sur la face plombée de l'eau, aucun mouvement, aucune lueur. Il dit tout haut, à personne en particulier : Elle s'est pas noyée, toujours ? Renée hoche la tête, impatiente. Ben non, voyons. Je l'ai vue tantôt sur la plage. Elle a passé l'aprèm à se bronzer.

Ils ont hâte, maintenant, de partir. L'orage s'annonce dans le ciel du sud, et Julien sait que les eaux peu profondes du lac Winnipeg se lèvent vite sous l'action du vent, deviennent rapidement laides et meurtrières. Il essaie de repérer le tuba de Serge à la surface du lac, de voir sur quelle île Magali a pu échouer, mais en vain. Franchement inquiet, il finit par actionner le klaxon du bateau.

Cinq minutes plus tard, Serge, suivi de Magali, sort d'un bosquet d'arbres dans une île plus clairsemée que les autres. Ils ne sont pas pressés, se parlent tranquillement, écartent d'un geste paresseux du pied les petites dunes et les ourlets de sable. Arrivé à l'eau, Serge lève la tête, voit l'horizon et, tenant ses palmes et son masque à bout de bras, il fait signe à Julien. Il se retourne pour dire un mot à Magali et, d'un même accord, ils se jettent à l'eau.

Alexandre, appuyé contre la rambarde, les suit de l'œil un moment, il mord sa lèvre, marmonne des jurons. La vache, dit-il, la salope. Annick, qui l'a entendu, hausse l'épaule, fait non de la tête. Laisse tomber, lui dit-elle. Tu t'imagines des choses. Rien ne s'est passé.

Poursuivis par les vents précurseurs de l'orage, ils traversent le lac en un temps record. Le maniement du voilier exigeant toutes les mains, ils ne se parlent que pour crier des commandes et des mises en garde. La pluie ne les rattrape qu'à la dernière minute, de grosses gouttes chaudes qui tombent comme de la grêle sur la surface de l'eau.

Rendus au port, Julien leur dit de prendre leurs affaires et de filer, que lui et Annick s'occuperont de la voilure et de l'amarrage. Sous la pluie battante, donc, on se crie Au revoir, merci, merci! et on court se réfugier dans la voiture.

Ils ne sont que quatre pour le voyage de retour. Alexandre reste donner un coup de main à Julien et Annick; ils rentreront ensemble quand tout sera rangé.

Dans l'auto, les femmes tentent de se sécher les cheveux à l'aide d'une serviette trempée. Leurs vêtements sont mouillés, aussi, et, dans la chaleur accumulée de la voiture fermée, ils dégagent une vapeur qui embue aussitôt toutes les glaces. À l'intérieur, donc, grisaille ouatée, à l'extérieur, ténèbres et éclairs. L'orage éclate par-dessus leur tête : la pluie furieuse fouette le sol, le tonnerre gronde, le ciel se fend et saigne blanc.

Exaltée, les yeux pleins d'orage, Magali chantonne derrière la glace. La terre convulsée explose, les vents déchaînés flagellent. Belle métaphore, se dit-elle. La colère d'Alexandre, comme la foudre au cœur, comme un fouet au poing.

VII

Jeudi 28 juillet 2011

Ni loups, ni caribous, mais vent du nord. Ces hommes, ces femmes et ces enfants sont désormais, pour moi, *Kiwetan-déné*, peuple du *vent*.

Ici, sur la courbe septentrionale de la planète, dans la plénitude vide du ciel et de la toundra, le chant de la terre est incessant. Il habite l'être humain aussi intimement que le bruit du sang dans ses veines, que le son de sa propre voix. Pour le peuple *kiwetan-déné*, le vent est source de vie, source de rêve et d'inspiration, esprit, oracle et dieu.

C'est le vent qui pousse le caribou des terres du Sud jusque dans les terres du Nord. C'est le vent qui fait voler l'outarde, qui soulève la rivière, en aval et en amont, qui chasse le poisson. Il pénètre la lune, la féconde, la grossit, jusqu'à ce qu'elle enfante tous les astres du firmament. Il gonfle les nuages, les éparpille dans le ciel. Il allume le soleil, l'éteint comme une chandelle. Il bouscule les étoiles, les fait filer et vaciller.

Pour le peuple *kiwetan-déné*, les aurores boréales sont les vents incarnés – esprits faits chair, épiphanie – qui, habillés de rose et de vert, valsent et cavalent dans le bal de la nuit. Le vent amène la neige, la pluie, les font tomber – penchées, obliques – dans la bouche ouverte de la terre.

C'est le vent, aussi, qui donne leur nom aux arbres. Le feuillage du bouleau, du tremble et du chêne nain, ainsi que les aiguilles des épinettes, tressaillent et susurrent, chacune dans sa propre voix, sous la poussée du vent. Et c'est cette chanson du vent dans leurs feuilles qui donne son nom à chaque espèce d'arbre qui pousse dans la taïga.

Près du cercle arctique, les aînés inuits fusionnent mythe et paysage, interprètent le passé dans les ombres projetées par les nuages sur la glace. Ici, sur la ligne ténue entre toundra et taïga, le peuple *kiwetan-déné* prédit l'avenir, invoque les esprits, suscite les visions, par le truchement du vent.

Avant la chasse, le prêtre-devin boit une infusion faite d'écorce, de lichen et de sang de caribou. Une nuit, au sommet du plus haut des eskers, il allume le feu. Il y jette des poudres et des herbes et, jusqu'au lever du soleil, il guette, seul, le mouvement de la fumée, il y discerne, seul, le message secret du vent. Quand il descend de la montagne, cet enfant de la rivière et du glacier, il traduit pour les chasseurs du clan les visions qu'il lui a été donné de voir dans la danse du vent et de la fumée – le mouvement de la harde de caribous, sa proximité du terrain de chasse, son abondance ou sa pénurie.

Après la chasse, après le coup de lame qui égorge les bêtes que les loups ont abattues, c'est encore vers le vent que les chasseurs se tournent. Levant à bout de bras le couteau de merrain ensanglanté, ils offrent au vent, en action de grâces, ce sacrifice de sang. Les gouttelettes sont portées loin, sur le canevas blanc de la toundra, et peignent sur le lichen, sur la roche et sur la neige des *Te Deum* en runes.

Owane m'a dit, aussi, que c'est au vent que le peuple *kiwetan-déné* confie les cendres de ses défunts. Mêlées déjà à celles de la bière, les cendres sont emportées au gré du vent et déposées ici et là sur la face de la terre où elles deviennent eau, arbre, chair et sable. Et l'esprit de ces morts, Owane m'a-t-elle dit, redevient vent, celui qu'il était avant le monde, celui qu'il demeure, après.

L'arbre sacré, l'arbre des visions, taillé comme les pipeaux qui, partout parmi les arbres, accueillent et font chanter le vent, est un symbole de l'homme. Il faut se vider, m'a dit Owane, se creuser comme cet arbre vide, pour mieux posséder la grâce. L'esprit. L'inspiration. S'ils sont tous percés, les membres du peuple *kiwetan-déné*, leur peau trouée par des tiges d'os, c'est afin qu'ils deviennent instruments, afin qu'ils s'ouvrent à l'œuvre de l'esprit qui chante en eux, le vent dans la gorge d'une flûte.

Bien en chair dans leurs corps si beaux, sur cette terre si belle, ils se savent, ces hommes et ces femmes du peuple *kiwetan-déné*, voués au monde de l'esprit.

Jeudi soir

Et nous, peuple de la *Micropuce*, du *Circuit-intégré*, où allons-nous attendre la révélation, vers quel lieu sacré marchons-nous? Nos forêts sont coupées, nos montagnes éventrées, nos temples, profanés. L'âme qui, jadis, habitait notre chair est morte affamée. Le ciel est vide, Dieu est mort, et le mystère, tué.

Et pourtant il est toujours là, autour de nous, grâce invisible, présence ineffable. Dans le murmure de l'eau, dans les étoiles de la nuit, dans la main d'un enfant, immanence de l'esprit.

* * *

Elle a encore de bons moments. L'appétit revenu, elle s'assoit à la table avec Miguel et goûte avec lui au steak saignant qu'il lui a préparé sur le gril, au bon petit bourgogne qu'il lui a versé. Et ils causent doucement, du temps qu'il fait – cet été sans pareil –, de la musique qu'ils aiment, des rêves que l'intransigeance de la vie, plutôt que la finitude de la mort, empêche de réaliser. Faire le tour du monde en voilier, piloter une moto de course, cultiver une vigne en Toscane, faire l'ascension du Kilimandjaro, voir la boule bleue de la Terre depuis le hublot d'une fusée. Et, ensemble, ils rient du mensonge qu'enfants, on leur avait servi. Que tout est possible; qu'il suffit d'imaginer; que les rêves les plus fous sont à portée de la main. Oui, bien sûr, sourient-ils, désabusés. Mais c'est sans compter la peur, la fainéantise, les maigres ressources de l'esprit et du portefeuille. Qu'est-ce qu'on aurait pu accomplir, avoir eu l'argent!

Et ils rient, aussi, de l'ironie du sort. Maintenant que ses jours sont comptés, Justine n'a plus à se soucier des conséquences. L'avenir étant irrémédiablement compromis, elle peut tout se permettre à présent. Boire à l'excès, fumer, se gaver de soleil et de chocolat. Le seul ennui, c'est cette maudite maladie. Trop faible pour supporter la chaleur, Justine tolère mal, aussi, le sucre et l'alcool, tandis que la cigarette, elle, lui donne la nausée. Les ébats amoureux sont aussi interdits. Justine est maintenant si émaciée, si chétive, que Miguel a peur de lui rompre les os en la prenant dans ses bras. Mon Dieu, se disent-ils en riant. Faut croire que l'homme est ainsi fait: condamné la vie durant à ne goûter au plaisir que du bout des lèvres.

Ainsi se passent les bons moments.

Il y en a d'autres, par contre, dans ce long cortège vers la mort. De très mauvais moments de fièvre, de délire, de dysfonction cardiaque, hépatique, rénale. Les nuits de crise, Miguel enveloppe Justine dans une couverture et la transporte d'urgence à l'hôpital où un lit l'attend en permanence. On lui donne quelques traitements palliatifs, on tente d'apaiser la douleur et, quand elle va mieux, on lui permet de rentrer chez elle. Justine n'est jamais seule. La nuit, Miguel est là pour s'occuper d'elle; pendant le jour, quand il est au travail, une infirmière est toujours de garde. Son visage change, son nom, aussi, mais la femme est toujours la même. Patiente, compatissante, elle a si souvent côtoyé la mort qu'elle en connaît jusqu'à la moelle les pires hypocrisies. Elle la voit venir de loin, la laisse s'approcher, mais, à la dernière minute, lui dérobe son venin. Justine mourra, inéluctablement, mais grâce à cette femme, toujours changeante, toujours la même, elle ne connaîtra l'angoisse ni de la chair ni de l'esprit.

Un soir, quand Miguel rentre du travail, il voit que l'infirmière est un infirmier. Il s'appelle Paco, il a la peau mordorée, le sourire lent, les mains, superbement compétentes. Miguel voit tout de suite que Justine a eu une bonne journée. Paco n'a pas lésiné sur la morphine, il a lavé le pauvre corps rachitique de Justine, a pansé sa peau meurtrie, et maintenant, assis à son chevet, il lui masse les mains d'une crème hydratante.

La main blanche, squelettique, de Justine entre ces belles mains brunes.

Miguel s'étonne que le souffle de Justine puisse encore se frayer un chemin dans la ruine de ses os, que son sang coule toujours – ce vin pâle, étiolé – du fruit flétri de son cœur. Il la regarde, couchée entre ces draps qui l'écrasent et lui déchirent la peau, il voit les cernes mauves de ses yeux, ses paupières minces comme le parchemin, ses joues creuses, les veines bleues sous sa peau blafarde, ses dents grotesques dans le trou affaissé de sa bouche et, c'est plus fort que lui, il se met à pleurer.

De très, très loin, Justine entend son sanglot convulsif, elle voit le rictus de douleur qui déforme son visage, les larmes qui lui ravinent les joues. Elle esquisse un geste de sa main – un mouvement imperceptible, le souvenir du mouvement –, et lentement, elle fait non de la tête. Ses cheveux blonds répandus sur l'oreiller, cette tempête blonde de ses cheveux et, au milieu, cette petite tête qui fait non.

Miguel croule. Terrassé par l'horreur, il tombe à genoux à côté du lit, prend dans ses mains la main de Justine, la porte doucement à ses lèvres. Il la couvre de baisers, la couvre de larmes qui coulent éperdument d'une source intarissable. Et quand il n'en peut plus, quand son corps secoué de sanglots enfin s'épuise, il pose sa tête sur le lit de Justine, ferme les yeux et s'assoupit.

Il se réveille en sursaut, est étonné de voir que Paco est toujours là. Il se frotte les yeux, se reproche sa faiblesse, se dit que pendant qu'il dormait, Justine aurait pu…. Mais non, il voit qu'un souffle dérisoire soulève encore la chemise de nuit.

Ils s'installent donc, Miguel et Paco, de chaque côté du lit. Ils prennent dans leurs grosses mains d'hommes l'ombre, le soupir d'une main et, la pressant tendrement, lui communiquent sans cesse leur présence.

Ils ne se parlent pas. Les regards qu'ils échangent, en revanche, sont bavards, intempestifs. Les yeux de Paco sont des ciels profonds, pleins de lueurs fugaces et d'obscurité. Miguel se surprend à guetter les nuances de son regard, ses brusques transitions, ses nuages et ses éclairs. Il est conscient, aussi, de la bouche de Paco. Le sourire ne lui quitte jamais les lèvres, mais il est timide, imprévisible, se cache là, juste là, trahi par un tremblement.

Fasciné par ce visage changeant, Miguel en vient à oublier Justine qui, petit à petit, sous la couverture, s'amenuise, disparaît, tombe en poussière. Cette nuit, il la passera, non pas à veiller la mort, mais à guetter l'éveil d'un étonnant désir.

Paco, quant à lui, maîtrise parfaitement la situation. Il sait, à la seconde près, le moment de la prochaine dose. Il touche souvent Justine, il lui parle, il essuie la fièvre de son visage, il humecte ses lèvres d'un éclat de glace. Il s'approche quand elle gémit, lui caresse le front, sait quand elle a trop chaud, sait, aussi, quand elle souffre du froid. Rien ne lui échappe. Il voit bleuir sa peau, il voit le sang qui draine de son teint terreux, il voit les taches marbrées sur l'arête crayeuse de ses jambes, il entend le râle dans sa gorge, il sent la mort dans son souffle.

Dehors, le vent s'est levé. Par la fenêtre de la chambre à coucher, Miguel voit que la cime des arbres est secouée par la bourrasque et que le ciel est gonflé d'orage. Au loin, le tonnerre gronde. Une belle tempête se prépare, et Miguel l'attend avec impatience. Déjà, sur sa nuque, courent des frissons de plaisir et les nerfs de ses doigts picotent d'envie. Miguel aime la tourmente. Il aime aimer dans la tourmente. Elle exacerbe son désir, elle raffine sa jouissance.

Miguel sait que la nuit sera longue. Il sait qu'il aura le temps. Quand ils sombreront, tous les deux, dans l'heure perdue de l'attente, quand la nuit s'étendra, immense et sans repères, alors, à ce moment-là, il se lèvera et, puisant dans le verre à côté du lit, il prendra entre ses doigts un morceau de glace. S'approchant alors de Paco, il se glissera dans l'ombre de son regard, puis lentement, doucement, le caressant de son glaçon, il allumera sur sa peau brune un petit feu glacé.

* * *

Ils sont inséparables. Lolita trotte à ses trousses tous les instants de la journée. Elle le réveille le matin en lui léchant le bout du nez, elle partage les croûtes de son petit déjeuner, se couche sur ses pieds pendant qu'il se rase. Elle va et vient avec lui dans la cour du chantier, chasse les libellules sur l'herbe, monte et descend les marches mille fois par jour. Elle n'a pas peur de l'eau, barbote et nage dans la rivière, saute lestement dans le canot quand Yvan le pousse dans l'herbe de la berge. Embarquée, elle s'accroche les pattes sur les plats-bords et, la tête penchée, les oreilles dressées, elle guette le mouvement de l'eau contre le flanc du canot. Elle s'appuie au genou d'Yvan pendant qu'il pagaie, court d'un bout à l'autre du canot, trébuche sur les saillies, se cogne la tête contre les traverses, jusqu'à ce qu'elle tombe, terrassée par la chaleur. Alors là, couchée à l'ombre d'un siège, elle pousse un soupir qui arrondit son petit ventre rose, et s'assoupit, le museau allongé vers la fraîcheur au fond du canot.

Yvan la regarde et lui dit, en souriant, *Lolita, lumière de ma vie, feu de mes entrailles.*

Elle n'a pas peur de la nuit. C'est la fatigue qui la fait rentrer à la tombée du jour. Quand Yvan prolonge l'arrosage du jardin, elle s'impatiente, elle chigne, elle trépigne sur ses bottes. Et enfin, elle va à la roulotte, appuie une épaule contre la porte, et hurle à la lune. Quand tout est rangé pour la nuit, Yvan rentre lui aussi et, le plus souvent, il la trouve endormie sur le pas de la porte. La prenant dans ses bras, il la serre contre son cœur, frotte sa joue contre son oreille. Et il lui dit, en souriant, *Lolita, mon péché, mon âme.*

Chaque nuit, elle se couche au pied du lit d'Yvan. Mais le matin, quand il ouvre les yeux, elle est là, à côté de lui, sa petite tête adorable couchée sur l'oreiller et sa queue, contre l'édredon, qui frétille comme un cœur.

Il a enfin plu. Un bel orage, avec des ciels barbouillés et des zébrures de lumière. Lolita patauge dans les flaques, galope dans les ornières, et son manteau blond s'incruste de boue grise. Avant de l'emmener avec lui en voiture, Yvan doit lui donner un bain.

Les quatre pattes raides dans un bac d'eau tiède, Lolita se méfie. Elle rôde, renifle, s'assoit, se met debout, lape un peu d'eau, rôde, se couche, se roule, s'ébroue. Yvan réussit quand même à la laver. D'une main caressante, il lui frotte le visage, les flancs, les pattes, et la boue se détache et se dissout, et une odeur sauvage se dégage de ses poils mouillés. Odeur ancienne et déroutante du sous-bois, de la traque, de la meute. Mais le bain chasse le carnivore, transforme le prédateur. Son poil aplati par l'eau, Lolita n'est plus, dans les mains d'Yvan, qu'une poignée d'os sous une mince peau dorée. Il rit de la voir si nue, si dépourvue, et d'une vieille serviette de plage, il lui frotte le manteau jusqu'à ce que ses poils s'ébouriffent comme un duvet. Puis, la portant haut dans les bras, il enjambe les flaques de boue et l'installe dans le siège arrière de l'auto. Sa serviette de bain ramassée en boule sous elle, Lolita se couche, oublie le monde, s'emploie à se lécher.

Elle tolère bien la voiture et Yvan en profite pour l'emmener partout avec lui. Quand on le voit arriver avec cette petite bête blonde en laisse, les employés des magasins se penchent tous pour la flatter. On la soulève dans les airs, on lui frotte les oreilles, on la place sur les comptoirs pour l'admirer. Yvan a même réussi à la faire entrer dans la chambre de sa mère au centre gériatrique. Les patientes s'écrient quand elles la voient arriver, elles se la disputent, la gardent jalousement auprès d'elles, et Lolita se soumet gentiment, une minute ou deux, à l'emprise de leurs caresses. Même madame Coulonges s'est laissé séduire par sa beauté de lionceau et lui permet, de temps en temps, de lui lécher l'oreille.

Elle fait de beaux progrès, madame Coulonges. Malgré son grand âge, elle refuse catégoriquement de rester prisonnière d'un fauteuil roulant et s'astreint, donc, deux fois par jour, à de rigoureuses séances de thérapie, une fois le matin, une fois l'après-midi. Yvan a donc pris l'habitude de lui rendre visite en fin de journée, quand elle s'est préparée pour la nuit et se repose dans son lit.

Ce soir, elle est au comble de la joie. Yvan a téléphoné à ses frères et à sa sœur pour leur faire part de l'accident, et ils se sont bien acquittés de leurs devoirs filiaux, multipliant les cartes de souhaits, les appels et les cadeaux. Hugo a envoyé un énorme bouquet de glaïeuls, Dominic lui a offert une corbeille de gâteries, et Clarisse a promis de venir s'occuper de sa mère, à la maison, pendant les longues journées de sa convalescence. Les yeux pâles de madame Coulonges brillent de bonheur. Tu vois, Yvan, lui dit-elle. Un fils nous appartient jusqu'au jour de son mariage. Mais une fille, c'est pour la vie.

Celle-là, bon, on l'a déjà entendue. Yvan laisse tomber, il se penche sur sa mère et lui embrasse le front. Puis, prenant Lolita dans ses bras, il se dirige vers la sortie, lève la main en signe d'adieu.

Madame Coulonges, qui le suit des yeux, comprend vaguement qu'elle l'a froissé. Ce visage crispé, ce détachement soudain. Mais, occupée à défaire les nœuds du panier de Dominic – il y a, sous le papier en cellophane, une petite boîte de chocolats qui la tente depuis ce matin –, elle déplace Yvan dans ses pensées, elle le perd, puis elle l'oublie.

Une brise tiède attend Yvan à la porte de l'hôpital. Câline, elle lui touche le visage de ses doigts furtifs, l'effleure de son haleine sucrée. La nuit n'est pas encore tombée, mais elle vacille, ployée sous le poids de ses oripeaux. Écharpes chamarrées de pourpre, lambeaux tissés d'or, étoffes diaprées. Le temps qu'il rentre au chantier, la nuit aura mûri; sous sa peau sombre, une chair plus sombre encore.

Les yeux sur le ciel, Yvan suit d'abord un trottoir, et puis un autre, se retrouve dans l'immense champ vide qui s'étend à l'ombre de l'hôpital. Un terrain vague, un chantier de construction en puissance, un pré urbain planté de chiendent et d'herbe folle. Au loin, la flaque de lumière de quelques réverbères, le mouvement silencieux de quelques voitures, aucun passant. Ils seront seuls, lui et Lolita, pour marcher dans la nuit.

Yvan se baisse pour défaire la laisse du chiot, la roule autour de son poing, l'enfonce dans sa poche. Lolita lui lèche le menton, puis part au petit galop explorer la prairie. Les dernières pluies ont couché les grandes herbes; Lolita est une tache blonde qui court sur la surface verte de la terre. Yvan ne la perdra pas de vue.

Depuis qu'il a déménagé à la campagne, Yvan a redécouvert le coucher du soleil.

Et il s'étonne, maintenant, qu'il ait pu, pendant si longtemps, lui tourner si cavalièrement le dos. Les nuits de ciel dégagé, le spectacle à l'horizon d'un astre qui s'immole, et moi, se dit-il, dégoûté, le nez dans un livre.

Lolita s'éloigne un peu – l'odeur des souris l'affole, elle suit, truffe au sol, la trace des campagnols – et Yvan siffle et l'appelle pour la ramener à lui.

Il se repent, maintenant, de ce péché d'omission et fait le vœu – tiens, sur cette étoile filante – d'être désormais attentif au ciel, à son bleu incendié, à la splendeur muette de ses derniers feux.

Lolita a disparu. Sur le tapis d'herbes mouillées, aucune tache blonde. Yvan siffle, appelle, tourne sur lui-même. Il s'attend à la voir surgir derrière une touffe de chardons, ou arriver à la course, une brindille entre les dents. Mais rien ne bouge dans la plaine rase du terrain vague.

Semant des *Lolita!* inquiets sur la brise, Yvan avance, scrute le sol, étudie le terrain. Le cœur serré, il aperçoit soudain la bouche béante d'un trou. Jetant un regard affolé autour de lui, il voit qu'il y a, ici et là, toute une série de trous, forés, sans doute, pour la fondation d'un quelconque édifice, et puis abandonnés.

Il entend gémir, il entend un bruit d'eau. Se jetant à genoux, il voit Lolita qui nage au fond d'un trou. Levant une patte et puis l'autre, elle essaie de s'agripper à la paroi de sa prison, ne réussit à déloger que quelques grumeaux de terre. Elle se remet à nager, fait des ronds au fond de son trou, fait gicler l'eau du battement incessant de ses pattes.

Perdant la tête, Yvan s'apprête à s'élancer lui aussi dans le trou, puis s'arrête brusquement et réfléchit. D'abord, se dit-il, je risque de tomber sur Lolita, de la tuer en l'écrasant. Ensuite, comment en sortir, de ce maudit trou, ces mètres de profondeur, ces parois, si dures et si lisses. Et l'eau, Yvan, l'eau qui t'attend au fond du trou, comment en jauger la profondeur ? C'est peut-être un puits sans fond, alimenté par quelque source sournoise, grossie, elle aussi, par les pluies récentes.

Yvan se couche au bord du trou, saisit la laisse de Lolita, la déroule au bout de son bras allongé. Loin de l'atteindre, elle ballotte dans le vide, à deux mètres de la tête du chiot.

Il se met debout, cherche dans l'herbe une branche, une planche, une poutre oubliée. Une corde, peut-être, une tige de métal qu'il pourrait recourber. Revient bredouille auprès du trou.

Il regarde autour de lui, tend l'oreille, scrute les ombres, mais il n'y a rien, ni personne, que les phares de voitures qui roulent en silence dans la nuit tombée.

Il se met à hurler, à crier au secours, la police, les pompiers, il entend déjà les sirènes, mais son portable est resté sur le siège de l'auto.

Il fait un mouvement pour partir; se dit qu'il ne la laissera que cinq minutes, dix minutes, le temps de chercher de l'aide. Mais elle gémit, Lolita, du fond de son trou noir, elle l'appelle, et il refuse alors de la quitter.

Le cœur brisé, Yvan se jette par terre, laisse tomber ses bras dans le vide du trou, appelle Lolita par son nom. Et il lui parle doucement, à sa belle Lolita, pendant que, dans le noir, Lolita nage.

La nuit n'a pas d'emprise sur elle, ni le froid, ni la peur. La Terre tourne, son cœur bat. Elle le vit, cet instant, dans l'espoir d'être sauvée.

* * *

Caro a dans les mains une liasse de papiers. Les feuilletant rapidement, elle ne s'arrête que le temps de lire quelques bribes de phrases. *Mensonge, t'en songe, Et je me transperce sur ton rêve empalé.* Et encore *Le délire saigne dans le ciel chaviré de mon espoir meurtrier.* Et encore *L'oiseau cuivré de son ivresse, Chante les aurores de sa cuvée.* Puis, levant les bras au ciel, dramatique, exaltée, elle laisse tomber les feuilles qui s'éparpillent sur le sol dans un bruit de soie froissée. Dany les regarde tomber, les envoie revoler d'une chiquenaude. Sétaré s'empresse de les ramasser. Magali, quant à elle, s'appuie contre le clavier, fait résonner d'une même voix deux gammes de dièses.

Je sais que vous ne voulez pas de moi, avoue Caro, tendue, nerveuse, les mains dans les cheveux. Mais admettez-le, vous n'êtes rien sans moi, et moi, je ne vaux pas cher sans vous.

Selon les clauses du contrat qu'elle a signé avec EMI, elle doit produire un album de dix chansons d'ici douze mois. Pour la musique, va encore, elle est bien encadrée. Mais pour les paroles, elle ne peut pas se passer de Magali.

Quand elle s'est présentée à la porte du loft plus tôt dans la soirée, Dany a failli se jeter sur elle

231

et l'étrangler. Caro se serait défendue avec difficulté. Elle avait les mains pleines – un cartable bourré des chansons de Magali, et une urne en céramique, bourrée des cendres de Jonathan.

On m'a assuré que c'était un accident, leur a-t-elle dit. Il était seul, il avait beaucoup bu, il s'est baigné… On a retrouvé son corps sur les rochers de Malibu. Dans la poche des jeans qu'il avait laissés sur la plage, il y avait mon nom et mon numéro de téléphone… Sa mère et sa sœur m'ont demandé de disposer de ses cendres, de les enterrer là-bas, mais je leur ai dit que c'est ici qu'il aurait voulu être, avec ses amis.

Parce que des amis, il en avait sûrement pas là-bas.

Je lui ai offert mon amitié. Il l'a refusée – un os, qu'il m'a dit, que je lui donnais à ronger.

Caro a alors posé le vase sur la table, a sorti de son cartable les chansons de Magali, lui a montré les versions anglaises de ses paroles. Magali a jeté un coup d'œil sur ses poèmes travestis, est restée fichée sur place, le sang coagulé par l'horreur. Sans lever la voix, elle a sifflé entre ses dents :

D'abord, vache, tu nous fauches nos chansons. Ensuite, conne, tu as le culot de les refaire. Magali a repoussé les feuilles d'une main furieuse. C'est du gâchis, Caro, c'est un massacre ! Tu as tout salopé !

Je sais, je sais. La voix légère, le sourire espiègle, Caro ne quittait pas son ton enjoué. Magali l'a foudroyée du regard. Mais c'est ça, l'astuce, justement. Tu vois pas que ça fait dissonant, fracturé, surréel ?… Les *hipsters* adorent. Mon agent aussi.

C'est alors qu'elle a proposé qu'ils fassent équipe ensemble, tous les quatre, pour préparer ce nouvel album. Elle en avait déjà parlé au studio, c'était entendu, on n'avait qu'à rédiger un nouveau contrat. Quant au nom de la formation, a-t-elle fini par leur dire, c'était à eux de le trouver.

Les trois amis se sont regardés, ahuris.

Dany avait été le premier à revenir à lui. Ravi, hilare, il a pris dans ses bras le vase funéraire de Jonathan, l'a serré contre son cœur, a valsé avec lui autour de la pièce. Puis, déclarant qu'il fallait arroser ça, il a sorti les bouteilles de tequila et de rhum, a roulé une demi-douzaine de joints.

Entre les *shooters* qu'ils se sont envoyés, entre deux bouffées de kif, lui, Sétaré et Magali ont essayé toute une flopée de noms, les lançant à la volée, les criant, les susurrant, les pesant à la balance du *cool*, du *hip*, du *flyé*. Puis, emballés, s'encourageant les uns les autres, ils se sont mis tous les quatre à composer une chanson pour Jonathan, faite de cœur vert et de mer rouge, de passion inutile et d'amour éconduit.

Complètement absorbés, parfaitement pafs, aussi, ils ne se sont pas rendu compte de la fuite des heures.

La nuit était tombée quand Caro y a enfin songé. Plus tôt, en rôdant dans le loft en quête d'inspiration, elle était passée devant les grandes vitrines de l'étage, avait aperçu les reflets métalliques de la Rouge. C'est vers minuit que l'idée lui est venue. C'était à elles, a-t-elle déclaré, aux turbulentes eaux grises de la rivière Rouge, qu'il fallait confier les cendres de Jonathan ! Depuis les vapeurs de leur *high*, les autres ont trouvé l'idée géniale. D'un même élan, ils sont descendus dans la rue en trombe, sans tirer la porte ou pousser le verrou, laissant là guitare et claviers, bazar et bataclan. Entonnant un chant funèbre inventé sur-le-champ, ils ont fait procession, les cendres de Jonathan hissées sur le pavois, jusqu'au quai Darveau.

Tout se serait bien passé, finalement, n'eût été du petit vent malin qui tournait en rond parmi les trembles de la rive. Au moment où Sétaré a enlevé le couvercle de l'urne, le vent s'est emparé des cendres et les leur a jetées à la figure. À leur grand étonnement, à leur profond dégoût, aussi, ils ont été couverts de Jonathan. Dans les yeux, dans la bouche, dans le nez, cette pénitence, cette poussière de carême. Trop révoltés pour en rire, ils ont poussé des cris d'horreur, se sont ébroués comme des chiens pouilleux, ont rebroussé chemin en crachant par terre la cendre et l'os des restes de Jonathan. Mais ils leur restaient collés à la peau, gras, qu'ils étaient, et poisseux, comme la crasse de la honte.

Subitement dégrisés, ils ont évité de se regarder, se sont quittés sans façon et presque sans parler. Caro voulant rentrer à l'hôtel, Dany a offert de l'y reconduire. Sétaré, quant à elle, a couru au dépanneur du coin s'acheter des cigarettes.

Magali remonte donc seule au loft.

Quand elle voit la porte entrebâillée, elle hésite. Quelle maison de dingues, se dit-elle. Trop crétins pour mettre le verrou. Puis, poussant lentement la porte, elle entre et l'aperçoit aussitôt.

Alexandre est penché sur le laptop et lit tout haut les paroles de la chanson qu'ils ont écrite pour Jonathan. C'est la première fois qu'elle le voit depuis l'orage.

Il se redresse et dit : Comme ça, Jonathan s'est noyé, puis toi, pute, tu t'amuses à chanter la couleur de l'eau.

Magali ne dit rien. Remarque seulement la brosse décapante qu'il porte encore dans une poche arrière de son jean. C'est curieux, se dit-elle. Alexandre n'a pas l'habitude de travailler le soir.

Il n'a pas l'habitude de chanter, non plus. Elle croit, d'abord, qu'il fredonne les phrases qu'il lit à l'écran. Les paroles de la chanson pour Jonathan. Mais Magali ne reconnaît pas ces mots-là, ceux que chantonne Alexandre, doucement, d'abord, et puis de plus en plus fort. Elle ne se rappelle pas avoir écrit, dans la chanson pour Jonathan, les mots *pavane* et *pavaner*, ni les *mots paon, paonne et paonneau,* ni *orgueil de paon* ou *vanité de paon,* ni *griffe de paon, cris de paon* ou *plume de paon.* Alexandre s'approche en chantant, il lui sourit, rassurant, il penche la tête sur une épaule et lui dit : Je ne suis qu'une raclure, hein, Magali, une merde sur la semelle de ton soulier. Puis, d'un mouvement lent et pesant, il se met à genoux devant Magali, lui retire sa sandale et prend son pied dans sa main. Saisissant l'étrille dans sa poche, il donne deux coups de la brosse métallique. Les dents d'acier mordent dans la chair de Magali, déchirent sa peau, en effacent toute trace de la plume de paon.

Lundi 1er août 2011

C'est l'heure fauve.

Le soleil secoue sa crinière, s'ébroue, s'allonge. Dans la fente cuivrée de sa prunelle, la toundra roussit et le ciel se patine de bronze. Mon louveteau, mon loupiot, a les poils retroussés par le vent et sa tête est nimbée d'or. Et même sur moi, humaine figure sur cette terre des dieux, s'épanche la grâce de cette heure sauvage.

J'ai pagayé jusqu'à ce que la rivière quitte l'étreinte de la forêt, devienne fleuve, devienne lac. Je cherchais le large, et, dans sa grande chevauchée à travers le ciel, la bénédiction du vent. Il vient du sud, ce soir, plein de remous troubles et de relents d'orage, et c'est à cause de lui que je pense à eux.

Dans une quinzaine, Thomas reviendra me chercher et, comme une enfant soumise, je le suivrai jusqu'à l'orée du Nouveau Monde. Je quitterai cette terre ancienne, empreinte de fraîcheur, éblouissante de beauté, et j'y laisserai mêlées aux siennes les racines tenaces de mon cœur. Puis, ayant retracé le cours de l'eau et les grands chemins du ciel, je rentrerai enfin chez moi, pour ne plus jamais en repartir. Mes séjours dans les édens de la planète, parmi les premiers et les derniers de la Terre, sont effectivement finis. Je vivrai, désormais, dans la clameur et la cohue de l'avenir.

Là où m'attendent les miens, le poing fermé, le cœur rongé par le désir…

Autour de moi, ce soir, le vaste frémissement de la terre. Le vent l'anime de son esprit, saccage, séduit, parle d'infini. Et moi, dissoute dans cette heure blonde, je suis lumière, je suis prière, portée sur le souffle du monde.

NOTES DE L'AUTEURE

Les vers inscrits en exergue sont tirés du poème « Le sens de la mort », segment d'une suite intitulée *Saisons* (Paul Savoie, *Nahanni*, Saint-Boniface, Éditions du Blé, 1976).

Le journal d'Adrienne s'inspire du remarquable livre de Wade Davis, *Light at the Edge of the World*. Adrienne le cite souvent dans les pages de son journal ; les statistiques sur les langues en voie de disparition, l'explication de l'importance, du sens profond des langues, la reconnaissance et la valorisation de la sagesse ancienne sont toutes tirées de l'œuvre de monsieur Davis. Ces emprunts sont reproduits avec l'aimable autorisation de l'éditeur de l'ouvrage.

(From the book *Light at the Edge of the World*, © 2001 and 2007 by Wade Davis, published by Douglas & McIntyre : an imprint of D&M Publishers Inc. Reprinted with permission from the Publisher.)

Vers la fin du roman, Claudia lit pour Yvan des extraits du livre de Mark Lynas, *The God Species*.